La Porte Étroite

푸 른 숲
징 검 다 리
클 래 식
0 2 6

좁은 문

La Porte Étroite

앙드레 지드 지음
이충훈 옮김

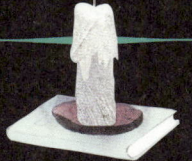

푸른숲주니어

'푸른숲 징검다리 클래식'을 펴내며

어린 시절, 할머니께서 조근조근 들려주시던 옛날이야기는 새로운 세상과 통하는 작은 창이었다. 상상의 날개를 달고 떠나는 창 너머 세상으로의 여행은 들어도 들어도 질리지 않는 재미와 마음속 깊은 곳을 울리는 감동을 선사해 주곤 했다. 그뿐 아니라 우리의 삶을 어떻게 꾸려 가야 하는지 곰곰이 생각해 보게 하는 지혜를 가르쳐 주었다. 말하자면 우리는 그 이야기들을 통해 '삶'을 배운 셈이다.

우리가 문학 작품을 읽어야 하는 까닭 또한 '삶을 배운다'는 점에서 크게 다르지 않다. 우리는 한 편 한 편의 문학 작품을 만나 사랑을 배우고, 우정을 배우고, 진실을 배우고, 지혜를 배운다.

그런 점에서 '푸른숲 징검다리 클래식'은 참 의미가 깊다. 오랜 세월을 거치며 각 나라의 문학사에 확고히 자리매김한 작품들을 한데 모았기 때문이다. 문학을 사랑하는 사람들이 즐겨 읽어 세계적인 명저로 일컬어지는 작품들……. 이를테면 우리 부모 세대, 아니 그 이전 세대부터 즐겨 읽었던 작품들로 많은 이들에게 삶의 의미와 가치를 일러주고, 또 '인생'이란 망망대해에서 등대 역할을 담당했던 것들이다.

세월이 흘러 사람들이 사는 모습도 달라지고 생각도 달라졌다. 그러나 시대와 장소를 뛰어넘어 변하지 않는 것이 있다. 바로 '삶' 이다. 사람이 있는 곳이라면 어디든지 존재하는 삶은 항상 저마다 의 무게를 떠안고 있다. 그 무게는 진실이라는 옷을 입고 문학 작품 속에 영원한 생명을 불어넣는다. 우리는 그것을 '고전'이라 부른다.

그러나 제아무리 훌륭한 고전이라 해도 독자가 읽고 소화할 수 없다면 아무런 소용이 없다. 지나치게 방대한 분량과 길고 어려운 문장은 책을 읽으려는 청소년들의 의지를 꺾을 뿐 아니라 좌절감 마저 불러일으킨다.

'푸른숲 징검다리 클래식'은 바로 그러한 점을 염두에 두고 기획 된 세계 명작 시리즈이다. 작품이 본디 지닌 맛과 재미를 고스란히 살리면서 우리 청소년들이 읽고 소화하기 쉽게 글을 다듬었다.

그리고 본문 뒤에는 현직 국어 교사들이 직접 쓴 해설을 붙였다. 작가나 작품에 대한 풍부한 설명은 물론, 그 작품들이 지니고 있는 현재적 의미까지 상세하게 짚어 보이고 있다. 아울러 해설 곳곳에 관련 정보를 담은 팁과 시각 자료를 배치해, 읽는 재미를 넘어 보는 재미까지 만끽할 수 있도록 했다.

아무쪼록 '푸른숲 징검다리 클래식'을 통해 우리 청소년들의 삶 이 더욱더 깊고 풍성해지기를…….

2006년 4월
기획위원 강혜원·계득성·전종옥·송수진

| 차례 |

제 1 장

그해 여름

  다른 사람들이라면 이 이야기로 그럴듯한 책 한 권을 뚝딱 엮어 낼 수도 있었으리라. 지금부터 하려는 이야기는 내가 죽을 힘을 다해 직접 겪은 일이다. 그 일을 겪느라 온몸의 기운이 쭉 빠져 버렸으므로, 나는 그저 기억하고 있는 일들을 꾸밈없이 써 내려갈 생각이다.

  설령 그 기억들이 군데군데 조각나 있다고 해도 깁거나 이으려고 애써 이야기를 꾸며 내지는 않을 것이다. 그런 쓸데없는 노력은 기억을 더듬으면서 얻을 수 있는 내 마지막 즐거움을 앗아 가 버릴지도 모르니까.

  아버지는 내가 채 열두 살도 되기 전에 세상을 떠났다. 아버지가 의사로 일했던 르아브르(프랑스 북부에 위치한 항구 도시—옮긴이)에 더 이상 머무를 이유가 없어진 어머니는 파리에 가서 살기로 마음먹었다. 나의 학업을 생각했을 때 그곳이 더 나으리라고 판단한 모양이었다.

어머니는 뤽상부르 공원 근처에 작은 아파트를 얻었다. 어머니의 친구인 플로라 에쉬브르통 양이 우리와 함께 살기로 했다. 일가친척 하나 없이 홀몸이었던 에쉬브르통 양은 원래 어머니의 가정교사였다. 그러다 곧 말벗이 되었고, 결국엔 가장 가까운 친구로 이어졌다. 나는 부드러우면서도 어딘지 모르게 슬픔이 어릿거리는 두 사람 곁에서 자랐다.

아버지가 돌아가시고 한참이 지난 어느 날의 일이었다. 어머니는 모자에 항상 검은색 리본을 달고 다녔는데, 그날따라 보라색 리본이 달려 있었다. 그것을 보는 순간, 나도 모르게 소리를 질렀다.

"어머니, 그 색깔은 어머니한테 어울리지 않아요!"

다음 날, 어머니 모자에는 다시 검은색 리본이 달렸다.

나는 허약한 체질이었다. 어머니와 에쉬브르통 양은 행여 내가 앓아눕기라도 할까 봐 항상 애를 끓였다. 그들의 과도한 걱정과 배려는 나를 게으름뱅이로 만들기에 안성맞춤이었다. 하지만 다행스럽게도 내가 막 공부에 재미를 느끼기 시작했기에 그렇게까지 되지는 않았다.

날이 따뜻해지면 두 사람은, 나를 창백하게 만드는 이 도시를 잠시라도 벗어나 있어야 한다고 생각했다. 그래서 해마다 6월 중순경이면 르아브르 근처의 퐁그즈마르로 함께 여행을 떠났다. 그곳에서는 뷔콜랭 외삼촌이 우리를 반가이 맞아 주었다.

외삼촌의 집은 외벽을 하얗게 칠한 사층집인데, 18세기에 흔히 볼 수 있었던 시골 별장 같은 느낌을 주었다. 집 앞에는 노르망디 지방의 여느 집들과 마찬가지로, 그리 넓지도 않고 썩 아름답지도 않은 정원이 펼쳐져 있었다. 집에는 동쪽으로 정원이 내다보이는 창이 스무 개 정도 나 있었고, 반대쪽에도 그만큼의 창이 같은 크기와 모양으로 달려 있었다. 대신 양쪽 벽에는 창이 하나도 없었다.

창에는 작은 유리가 끼워져 있었는데, 그중 몇 개는 최근에 새로 갈았는지 오래된 유리창들 사이에서 유달리 투명하게 보였다. 어떤 유리에는 이 집안 사람들이 '거품'이라고 부르는 흠집이 나 있었다. 거기에 눈을 대고 밖을 내다보면 나무는 홀쭉해 보이고, 그 앞을 지나가는 우편배달부의 등에는 혹이 생겨나 보였다. 어린아이들에게는 그리로 밖을 내다보는 재미가 자못 쏠쏠했다.

네모 반듯한 정원은 사방이 담으로 둘러싸여 있었다. 집 앞에는 그늘이 진 널찍한 잔디밭이 펼쳐져 있었고, 모래와 조약돌이 깔린 좁다란 길이 가장자리를 에워싸고 있었다. 한쪽으로는 담이 낮아지면서 정원과 맞닿아 있는 농가의 안뜰이 보였다. 안뜰은 이 고장의 명물이라 할 수 있는 너도밤나무가 한 줄로 길게 늘어서 있는 큰길과 이어져 있었다.

집 뒤편으로도 정원이 제법 시원하게 펼쳐져 있었는데, 과일나무 울타리 앞으로 뻗어 있는 좁은 길에는 갖가지 꽃들이 흐드러지게 피어 있었다. 그 길 끝에는 포르투갈 산(産) 월계수를 비롯한 큰 나무들이 장막을 치고 있어서 차가운 바닷바람이 넘어오지 못하게 하였다. 북쪽 담을 따라서 난 또 다른 길은 나뭇가지들 아래로 아득해지다가 점점 자취를 감추었다. 외사촌 누이들은 그 길을 '어두운 길'이라고 불렀다. 웬일인지 땅거미가 지고 나면 그 근처에는 얼씬도 하지 않았다.

이 두 길은 채소밭으로 이어져 있었다. 계단을 몇 칸 내려가면 채소밭이 나왔다. 채소밭 안쪽에 있는 작고 비밀스러운 문을 통과하면 좌우로 너도밤나무가 줄지어 서 있는 제법 넓은 길이 벌채림(목재로 쓰기 위해 베어 낼 목적으로 나무를 심어 놓은 곳—옮긴이) 쪽으로 연결되어 있었다. 서쪽 현관의 층계에 서 있으면 그 숲 너머로 널찍한 고원이 보였다. 그 고원에 쌓여 있는 농작물을 보고 있노라면 저절로 감탄이 쏟아져 나왔다. 멀지 않은 지평선에는 작은 교회가 서 있었다. 바람이 잔잔한 저녁 무렵이면 몇몇 집의 굴뚝에서 연기가 곧게 피어오르는 모습이 보였다.

한낮의 열기가 다소 가라앉는 해 질 녘이면 우리는 식사를 마치고 으레 채소밭 아래쪽의 정원으로 내려갔다. 그러고는 작은 문을 지나 큰길가에 있는 벤치로 갔다. 여기서도 마을이 바라다 보였다. 문을 닫은 이회암 채석장의 초가지붕도……. 뷔콜랭 외삼촌과 어머니, 그리고 에쉬브르통 양은 그 벤치에 종종 오랫동안 앉아 있곤 했다.

좀 있으면 우리 앞으로 그림처럼 흐르던 작은 계곡이 안개에 잠기고 숲 위의 하늘이 황금빛으로 물들었다. 우리는 날이 어두 워지고 나서도 한참 동안 그곳에 머물렀다.

집으로 돌아오면 우리와 함께 단 한 번도 산책을 나간 적이 없 는 뤼실 뷔콜랭 외숙모와 응접실에서 마주치곤 했다. 아이들에 게 허락된 저녁 시간은 그게 다였다. 하지만 우리는 어른들이 돌 아오는 발소리가 들릴 때까지 방에서 숨을 죽인 채 책을 읽었다.

산책을 나가지 않은 날이면 우리는 대부분의 시간을 외삼촌 의 서재에서 보냈다. 사촌지간인 로베르와 내가 어린이용 책상 앞에 나란히 앉으면, 쥘리에트와 알리사가 뒤쪽에 앉아 공부를 했다. 알리사는 나보다 두 살이 많았고 쥘리에트는 한 살이 적 었다. 우리 넷 중에서 로베르가 가장 어렸다.

나는 내 속에 있는 최초의 기억들이 아니라, 오로지 이 이야 기와 관련이 있는 기억들만 쓰려고 한다. 이야기가 시작되는 시점은 정확하게 아버지가 돌아가신 바로 그해이다. 아마도 처 음으로 상을 당해서, 아니면 어머니의 깊은 슬픔을 바라보면서

감수성이 지나치게 고조된 나머지 낯선 감정이 파도처럼 몰아
쳐 왔다.

나는 매우 조숙했다. 그해 퐁그즈마르를 다시 찾았을 때 내 눈
에는 쥘리에트와 로베르가 무척 어려 보였다. 하지만 알리사를
보는 순간, 적어도 우리 둘은 더 이상 어린애가 아니라는 생각
이 들었다.

그랬다. 바로 아버지가 돌아가신 그해였다. 우리가 도착한 직
후, 어머니가 에쉬브르통 양과 이야기를 나누는 장면은 아직까
지도 생생하다. 두 사람은 외숙모에 대한 이야기를 하고 있었다.
어머니는 외숙모가 상복을 입지 않은 것에 몹시 화가 나 있었
다. 솔직히 외숙모가 상복을 입은 모습을 떠올리는 건, 밝은 빛
깔의 옷을 입은 어머니를 상상하는 것만큼이나 힘든 일이었다.

내 기억이 틀리지 않는다면, 그날 외숙모는 모슬린(블라우스나
드레스 등에 흔히 쓰이는 얇고 보드라운 천―옮긴이)으로 만든 옷을
입고 있었다. 언제 어디서나 조정자 역할에 충실했던 에쉬브르
통 양은 어머니를 진정시키려고 애를 썼다. 그녀는 조심스럽게
입을 열었다.

"어찌 되었든 흰색을 입었으니 상복으로 봐야죠."

"그 여자가 어깨에 걸치고 있던 빨간 스카프도 상복이라고 하
지 그래요? 에쉬브르통, 날 더 이상 화나게 하지 마세요!"

어머니가 퉁명스럽게 대꾸했다.

나는 방학 동안에만 외숙모를 볼 수 있었다. 내가 기억하는 외숙모는 항상 목이 훤히 드러나는, 가벼운 블라우스 차림이었다. 나는 틀림없이 더위 때문일 거라고 생각했다. 하지만 어머니는 생각이 달랐다. 외숙모가 어깨에 걸치고 있는 스카프의 정열적인 색깔보다 어머니의 심기를 더 거슬린 것은 언제 어디서나 목을 훤히 드러내 놓고 있다는 사실이었다.

뷔콜랭 외숙모는 정말 아름다웠다. 내가 지금껏 간직하고 있는 작은 초상화는 그녀가 당시 얼마나 아름다웠는지를 한눈에 보여 준다. 긴 의자에 비스듬히 기대어 앉아 있는 그림 속 모습은 굉장히 앳돼 보여서 두 딸의 큰언니라고 해도 의심치 않을 정도이다.

마치 교태를 부리듯 손등으로 턱을 받친 채 왼쪽 새끼손가락을 입술 언저리에 갖다 대고 있었다. 그리고 목덜미까지 내려온 곱슬곱슬한 머리 타래는 성기게 짠 머리그물에 감싸여 있었고, 앞섶이 활짝 벌어진 블라우스 안쪽에는 이탈리아 풍의 모자이크 메달이 달린 검은색 벨벳 목걸이가 느슨하게 둘러져 있었다. 허리를 휘감은 뒤 큼직한 매듭 아래로 늘어져 흔들거리는 검은색 벨벳 허리띠, 의자 등받이에 끈을 묶어 걸어 둔 챙이 넓은 밀짚모자……, 이 모든 것이 그녀를 무척 앳돼 보이게 했다. 아, 그리고 아래로 늘어뜨린 오른손에는 책이 들려 있었다.

뷔콜랭 외숙모는 크레올(식민지에서 태어난 백인─옮긴이)이었다. 그녀는 부모를 일찍 여의었다. 나중에 어머니에게 전해 듣기로는, 고아가 된 그녀를 아이가 없던 보티에 목사 부부가 데려다 키웠다는 것이다. 그리고 오래지 않아 보티에 목사 부부는 그녀를 데리고 마르티니크(서인도 제도에 있는 섬으로 프랑스의 식민지―옮긴이)를 떠나, 뷔콜랭 가족이 살고 있는 르아브르에 정착했다.

보티에 가족과 뷔콜랭 가족은 왕래가 잦았다. 당시 외삼촌은 외국에 있는 은행에서 일하고 있었는데, 삼 년 만에 집으로 돌아왔다가 어린 뤼실을 보고 첫눈에 반해 버렸다. 그가 그녀에게 곧바로 청혼을 하는 바람에 부모님은 물론 어머니까지 무척 속상해 했다. 그때 외숙모는 열여섯 살이었다. 그사이 보티에 부인은 아이를 두 명이나 낳았다. 그녀는 새로 태어난 동생들 때문인지 갈수록 성격이 이상해지는 뤼실이, 행여라도 두 아이에게 좋지 않은 영향을 끼치지나 않을까 전전긍긍했다. 게다가 살림도 그다지 넉넉지 않았다.

어머니는 보티에 가족이 이런 저런 이유로 삼촌의 청혼을 기쁘게 받아들였다고 말했다. 실제로 뤼실은 보티에 가족에게 대단히 거북한 존재였을 터이다. 나는 르아브르의 사회적 분위기를 어느 정도 알고 있기 때문에, 그토록 매력적인 뤼실을 사람들이 어떤 시선으로 대했을지 쉽게 상상할 수 있었다.

보티에 목사는 온화하고 신중하며 소박한 성격으로, 누군가

가 의도적으로 속임수를 쓴다면 속수무책으로 당할 사람이었
다. 아마도 그 어진 사람이 여러 차례 곤경에 빠졌을 게 틀림없
었다. 보티에 부인에 대해서는 별로 할 말이 없다. 그녀는 넷째
아이를 낳다가 숨을 거두었는데, 훗날 그 아이는 나와 아주 친
한 친구가 되었다.

뷔콜랭 외숙모는 우리가 어떻게 지내든 전혀 관여하지 않았
다. 그녀는 점심때가 지나서야 방에서 나왔다. 그러고는 소파
나 해먹(기둥 사이나 나무 그늘 같은 곳에 달아매어 침상으로 쓰는 그
물—옮긴이)에 누워서 저녁때까지 시간을 보내다가 따분해서 못
견디겠다는 듯한 표정으로 몸을 일으키곤 했다. 그녀는 이따금
윤기 없이 메마른 이마에 손수건을 갖다 대고 땀을 닦는 시늉을
했다. 손수건에서는 꽃향기라기보다는 과일 향에 가까운 냄새
가 풍겨 나왔다.

그녀는 가끔씩 허리춤에서 여러 가지 물건이 주렁주렁 매달
려 있는 시곗줄을 꺼냈다. 그러고는 작은 거울이 달린 은제 뚜
껑을 열었다. 외숙모는 거울을 바라보면서 손가락에 침을 조금
묻혀 눈가를 매만졌다.

그녀는 늘 책을 들고 있었는데, 펼쳐서 읽는 모습은 한 번도
본 적이 없었다. 그 책에는 바다거북의 등딱지로 만든 책갈피가
끼워져 있었다. 그녀는 대부분의 시간을 몽상에 빠져 보냈다. 누
군가가 가까이 다가가도 절대로 깨어나지 않았다. 종종 지루하

고 피곤하다는 듯, 소파의 팔걸이나 치맛자락 위에 손을 늘어뜨리고 있다가 손수건이나 책, 꽃, 책갈피 따위를 바닥에 툭 떨어뜨리곤 했다.

어느 날 나는 바닥에 떨어진 책을 무심코 집어 들다가 시집이라는 걸 알아차리고 얼굴을 붉혔다. 그때만 해도 나이가 어렸기에 시집은 어른들만 읽는 책인 줄 알았다.

저녁 식사를 마치고 밤이 되면 외숙모는 가족이 모여 있는 탁자 쪽에는 오지 않고 피아노 앞으로 가서 쇼팽의 마주르카(폴란드의 민속 춤곡—옮긴이)를 부드럽게 연주하곤 하였다. 가끔 박자가 틀리면 건반 하나를 길게 누른 채 꼼짝도 하지 않았다.

나는 외숙모에게서 묘한 어색함을 느꼈다. 그것은 일종의 경외심이 만들어 내는 혼란스러운 감정이었다. 이유를 알 수 없는 막연한 본능 같은 것이 나도 모르게 외숙모를 경계하게 만들었다. 왠지 외숙모는 에쉬브르통 양과 어머니를 경멸하고, 에쉬브르통 양은 외숙모를 두려워하며, 어머니는 외숙모를 좋아하지 않는 것처럼 느껴졌다.

뤼실 뷔콜랭 외숙모, 나는 이제 당신을 원망하지 않겠습니다. 당신이 나에게 잘못한 일도 잠시나마 잊고 싶어요. 나는 최대한 노여움을 거두고 당신에 대해 이야기하려고 합니다.

그해 여름의 어느 날, 아니 어쩌면 그 이듬해 여름일지도 모르겠다. 언제나 똑같은 계절과 환경이었기 때문에 때때로 내 기억들은 서로 겹쳐져 혼동을 일으킨다.

거실에 책을 가지러 들어갔는데, 뜻밖에도 그곳에 외숙모가 있었다. 나는 책을 집어 들고 서둘러 나오려고 했다. 그런데 평소에는 거들떠보지도 않던 그녀가 나를 불러 세웠다.

"왜 그렇게 서둘러 나가려고 하니? 제롬, 내가 무섭니?"

가슴이 두근거렸다. 나는 간신히 미소를 지으며 그녀에게 손을 내밀었다. 그녀는 한 손으로 내 손을 감싼 뒤, 다른 손으로 내 뺨을 어루만졌다.

"네 엄마, 옷 입혀 놓은 꼴 좀 보렴. 어유, 가엾어라!"

그때 나는 깃이 넓은 세일러복을 입고 있었다. 그녀는 내 옷깃을 만지작거리며 덧붙였다.

"이런 옷은 깃을 더 젖혀서 입어야 이뻐."

그녀는 내 셔츠 단추 하나를 풀었다.

"이것 보렴. 한결 나아 보이잖니?"

그녀는 허리춤에서 작은 거울을 꺼낸 다음, 내 얼굴을 자기 얼굴 가까이로 끌어당겼다. 그러고는 내 목 언저리에 팔 하나를 두르더니, 반쯤 열린 셔츠 속으로 손을 집어넣고 웃으면서 간지럽지 않냐고 물었다. 그녀는 점점 더 깊숙이 손을 밀어 넣었다. 나는 소스라치듯 놀라 몸을 뒤로 뺐다. 그 바람에 셔츠가 그만 찢어지고 말았다. 그녀는 얼굴을 붉히고 있는 나에게 버럭 소리를 질렀다.

"이런 바보 같으니!"

나는 정신없이 달아났다. 정원 끄트머리까지 한달음에 달려
나간 뒤, 채소밭에 있는 작은 물통에다 손수건을 헹군 다음 그
걸로 뺨과 목, 그리고 그녀의 손길이 닿았던 곳을 빡빡 문질러
닦았다.

뷔콜랭 외숙모는 이따금 발작을 일으켰다. 예고 없이 발작이
찾아올 때마다 온 집안이 발칵 뒤집혔다. 에쉬브르통 양은 급히
아이들을 집 밖으로 데리고 나갔지만, 침실이나 거실에서 새어
나오는 끔찍한 비명을 막을 수는 없었다. 외삼촌이 미친 사람처
럼 복도를 뛰어다니면서 수건과 화장수, 알코올 등을 찾는 소리
가 들렸다. 얼마 후 소동은 잦아들었지만, 외숙모가 빠진 저녁
식탁 자리의 외삼촌은 그새 폭삭 늙어 버린 듯이 보였다.

발작이 가라앉으면 외숙모는 아이들을 곁으로 불러들였다.
그런데 늘 로베르와 쥘리에트만 부르고 알리사는 부르지 않았
다. 그런 날이면 알리사는 슬픔을 가누지 못한 채 제 방에 틀어
박혀 있었다. 종종 외삼촌이 그녀의 방문을 두드렸다. 외삼촌은
알리사와 자주 대화를 나누었다.

외숙모가 발작을 일으킬 때마다 하인들은 놀라움을 감추지
못했다. 발작이 유난히 심했던 어느 날 저녁, 나는 어머니와 함

께 방 안에 꼼짝하지 않고 있었다. 거실에서 무슨 일이 일어나고 있는지 알 수 없었지만, 요리사가 소리를 지르며 복도를 뛰어가는 기척은 정확히 느낄 수 있었다.

"나리, 빨리 좀 내려오세요. 가여운 마님이 다 죽어 가요!"

잠시 뒤 어머니는 알리사의 방에 올라가 있던 외삼촌을 부르러 방을 나갔다. 십오 분쯤 후, 두 사람은 내가 있는 방 앞을 지나갔다. 마침 방문이 조금 열려 있었다. 어머니가 외삼촌에게 말했다.

"얘, 내가 하나 알려 줄까? 이건 전부 다 연극이야. 연, 극."

어머니는 음절을 똑똑 끊으면서 연극이라는 말을 몇 번이나 되풀이했다.

지금부터 말하려는 것은 아버지가 돌아가시고 나서 이 년이 지난 뒤 방학이 끝나 갈 무렵의 일이다. 나는 그 후로 뷔콜랭 외숙모를 다시 보지 못했다. 우리 가족에게 큰 충격을 주었던 그 슬픈 사건에 대해서, 또 내가 외숙모에게 느끼고 있었던 복잡하고 모호한 감정이 증오로 바뀌어 버렸던 그 일에 대해서 말하기 전에, 사촌 누이 알리사에 관해서 먼저 얘기하는 것이 좋겠다.

나는 알리사 뷔콜랭이 그토록 아름답다는 사실을 그 당시에는 미처 깨닫지 못했다. 그녀의 아름다움은 단순히 예쁘다는 것과는 달랐다. 언젠가부터 나는 그녀의 매혹적인 모습에 이끌려

짐짓 그 주변을 얼쩡거렸다. 그녀는 자신의 어머니를 몹시 닮아 있었다. 하지만 눈매가 사뭇 달라서 그 둘이 닮았다는 사실은 훨씬 나중에서야 깨달았다.

솔직히 말하면, 지금은 알리사의 얼굴이 잘 떠오르지 않는다. 얼굴 생김새도 그려지지 않고 눈동자 색깔도 기억나지 않는다. 단지 슬픔이 스며 있는 미소와 기이하게 솟았다가 반원을 그리면서 눈초리 쪽으로 떨어지는 두 눈썹만이 생각난다. 나는 어디에서도 그런 눈썹을 본 적이 없다. 단테 시대에 세워진 피렌체의 조각상에서나 보았을 뿐……. 그래서 나는 단테의 영원한 사랑 베아트리체가 어렸을 때 그녀처럼 크고 둥근 눈썹을 가졌으리라고 상상하곤 한다.

그 눈썹을 보고 있으면 그녀의 시선뿐 아니라 그녀의 존재 전체에 근심과 신뢰가 동시에 어리는 듯했다. 그랬다. 그것은 열정적인 질문의 표정이었다. 모든 것이 그녀에게는 질문이었고 기다림이었다. 나는 그 질문이 어떻게 나를 사로잡았으며, 또 내인생을 결정하게 되었는지 이야기하려 한다.

어쩌면 쥘리에트가 더 예뻐 보일 수도 있다. 그녀에게는 밝고 건강한 아름다움이 눈부시게 반짝이고 있었지만, 언니의 우아함에 비하면 한낱 겉치레에 불과했다. 게다가 누구나 단번에 알아볼 만큼 가벼운 것이었다.

그나마 로베르는 특별한 구석이라곤 눈을 씻고 봐도 없었다.

그는 그저 내 또래의 소년일 뿐이었다.

나는 쥘리에트나 로베르와 자주 어울려 놀았다. 대신 알리사와는 대화를 나누었다. 그녀는 우리의 놀이에 절대로 끼는 법이 없었다. 오래된 기억을 아무리 더듬어 보아도 진지하고 부드러운 미소를 지은 채 명상하는 모습만 떠오른다. 우리는 대체 무슨 얘기를 나누었던가? 어린아이 둘이서 무슨 얘기를 나눌 수 있었을까? 이제 그 얘기를 하도록 하겠다. 그 전에, 외숙모 이야기를 다음에 또다시 꺼내지 않기 위해서, 그녀와 관련 있는 기억을 전부 이야기하는 게 좋겠다.

아버지가 돌아가시고 두 해가 지났을 때, 어머니와 나는 부활절 방학을 보내기 위해 르아브르에 갔다. 그때 우리는 일부러 비좁은 뷔콜랭 외삼촌 집으로 가지 않고 좀 더 넓은 플랑티에 이모 집으로 가서 지냈다. 오래전에 과부가 된 플랑티에 이모는 방학이 아니고선 만날 일이 거의 없었다. 나보다 나이도 많은 데다 성격마저 판이한 외사촌들과도 그다지 친하지 않았다. 르아브르에서 '플랑티에 집'이라고 불렸던 이모의 집은 마을 전체가 내려다보이는 언덕의 중턱에 있었다. 마을 사람들은 이 언덕을 '산기슭'이라고 불렀다.

뷔콜랭 외삼촌 집은 상가가 많이 자리한 시내 쪽에 있었는데, 가파른 비탈길을 올라가면 비교적 빠른 시간 안에 두 집 사이를 왔다 갔다 할 수 있었다. 나는 하루에도 몇 번씩 그 비탈길을 오르락내리락하였다.

그날 나는 외삼촌 집에서 점심을 먹었다. 식사를 마치고 얼마 지나지 않아 외삼촌이 밖으로 나갔다. 나는 외삼촌을 따라 사무실에 갔다가 어머니를 찾으러 플랑티에 이모의 집으로 돌아왔다. 그렇지만 어머니는 큰이모와 외출을 한 뒤었다. 저녁 식사 때나 되어야 돌아올 예정이라고 했다. 나는 마을로 다시 내려왔다.

혼자서 자유롭게 산책을 할 요량으로 안개가 잔뜩 끼어 음울해 보이는 부둣가로 가서 두어 시간가량 어슬렁거렸다. 그런데 갑자기 점심때 머물렀던 외삼촌 집으로 가서 알리사를 깜짝 놀라게 해 주고 싶은 충동이 일었다. 나는 외삼촌 집으로 한달음에 달려가 문을 두드렸다. 그러고는 하녀가 문을 열자마자 허둥지둥 계단을 뛰어 올라갔다. 하녀가 내 뒤통수에 대고 외쳤다.

"올라가지 마세요, 제롬 도련님! 올라가지 마세요. 마님께서 발작을 일으키셨어요."

그러나 나는 아랑곳하지 않았다.

"외숙모를 보러 온 게 아니야."

알리사의 방은 사층에 있었다. 이층에 거실과 식당이 있었고, 삼층에는 외숙모 방이 있었다. 그 앞을 지나가려는데 낯선 목소리가 들려왔다. 마침 방문이 열려 있었다. 방 안에서 새어 나오는 빛줄기가 층계참을 양쪽으로 가르고 있었다. 나는 들킬까 봐 몸을 잔뜩 움츠린 채 멈칫거리며 방 안을 살펴보았다. 그때 눈앞에 펼쳐진 광경이란! 나는 너무 놀라서 정신을 잃을 지경이었다.

창에 커튼이 드리워져 있긴 했지만 촛불이 방 안을 환하게 밝히고 있었다. 방 한가운데에 있는 긴 의자에 외숙모가 누워 있었고, 그 발치에 로베르와 쥘리에트가 서 있었다. 외숙모 뒤쪽에는 장교복 차림의 낯선 청년이 있었다. 지금 생각하면 두 아이가 그 자리에 있었다는 사실이 여간 망측스러운 일이 아니지만, 그 당시 어린 마음에서는 오히려 그것이 안심이 되었다.

아이들은 높고 맑은 목소리로 말을 하는 그 청년을 웃으며 바라보고 있었다.

"뷔콜랭! 뷔콜랭! 나한테 양이 한 마리 있었으면 틀림없이 뷔콜랭이라고 이름 지었을 거야. (목가적이라는 뜻을 지닌 '뷔콜랭 Bucolin'이란 단어를 응용한 농담—옮긴이)"

외숙모가 큰 소리로 웃었다. 그러고는 그 청년에게 담배를 한 개비 내밀었다. 청년은 담배에 불을 붙여 다시 외숙모에게 건네주었다. 그녀는 담배를 몇 모금 빨더니 그만 바닥에 떨어뜨리고 말았다. 청년은 담배를 주우려고 앞으로 달려 나오다가 스카프에 발이 걸려 넘어지는 척하면서 외숙모 앞에 무릎을 꿇었다. 이 우스꽝스러운 연극 덕분에 나는 들키지 않고 그 자리를 피할 수 있었다.

이윽고 알리사의 방문 앞에 도착했다. 나는 멈춰 서서 숨을 가다듬었다. 그때 아래층에서 웃음이 섞인 떠들썩한 소리가 들려왔다. 그 소리에 나의 노크 소리가 묻힌 것일까. 문을 두드리고 한참을 기다렸지만 아무런 기척도 나지 않았다. 나는 방문을 살그머니 열었다. 방 안이 어두워서 알리사가 어디에 있는지 찾기가 쉽지 않았다. 그녀는 어둠이 내려오고 있는 십자형 유리창을 등진 채 침대 옆에 무릎을 꿇고 있었다. 내가 다가가자 뒤를 돌아보며 중얼거렸다.

"오, 제롬! 왜 또 왔어?"

나는 알리사에게 입을 맞추려고 몸을 숙였다. 그녀의 얼굴은 온통 눈물로 젖어 있었다.

바로 그 순간이 내 인생을 결정짓고 말았다. 나는 지금도 그때의 기억을 떠올리면 불안해지곤 한다. 무엇이 알리사를 그토록 슬프게 만든 것인지 어렴풋이 짐작만 할 수 있을 뿐이지만, 지금 오열을 터뜨리고 있는 이 가녀린 영혼이 감당하기에는 그 슬픔이 너무나 크다는 것을 강하게 느꼈다.

나는 무릎을 꿇고 있는 알리사 옆에 꼼짝 않고 서 있었다. 그 순간 내 마음속에서 솟구쳤던 낯선 격정을 뭐라 표현해야 좋을지 알 수가 없다. 나는 알리사의 머리를 가슴 쪽으로 끌어당긴 뒤, 내 마음이 흘러넘치는 입술을 그녀의 이마에 가져갔다. 그러고는 사랑과 연민, 감격, 헌신, 미덕이 한데 뒤섞인 묘한 감정에 취한 채 온 힘을 다해 하느님에게 도움을 청했다. 이 소녀를 공포와 악과 고된 삶으로부터 보호하는 것이 내 삶의 목표라고 생각하며……. 나는 기도를 하면서 감정이 복받친 나머지 무릎을 꿇었다. 그러고는 그녀를 감싸 안았다. 그녀가 중얼거리듯 낮은 목소리로 말했다.

"제롬, 들키진 않았니? 어서 가! 들키면 안 돼."

그녀는 조금 더 목소리를 낮춘 다음 이렇게 덧붙였다.

"제롬, 아무에게도 말하지 마. 불쌍한 아버지는 아무것도 모르고 계셔."

그래서 나는 이 일을 어머니에게조차 말하지 않았다. 하지만 플랑티에 이모와 어머니가 끊임없이 속삭이던 모습, 뭔가를 감추는 듯 안절부절못하며 근심에 싸인 듯한 태도, 밀담을 나누는 그들에게 내가 가까이 다가가기라도 하면 화들짝 놀라며 굳이 밀쳐 내던 일……, 이 모든 것으로 미루어 보건대, 두 사람이 뷔콜랭 외숙모의 비밀을 아예 모르고 있지는 않은 듯했다.

파리에 돌아오자마자 한 장의 전보가 도착했다. 어머니는 그것을 읽자마자 르아브르로 다시 내려갔다. 외숙모가 집을 나간 것이었다.

"누구랑?"

나는 에쉬브르통 양에게 물었다.

"네 어머니에게 물어보렴. 난 아무 말도 해 줄 수 없단다."

이번 일로 적잖이 놀란 어머니의 오랜 친구는 그렇게 말했다.

그로부터 이틀 후, 에쉬브르통 양과 나는 어머니를 만나기 위해 르아브르로 떠났다. 그날은 토요일이었기 때문에, 다음 날 교회에서 외사촌들을 만날 수 있었다. 나는 오로지 그 생각뿐이었다. 내 어린 마음은 우리가 이렇듯 성스럽게 재회할 수 있다는 데에 커다란 의미를 부여하고 있었다. 외숙모 생각은 거의 하지 않았다. 어머니에게도 캐묻지 않는 것이 어른에 대한 예의라고 여겼다.

다음 날 아침, 작은 예배당에는 사람이 그리 많지 않았다. 보티에 목사는 '좁은 문으로 들어가기를 힘쓰라'는 성경 구절을 묵상의 주제로 삼았다. 아무래도 의도적인 것이 분명했다.

알리사는 나보다 몇 줄 앞에 앉아 있었다. 나는 그녀의 뒷모습을 뚫어지게 바라보았다. 알리사에게 열중하고 있어서 그런지, 귓가에 울리는 목사의 설교가 마치 그녀를 통해서 들리는 것만 같았다. 외삼촌은 어머니 옆에 앉아 눈물을 흘리고 있었다.

목사는 우선 전체 구절을 읽었다.

"좁은 문으로 들어가기를 힘쓰라. 멸망으로 인도하는 문은 크고 그 길은 넓어 그리로 가는 사람들이 많다. 하지만 생명으로 인도하는 문은 작고 길은 좁으니 이를 찾는 사람이 적다."

그리고 나서 주제를 나누어 넓은 길에 대해 먼저 설교하였다. 나는 꿈을 꾸듯이 아련하게 뷔콜랭 외숙모의 방을 머릿속에 그려 보았다. 외숙모가 긴 의자에 누운 채 웃고 있는 모습이 떠올랐다. 휘장이 달린 장교복을 입은 청년이 그 옆에서 미소를 짓는 모습도 그려졌다. 문득 그런 것들을 머릿속에 떠올리는 것 자체가 무례하고 모욕적이며 가증스런 일이란 생각이 들었다.

"그리로 가는 사람들이 많다."

보티에 목사가 반복해서 읊조렸다. 그러자 호사스런 차림을 한 군중의 행렬이 쾌활하게 웃으며 앞으로 나아가는 장면이 머릿속에 그려졌다. 나는 그 무리에 낄 수도 없었지만 끼고 싶지도 않았다. 만약 내가 그 행렬을 따른다면 발걸음을 떼어 놓을 때마다 알리사와 그만큼 멀어지게 될 테니까.

목사는 이제 좁은 문에 대해 설교를 했다. 나는 애를 써서 들어가야 하는 좁은 문을 떠올렸다. 꿈을 꾸듯 몽롱한 머릿속에서 좁은 문을 압연기(쇠붙이를 납작하게 만드는 기계—옮긴이)의 누름 틀이라고 상상해 보았다. 사람들은 그 좁은 틈으로 들어가기 위해 애를 쓰면서, 천상의 행복에 대한 기대가 섞인 기이한 고통을 맛보았다. 그 틈은 곧 알리사의 방문이 되었다. 나는 그 안으로 들어가기 위해서 몸을 최대한 작게 웅크린 채 내 안에 남아 있는 모든 이기심을 버렸다.

"생명으로 인도하는 문은 작기에……."

보티에 목사의 설교는 계속 이어졌다. 나는 깊은 고행과 슬픔 너머에서, 순수하고 신비하며 고결한 기쁨을 상상하고 예감했다. 내 마음은 벌써 그 기쁨을 간구하고 있었다. 나에게 그 기쁨은 부드러운 바이올린의 선율처럼, 알리사와 나의 마음을 모두

태워 버릴 듯이 맹렬한 불꽃으로 떠올랐다.

우리 두 사람은 〈요한 계시록〉에 나오는 신자들처럼 흰옷을 입고 손을 꼭 잡은 채 같은 곳을 바라보며 앞으로 나아갔다. 한낱 어린애의 꿈에 불과하다며 비웃는다 해도 전혀 개의치 않겠다. 있는 그대로 꾸밈없이 말할 뿐이다. 행여 명료하지 않은 것이 있다면, 그것은 당시의 감정을 표현하기 위해 끌어다 붙인 불완전한 말과 이미지들 때문이리라.

"이를 찾는 사람이 적다."

보티에 목사는 설교를 끝맺었다. 이어서 어떻게 해야 좁은 문을 발견할 수 있는지 덧붙였다.

'찾는 사람이 적다.'

나도 그 사람들 중 한 명이 되리라. 설교가 막바지에 다다랐을 때 나의 흥분은 거의 극에 달했다. 그래서 예배가 끝나자마자 알리사를 찾으려 하지도 않고 곧바로 나와 버렸다. 자랑스러운 마음이 너무도 큰 나머지 한시라도 빨리 내 결심을 시험해 보고 싶었다. 그 당시로서는 알리사에게서 떨어져 있는 것이 그녀에게 걸맞는 사람이 되는 최선의 방법이라고 생각했던 것이다.

제 2 장

사랑에 눈뜨다

이 준엄한 교훈은 이미 받아들일 준비가 되어 있는, 말하자면 천성적으로 그럴 채비가 되어 있는 마음을 찾아오는 것인 듯싶었다. 평소 아버지와 어머니가 보여 주었던 모범적인 모습이 내 마음속에 최초로 일었던 충동을 억눌렀던 청교도적 규범과 결합하여 결국 내가 덕행이라 이해하고 부르는 방향으로 내 인생을 몰아갔다.

많은 사람들이 욕망을 절제하지 못해서 어려움을 겪었지만 나는 반대로 그러한 생활이 더 수월하게 느껴졌다. 그렇기 때문에 엄격하디엄격한 종교적 규율이 반감을 불러오기는커녕 나를 더 충만하게 만들어 주었다. 내가 미래에서 찾으려 한 것은 행복이 아니라 행복에 도달하기 위해 끊임없이 기울이는 노력이었다. 나는 그때 행복과 덕행을 혼동하고 있었던 것이다. 물론 열네 살밖에 되지 않았던 터라, 사리가 밝지 못한 데다 얼마든지 변할 수 있는 여지가 있었다.

하지만 알리사를 향한 사랑만큼은 단호했다. 그것은 계시와도 같은 것이었다. 덕분에 나 스스로를 보다 냉정하게 바라볼 수 있었다. 나는 내성적인 성격이어서 감정을 겉으로 잘 드러내지 못했다. 그러면서도 언제나 기대감에 차 있었다. 타인을 배려할 줄도 모르지만 딱히 대담하지도 않아서 손에 잡을 수 있는 것이 아닐 땐 조금도 욕심을 내지 않았다.

나는 공부를 좋아했다. 놀이 중에서는 논리적인 사고나 노력이 필요한 것들에만 깊이 빠져들었다. 친구는 별로 없었다. 어쩌다 또래들과 어울리는 건 순전히 그때그때의 감정이나 호의 때문이었다.

그렇지만 아벨 보티에와는 제법 가깝게 지냈다. 보티에 목사의 아들인 그는 내가 입학한 다음 해에 파리로 와서 같은 반이되었다. 아벨은 상냥하고 느긋한 성격이었다. 우리는 곧 허물없이 지내는 사이가 되었다. 무엇보다 내 머릿속에서 끊임없이 되풀이되는 기억의 배경인 르아브르와 퐁그즈마르에 대한 이야기를 마음껏 나눌 수 있어서 좋았다.

그 무렵 외사촌인 로베르도 파리로 왔다. 같은 학교에 다니긴 했지만 두 학년 아래였기 때문에 일요일 예배 시간에나 만날 수 있었다. 알리사와 쥘리에트의 동생이 아니었다면 나는 그를 만나는 일에 조금도 흥미를 느끼지 않았을 것이다. 게다가 그는 그녀들과 닮은 구석이 전혀 없었다.

당시 나는 사랑에 빠져 있었다. 아벨이나 로베르와의 우정이 내게 어떤 식으로든 중요한 의미를 지녔다면, 그것은 오직 사랑의 빛이 투영되었기 때문이다. 알리사는 복음서에 나오는 값진 진주와도 같았다. 나는 그 진주를 얻기 위해 내가 가진 모든 것을 내다파는 장사치였다. 이렇듯 어린 나이에 외사촌 누이에게 느낀 감정을 사랑이라 부르는 것이 잘못된 일일까?

그 후로 내가 경험한 여러 감정들 가운데 그 어느 것도 이보다 더 사랑이라는 이름에 어울리는 것은 없었다. 훗날 내가 육체적인 욕망으로 고통스러워할 나이가 되었을 때도 내 감정의 본질은 거의 달라지지 않았다. 그저 그녀에게 어울리는 사람이 되어야 한다는 생각만 더욱 강해졌을 뿐 그녀를 직접적으로 소유하려 들지는 않았다.

나는 공부와 노력, 덕행 같은 모든 행동을 알리사에게 바쳤다. 가끔씩은 알리사 모르게 그녀를 위해 덕행을 하면서 스스로 만족감을 느끼기도 했다. 일종의 자기 도취에 빠져 있었던 것이다. 아아! 나는 나를 위한 즐거움은 거의 찾지 않았다. 그리고 노력을 기울이지 않은 일에는 무엇이든 만족하지 않았다.

그런데 나 혼자만 이런 감정에 빠져 있었던 것일까? 알리사는 이런 감정을 전혀 느끼지 않는 것 같았고, 그녀를 위한 나의 노력에 보답하려는 마음도 거의 없는 듯했다. 또 오로지 나만을 위해서는 그 어떤 행동도 취하지 않았다.

그녀의 마음속에서는 모든 것이 그저 자연스러운 아름다움을 띠고 있었다. 그녀의 몸에서 배어 나오는 덕은 한없이 편안했으며 상대를 끌어당기는 힘을 지니고 있었다. 알리사의 입가에 어린 해맑은 미소는 그녀의 시선에 배인 엄숙함을 더욱 빛나게 만들었다. 부드럽고 다정한 목소리로 질문을 하면서 물끄러미 바라보던 그 시선을 떠올려 보면, 외삼촌이 왜 정신적으로 혼란을 겪을 때마다 맏딸과 이야기를 나누며 위안을 찾았는지 이해할 수 있었다.

이듬해 여름, 외삼촌은 알리사와 더 자주 이야기를 나누었다. 슬픔은 외삼촌을 갑자기 늙어 버리게 했다. 그는 식사 시간에 거의 말을 하지 않았는데, 가끔씩 억지로 꾸며 낸 듯 즐거운 모습을 보일 때가 있었다. 그 모습은 침묵보다 더 고통스럽게 느껴졌다.

알리사가 아버지를 부르러 오는 저녁 시간까지 그는 서재에서 담배만 피워 댔다. 그를 서재에서 나오게 하기 위해서는 거의 빌다시피 해야 했다. 그녀는 어린애를 달래듯 얼러서 외삼촌을 정원으로 데리고 나왔다. 두 사람은 꽃이 만발한 좁은 길로 내려가서 채소밭의 층계 옆 갈림길에 놓여 있는 벤치에 나란히 앉았다.

어느 날 밤, 나는 커다란 너도밤나무 아래의 잔디밭에 누워서 늦게까지 책을 읽었다. 꽃이 가득 피어 있는 좁은 길과 내가 누워 있는 곳 사이에 월계수 울타리가 있어서 내 몸을 잘 가려 주었다. 그렇지만 주변에서 나는 소리는 확실하게 들을 수 있었다.

마침 알리사와 외삼촌의 목소리가 들렸다. 그들은 로베르에 대한 이야기를 막 끝낸 참이었다. 그때 알리사가 내 이름을 입에 올렸다. 나는 그들의 말에 귀를 기울였다. 외삼촌이 큰 소리로 말했다.

"오! 제롬은 절대로 공부를 손에서 놓지 않을 거야."

본의 아니게 엿듣기는 했지만, 그 자리를 벗어나고 싶은 마음이 굴뚝같았다. 그렇게 안 된다면 적어도 그들에게 내가 근처에 있다는 사실을 알리는 어떤 신호라도 보내고 싶었다. 하지만 어떻게? 기침을 할까? 나 여기 있다고, 얘기가 다 들린다고 소리를 질러야 하나?

내가 끝내 입을 다물고 있었던 것은 대화를 엿듣고 싶어서가 아니라 그 자리를 벗어나는 것이 오히려 더 거북하게 느껴졌기 때문이다. 게다가 그들은 근처를 지나가고 있는 중이었다.

그들은 천천히 걸어가고 있었다. 알리사는 보나 마나 한쪽 팔에 바구니를 끼고서 시든 꽃을 따거나 과일나무 울타리 아래에서 설익은 채 떨어진 과일들을 줍고 있을 게 분명했다. 그녀의 맑은 목소리가 들려왔다.

"아빠, 플랑티에 고모부는 훌륭한 분이셨어요?"

외삼촌의 목소리는 작고 불분명해서 뭐라고 대답하는지 알아들을 수가 없었다. 알리사가 연이어 물었다.

"정말로 훌륭한 분이셨어요? 말씀해 주세요."

역시 잘 알아듣기 힘든 대답이 어렴풋하게 들려왔다. 알리사가 다시 물었다.

"제롬은 똑똑하죠, 그렇죠?"

이 질문을 듣고서 내가 어떻게 귀를 곤추세우지 않을 수 있었을까? 그러나 그 대답 역시 잘 들리지 않았다. 그녀가 다시 말했다.

"그 애가 장차 훌륭한 사람이 될 수 있다고 생각하세요?"

갑자기 외삼촌의 목소리가 높아졌다.

"얘야, 나는 '훌륭하다'는 말이 무엇을 의미하는지 먼저 알고 싶구나! 겉보기에는 그래 보이지 않아도 아주 훌륭할 수도 있거든. 사람들 눈에는 그렇게 보이지 않더라도 하느님 눈에는 훌륭해 보일 수 있는 거니까."

"저도 그런 뜻으로 말씀드린 거예요."

알리사가 말했다.

"우리가 어떻게 알 수 있겠니? 그 애는 아직 어려. 그래, 확실히 재능이 있긴 하지. 하지만 성공을 하려면 그것만으로는 충분하지 않아."

"뭐가 더 필요한데요?"

"얘야, 네가 무슨 말을 듣고 싶은지 모르겠지만, 성공을 하려면 신뢰, 지지, 사랑, 이런 것들이 필요하단다. 또……."

"지지라는 건 무엇을 뜻하는 거예요?"

알리사가 외삼촌의 말을 끊고 물었다.

"내가 한 번도 받아 보지 못했던, 정이나 존경 같은 것 말이다."

외삼촌은 슬픈 목소리로 대답했다. 그 말을 마지막으로 그들의 대화는 들리지 않았다.

그날 밤 나는 기도를 하면서 대화를 엿들은 일이 비록 고의는 아니었지만 다소 경솔했다는 생각이 들었다. 그래서 알리사에게 모든 걸 털어놓고 용서를 구하기로 마음먹었다. 한편으로는 그때의 대화 내용을 조금 더 알고 싶은 마음도 없지 않았다.

다음 날 내가 엿들은 일을 고백하자 그녀가 말했다.

"제롬, 그렇게 몰래 듣는 건 아주 나쁜 짓이야. 우리에게 기척을 하거나 그 자리를 벗어났어야지."

"엿들은 게 아니야. 맹세해. 그냥 들렸다니까. 게다가 너와 외삼촌은 거길 지나치던 참이었잖아."

"우리는 천천히 걸었어."

"맞아. 하지만 진짜로 자세히 듣지는 못했어. 제대로 들리지 않았거든. 그런데 알리사, 성공을 하려면 무엇이 필요하냐고 네가 물었을 때 외삼촌이 뭐라고 대답하셨니?"

"제롬."

그녀가 웃으며 말했다.

"너, 정말 다 들었구나! 그래 놓고선 재미 삼아 나한테 그걸 다시 말하게 하려는 거지?"

"맹세하건대 앞부분밖에 못 들었어. 외삼촌이 신뢰니 사랑이니 하고 말씀하시는 것까지 말이야."

"그것 말고도 여러 가지가 필요하다고 하셨어."

"그래서 너는 뭐라고 했어?"

내 물음에 그녀의 표정이 굳어졌다.

"성공을 하려면 누군가의 지지가 필요하다고 말씀하시기에 제롬에게는 어머니가 계시지 않느냐고 했어."

"오! 알리사, 넌 내가 어머니와 언제까지나 같이 있을 수 없다는 걸 잘 알잖아. 그리고 그것은 전혀 다른 문제야."

그녀는 고개를 숙였다.

"아버지도 그렇게 말씀하셨어."

나는 그녀의 손을 슬며시 잡았다.

"내가 나중에 무엇을 하든, 그건 전부 널 위해서야."

"그렇지만 제롬, 나도 언제든 널 떠날 수 있어."

나는 진심을 다해 말했다.

"나는 널 영원히 떠나지 않을 거야."

그녀는 어깨를 으쓱해 보였다.

"너는 왜 혼자 걸어갈 만큼 강하지 못하니? 우리는 저마다 혼자 힘으로 하느님께 이르러야 해."

"그렇다 해도 내게 길을 가르쳐 주는 사람은 바로 너야."

"너는 왜 하느님이 아닌, 다른 인도자를 찾으려고 하니? 우리가 서로를 잊은 채 각자 하느님께 기도를 드릴 때에야 비로소 가장 가까이 있게 된다는 걸 모르니?"

"그래, 알아. 우리가 함께 있는 것……. 내가 매일 아침저녁으로 하느님께 기도를 드리는 이유도 바로 그 때문이야."

"제롬, 하느님 안에서 결합한다는 것이 무슨 뜻인지 정말 모르는 거야?"

"아니, 알고 있어. 그건 동일한 사랑의 대상 속에서 서로가 온전히 만나는 거지. 네가 사랑하는 존재를 나 역시 사랑하는 것은 오로지 널 되찾기 위해서야."

"네 사랑은 순수하지 않아."

"내게 너무 많은 걸 바라지 마. 널 찾을 수 없다면 나한테는 천국도 별 볼일 없으니까."

그녀는 자기 입술에 손가락을 가져다 대고 엄숙하게 말했다.

"먼저 하느님의 나라와 그 정의를 구하라."(〈마태복음〉6장 33절)

두 사람의 대화를 옮기다 보니, 어쩌면 우리의 모습이 전혀 아이답지 않게 보일 수도 있겠다는 생각이 든다. 사람들은 모른다. 어떤 아이들은 꽤 심각한 대화를 아무렇지도 않게 나눈다는 사실을……. 우리인들 별다를까? 굳이 변명이라도 해야 하나? 우리가 주고받은 말들을 또래 아이들의 대화처럼 보이게 하려고 애써 꾸미지 않는 것처럼 그런 변명 또한 하고 싶지 않다.

우리는 라틴 어로 된 성경을 구한 다음 거기에 나오는 긴 문장들을 암송하곤 했다. 알리사는 로베르를 도와준다는 구실로 나와 함께 라틴 어를 공부했다. 지금 생각해 보면 나와 독서를 같이하고 싶어서가 아니었나 싶다. 그녀가 나와 함께하지 않는 공부에는 그다지 욕심을 내지 않았기 때문이다. 이 때문에 나의 정신적 성숙이 방해받았다고 생각할지 모르겠지만 절대로 그렇지 않았다. 오히려 알리사가 조금씩 앞서는 듯했기 때문에 나는 그저 그녀가 인도하는 대로 따라가기만 하면 되었다. 그 당시 우리의 마음을 사로잡고 있던 것, 그러니까 우리가 '사색'이라고 불렀던 것은 학문적인 공감이거나 감정의 포장, 사랑의 치장에 불과했지만 말이다.

어머니는 가늠하기 어려운 나의 이런 감정이 내심 불안했던 모양이다. 그러나 시간이 흐르고 기력이 약해지자, 오로지 모성으로 우리를 똑같이 끌어안아 주려고 애썼다. 어머니는 오랫동안 앓고 있던 심장병이 갈수록 심해져 몹시 고통스러워했다. 그러던 어느 날, 나를 불러 가까이 오라 했다.

"애야, 보다시피 나는 이제 많이 늙었단다. 어느 날 갑자기 널 두고 떠날지도 몰라."

어머니는 숨이 가쁜지 잠시 말을 멈추었다. 그 순간 나는 슬픔을 이기지 못하고, 어쩌면 어머니가 가장 듣고 싶어 할지도 모를 말을 입 밖으로 꺼냈다.

"어머니, 제가 알리사와 결혼하고 싶어 한다는 걸 알고 계시지요?"

확실히 이 말은 어머니의 마음속 가장 깊은 곳을 건드린 듯했다. 어머니가 바로 대답했다.

"그래. 내가 하려던 말 역시 그거란다, 제롬."

"어머니!"

나는 감정이 복받쳐 올라 흐느끼며 말했다.

"어머니도 알리사가 저를 사랑한다고 생각하시는 거죠?"

"그렇단다, 얘야."

어머니는 다정한 목소리로 대답했다. 그렇지만 말을 잇는 것이 무척 고통스러워 보였다.

"하느님께서 이끄시는 대로 따르렴."

내가 고개를 숙이자, 어머니는 내 머리에 손을 얹고 말을 이었다.

"하느님이 너희를 보호하여 주시길……. 내 아가들, 내 아가들을 하느님이 영원히 보살펴 주시기를!"

그러고는 얕은 잠에 빠졌다. 나는 어머니의 얼굴을 가만히 바라보았다. 어머니와의 대화는 다시 이어지지 못했다. 이튿날 어머니는 잠시 기운을 차리긴 했지만, 나는 수업을 핑계로 그 곁을 떠나 있었다. 결국 절반밖에 전하지 못한 속내는 침묵에 묻히고 말았다.

사실 내가 더 이상 무엇을 알 수 있었겠는가? 나는 알리사가 나를 사랑한다는 사실을 한순간도 의심하지 않았다. 설령 그때 의심하는 마음이 있었다 하더라도 뒤이어 일어난 슬픈 일 때문에 그 의심은 금세 사라져 버렸을 것이다.

그로부터 얼마 지나지 않은 어느 날 저녁, 어머니는 에쉬브르통 양과 내가 지켜보는 가운데 조용히 숨을 거두었다. 그날 어머니는 특별한 증세를 보이지 않았다. 임종이 가까워져서야 위험한 증세가 나타났기 때문에 그 전에 친척들이 달려올 만한 여유가 없었다. 그날 밤 나는 어머니의 오랜 친구와 함께 주검을 지켰다.

나는 사랑하는 어머니를 잃은 슬픔을 주체하지 못하며 하염없이 눈물을 흘렸다. 하지만 마음 깊은 곳에서는 진정으로 슬픔을 느끼지는 못하고 있었다. 내가 눈물을 흘린 진짜 이유는 자기보다 젊은 나이에 하느님 곁으로 가 버린 친구를 바라보는 에쉬브르통 양의 모습이 너무나 안타까워서였다. 오히려 어머니의 죽음 덕분에 알리사가 내게로 더 서둘러 오게 되리라는 은밀한 기대가 내 슬픔을 강하게 누르고 있었다.

이튿날, 제일 먼저 도착한 외삼촌이 알리사의 편지를 내게 내밀었다. 알리사는 퐁괴뇌즈에 이모와 함께 그 다음 날에 도착할 것이라 했다.

제롬, 나의 벗, 내 동생. 돌아가시기 전에 고모와 몇 마디 얘기조차 나누지 못해서 얼마나 가슴이 아픈지 몰라. 그랬다면 당신께서 원하시던 것을 드릴 수도 있었을 텐데. 날 용서해 주시기를! 앞으로는 오직 하느님만이 우리 둘을 인도해 주실 거야! 안녕, 내 가여운 벗이여. 어느 때보다 더욱 다정하게, 너의 벗 알리사가.

이 편지에 담긴 내용은 어떤 의미를 띠고 있는 것일까? 그녀가 미처 하지 못해서 가슴 아픈 그 말이 우리의 미래를 약속하는 말이 아니라면 과연 무엇이겠는가? 청혼을 하기에 나는 아직 너무 어렸다. 그렇지만 굳이 그런 약속이 필요한 것일까? 우리는 이미 약혼한 사이나 다름없었다. 우리의 사랑은 친척들에게도 더 이상 숨길 필요가 없었다. 어머니가 그랬듯 외삼촌도 반대하지 않았다. 오히려 외삼촌은 나를 벌써부터 자식처럼 대하고 있었다.

며칠 후에 시작된 부활절 방학은 르아브르에서 보냈다. 퐁괴

티에 이모 집에서 묵었는데, 식사는 대개 뷔콜랭 외삼촌 집에서
했다.

플랑티에 이모는 더할 나위 없이 훌륭한 분이었지만, 나와 외
사촌들은 이모와 아주 친밀하게 지내지는 못했다. 그녀는 숨 돌
릴 틈이 없을 정도로 바빴다. 상냥함이라곤 전혀 찾아볼 수 없
는 데다 목소리마저 항상 우렁찼다. 우리에게 자신의 넘치는 사
랑을 표현하고 싶을 때면 언제 어디서든 거침없이 입맞춤을 퍼
부었다. 뷔콜랭 외삼촌은 그녀를 무척 좋아했다. 그러나 외삼촌
과 이모의 대화를 가만히 들어 보면 내 어머니를 훨씬 더 좋아
했다는 것을 금방 알아차릴 수 있었다.

"이 불쌍한 것."

어느 날 저녁, 그녀가 입을 열었다.

"제롬, 올 여름엔 뭘 할 생각이니? 내가 무얼 할지 결정하기 전
에 너의 계획을 먼저 알아 두는 게 좋을 것 같구나. 만일 내가 적
으나마 도움이 될 수 있다면……."

"아직 깊이 생각해 보진 않았는데, 여행을 하면 어떨까 해요."

내가 대답하자 그녀는 언제나처럼 큰 목소리로 말했다.

"너도 느끼고 있겠지만, 네가 오는 것은 언제나 대환영이란다.
물론 퐁그즈마르에 가면 네 외삼촌과 쥘리에트가 무척 좋아하
겠지만."

"알리사 말씀이시죠?"

"그렇지! 미안하다. 나는 네가 쥘리에트를 좋아한다고 생각하고 있었거든. 네 외삼촌이 나한테 말해 주기 전까진 말이다. 그걸 안 지 한 달도 안 되었어. 너도 알지? 난 너희가 참 좋단다. 그렇지만 너희를 잘 알지는 못해. 만날 기회가 별로 없었으니까. 내가 관찰력이 좋은 사람도 아니고. 나와 상관없는 일에 신경을 쓸 여유가 없단다. 내 기억에는 네가 쥘리에트와 자주 어울려 놀았던 것 같아서……. 쥘리에트는 참 밝고 예쁘잖니?"

"네, 저는 아직도 쥘리에트하고 잘 어울려 놀아요. 하지만 제가 사랑하는 사람은 어디까지나 알리사예요."

"그래, 알았다, 알았어. 그건 네 마음이니까. 사실 나는 그 아이를 아예 모른다고 해도 과언이 아니야. 제 동생보다 말수가 적기도 하고……. 그래도 네가 그 아이를 선택했으면 그럴 만한 이유가 있는 거겠지."

"이모, 저는 알리사를 선택해서 사랑하는 것이 아니에요. 제가 왜 알리사를 사랑하는지 그 이유를 생각해 본 적은 단 한 번도 없어요."

"진정하거라, 제롬. 그냥 해 본 소리란다. 이 얘기 때문에 정작 하려던 말을 잊어버리고 말았구나. 그래, 생각났다. 내 생각에 이 모든 일의 끝은 결혼일 것 같은데, 네가 상중이니 당장 약혼을 할 수는 없고……. 게다가 너는 아직 너무 어려. 네가 퐁그즈마르에 가는 것도 어머니가 안 계시니까 보기에 좋지 않을 수도 있고……."

"이모, 그래서 여행을 하겠다고 말씀드린 거예요."

"그래, 알았어. 내 생각에는 네가 나와 함께 퐁그즈마르에 가면 일이 한결 수월할 것 같구나. 올 여름엔 너를 위해 시간을 내는 쪽으로 맞춰 보도록 하마."

"제가 부탁하면 에쉬브르통 양이 기꺼이 와 주실 텐데요."

"그래, 물론 나도 그럴 거라 생각해. 하지만 그것만으로는 안 된단다. 내가 가야 모든 일이 잘 풀릴 거야. 오! 그렇다고 내가 네 어머니 노릇을 하겠다는 것은 아니니까 오해하지 말고……."

그녀는 갑자기 눈물을 찍어 내면서 이렇게 덧붙였다.

"어차피 난 집안일을 도맡아야 할 테니, 네 외삼촌이나 알리사도 크게 거북해 하진 않겠지."

플랑티에 이모는 자신의 존재가 사람들에게 어떻게 받아들여지고 있는지 잘 모르고 있었다. 솔직히 말하면, 우리는 이모를 매우 거북해 하고 있었다. 하지만 우리의 심정과는 상관없이, 이모는 자기가 말한 대로 7월부터 퐁그즈마르에 와서 머물렀다. 나와 에쉬브르통 양도 곧 뒤따라 도착했다.

이모는 알리사를 도와 집안일을 거든다는 핑계로 조용하던 집안을 끊임없이 소란스럽게 만들었다. 우리를 즐겁게 해 주려는, 또 그녀가 말한 대로 '모든 일이 잘 풀리게' 해 주려는 열의가 너무 지나쳐서 알리사와 나는 이만저만 불편한 게 아니었다.

우리는 짐짓 이모에게 입을 다물었다. 그래서 우리를 몹시 쌀쌀맞다고 생각하는 듯했다. 설사 그러지 않았다 한들, 이모가 우리 사랑의 본질을 제대로 이해할 수나 있었을까?

반대로 쥘리에트는 부산스러운 이모의 성격과 잘 맞았다. 어쩌면 내가 이모에게 별다른 정을 느끼지 못했던 까닭은 쥘리에트에게만 각별한 애정을 보이는 데 대한 반감이 작용했기 때문일지도 몰랐다.

어느 날 아침, 이모가 나를 불렀다.

"가여운 제롬, 정말 미안하다. 방금 내 딸이 아프다는 연락을 받았어. 너를 두고 먼저 떠나야겠구나."

나는 괜한 걱정이 들어서 외삼촌을 만나러 갔다. 이모가 떠난 뒤에도 내가 퐁그즈마르에 계속 남아 있어도 되는지 궁금했기 때문이다. 외삼촌은 못마땅하다는 듯 고개를 흔들면서 말했다.

"누님은 대체 무슨 생각으로 당연한 일을 복잡하게 만드는 건지, 원……. 넌 왜 우리 곁을 떠나야 한다고 생각하니, 제롬? 넌 내 아들이나 다름없지 않니?"

이모가 퐁그즈마르에 머문 기간은 보름 정도였다. 이모가 떠나자 비로소 집안은 평화를 되찾았다. 익숙한 고요가 다시 머물면서 행복의 모습을 띠었다.

나의 슬픔은 우리 둘의 사랑을 오히려 더욱 단단하게 만들었다. 한동안 이어진 단조로운 생활은 서로의 마음속에서 이는 작고 미묘한 움직임까지도 느낄 수 있도록 해 주었다.

플랑티에 이모가 떠나고 며칠이 지난 어느 날 저녁, 우리끼리 식탁에 앉아서 이모에 대한 이야기를 나누었다.

"그 난리 법석이라니."

"인생의 파도도 이모의 영혼에는 휴식을 줄 수 없는 걸까? 사랑의 아름다운 모습이여, 네 그림자는 여기서 무엇이 되었나?"

우리가 이런 대화를 나눈 이유는 괴테가 한 말이 생각났기 때문이다. 괴테는 자신의 애인이었던 슈타인 부인에 대해 이렇게 썼다.

"이 영혼에 비치는 세상을 보는 것은 아름다우리."

우리는 곧 이모에게 필요한 몇 가지 자질에 우선순위를 정했는데, 가장 높은 위치에 명상을 올려놓았다. 그때까지 가만히 듣고만 있었던 외삼촌이 슬픈 미소를 지으며 입을 열었다.

"얘들아, 무언가가 산산조각 나 있다 하더라도 하느님은 원래의 모습을 알아보신단다. 인생의 한 단면만을 보고 그 사람을 판단하지는 말자꾸나. 너희가 싫어하는 누님의 어떤 점 역시 그녀가 겪은 여러 가지 사건들 때문에 생겨난 것일 테니까. 나는 그 일들을 잘 알고 있기에 너희처럼 함부로 비판할 수가 없단다. 젊었을 땐 제아무리 매력적이었던 성격도 나이가 들면 나빠 보이게 마련이지. 너희는 이모가 야단스럽다고 말하지만, 젊은 시절에는 똑같은 성격을 두고 뜨거운 열정이라느니, 충동적인 몰입이라느니, 귀여운 애교라느니 했어. 그땐 우리도 지금의 너희와 별반 다르지 않았지. 난 제롬하고 아주 비슷했단다. 지금 내가 느끼는 것보다 더 그랬을지도 몰라. 플랑티에 누님은 지금의 쥘리에트와 아주 많이 닮았고……. 그래, 생김새도 비슷했단다. 네 발랄한 목소리를 듣고 있노라면 갑자기 누님의 어린 시절이 떠오를 때가 있을 정도니까."

외삼촌은 딸에게로 몸을 돌리면서 덧붙였다.

"미소 짓는 모습이 아주 똑같아. 그리고 이젠 없어진 버릇이지만 너랑 판에 박은 듯 똑같은 모습이 있어. 아무 일도 하지 않고 의자에 앉아 있을 때, 팔꿈치를 앞으로 내민 채 깍지 낀 두 손으로 이마를 받치고 있는 모습 말이다."

바로 그때 에쉬브르통 양이 나를 돌아보며 목소리를 낮추어 말했다.

"알리사를 보면 네 어머니가 떠오른단다."

그해 여름은 눈부시게 아름다웠다. 세상이 온통 푸른빛이었다. 우리의 열정 또한 고통이나 죽음마저 이겨 낼 만큼 강렬했다. 어두운 기운이 서서히 우리 앞에서 물러났다. 나는 매일 아침 기쁨에 넘쳐 눈을 떴다. 이른 새벽에 일어나 솟아오르는 태양을 맞으러 정원으로 달려 나가곤 했다. 아침 이슬이 촉촉하게 내려앉은 그 새벽녘이 어제 일처럼 생생히 떠오른다. 꽤 늦게까지 잠들지 않았던 알리사와 달리, 일찍 자고 일찍 일어났던 쥘리에트가 종종 나와 함께 정원을 산책하곤 했다.

쥘리에트는 알리사와 나 사이에서 심부름꾼 역할을 했다. 나는 그녀에게 끊임없이 우리의 사랑을 이야기했고, 그녀는 지겨워하는 내색 한 번 없이 내 이야기에 귀를 기울였다. 나는 알리사에게 할 수 없었던 말을 그녀에게는 서슴없이 했다. 알리사 앞에만 서면 그녀를 향한 사랑이 벅차올라 위축되었기 때문이다. 알리사는 이 모든 것을 알고 있었다. 심지어 내가 쥘리에트에게 우리의 사랑에 대해 거침없이 말하는 것을 재미있어 하는 듯했다. 그렇지만 그녀는 우리가 자기 얘기 외에는 하지 않는다는 사실을 몰랐다. 아니면 모르는 척했거나……

오, 넘쳐흐르는 사랑의 그럴듯한 거짓이여! 어떤 비밀스러운 길을 통해 너는 웃음에서 눈물로, 그리고 소박한 즐거움에서 아름다운 덕을 요구했던 것인가!

그토록 맑고 잔잔했던 여름은 사라져 버렸다. 지나가 버린 그 나날들에 대해 지금 내가 기억하는 것은 거의 아무것도 없다. 그저 우리는 책을 읽고 대화를 나누었을 뿐…….

"슬픈 꿈을 꾸었어."

방학이 끝나 갈 무렵, 어느 날 아침에 알리사가 말했다.

"나는 아직 살아 있는데 네가 죽었어. 아니, 네가 죽는 걸 보지는 못하고 네가 죽었다는 사실을 알게 된 거야. 무서웠어. 너무나 충격적이어서, 네가 잠깐 자리를 비운 것뿐이라고 우겼어. 널 다시 만날 수 있으리라 생각하고 어떻게 해야 할까 고심하다가 잠에서 깬 거야. 잠에서 깨어났는데도 꿈속에 있는 것만 같지 뭐야. 계속 꿈을 꾸고 있기라도 한 것처럼 말야. 지금도 너와 아주 멀리 떨어져 있는 듯해. 앞으로도 오랫동안 그렇게 될 것만 같아. 아주 오랫동안 말이야."

그녀는 읊조리듯 조용하게 말을 이었다.

"우리가 살아 있는 한……. 아마도 우리는 죽을 때까지 노력해야 할 것 같아."

"왜?"

"다시 만나려면 노력을 해야지."

그 당시 나는 그녀의 말을 그다지 심각하게 받아들이지 않았다. 아니, 어쩌면 두려웠는지도 모른다. 나는 용기를 내어 반박이라도 하듯 그녀에게 말했다.

"나도 오늘 아침에 꿈을 꾸었어. 너랑 결혼을 하려는 꿈이었지. 그 느낌이 어찌나 강하던지 그 어떤 것도 우리를 갈라놓을 수 없을 것 같았어. 죽음밖에는 말이야."

"넌 죽음이 우리를 갈라놓을 수 있다고 생각해?"

그녀가 의아한 표정으로 나를 바라보며 물었다.

"내 말은……."

"내 생각에는 오히려 죽음이 우리를 다시 만나게 해 줄 것 같아. 그래, 죽음만이 평생 동안 떨어져 있던 모든 것을 다시 만나게 해 줄 수 있어."

우리가 나눈 대화는 서로의 가슴속에 깊이 새겨졌다. 나는 아직도 그녀의 목소리가 생생히 들리는 듯하다. 그렇지만 내가 그 말에 담긴 중요한 의미를 진정으로 이해할 수 있었던 건 그로부터 세월이 한참 흐른 뒤였다.

여름이 끝나 가고 있었다. 들판이 텅 비어서 시야가 탁 트였다. 내가 떠나기 전날, 아니, 그 전날 밤에 나는 쥘리에트와 함께 정원으로 산책을 나갔다.

"오빠가 어제 알리사 언니에게 읊어 준 게 뭐야?"

그녀가 내게 물었다.

"언제?"

"채석장 벤치에서 말이야. 내가 두 사람 뒤를 따라가고 있었을 때……."

"아, 아마 보들레르의 시 구절이었을 거야."

"어떤 건데? 나한테는 들려주고 싶지 않은가 보구나?"

"곧 우리는 서늘한 어둠 속에 잠기리라."

나는 썩 내키지 않았지만 시를 읊기 시작했다. 그런데 그녀가 곧 내 말을 끊더니 평소와 달리 떨리는 목소리로 중얼거렸다.

"안녕, 너무나 짧았던 우리 여름의 찬란한 빛이여!"

"뭐야? 너, 그 시를 알고 있었어?"

내가 놀라서 큰 소리로 물었다.

"난 네가 시를 좋아하지 않는 줄 알았어."

"어째서? 그래서 나한테는 읊어 주지 않는 거야?"

그녀는 수줍게 웃으며 말했다.

"가끔 오빠는 날 바보로 아는 것 같아."

"아주 똑똑한 사람도 시를 좋아하지 않을 수 있어. 다만 네가 시에 대해 얘기한 적이 없는 데다 나한테 읊어 달라고도 하지 않았잖아."

"그 역할은 알리사 언니가 도맡고 있잖아."

그녀는 잠시 침묵을 지키다가 입을 열었다.

"모레 떠나?"

"그럴 거야."

"겨울엔 뭐 해?"

"에콜 노르말(프랑스 파리에 있는 국립 교원 양성 기관으로, 고등 사범 학교라 할 수 있다.—옮긴이)에 들어가지."

"알리사 언니와는 언제 결혼할 생각이야?"

"군대 가기 전엔 힘들겠지. 그리고 내가 진정으로 하고 싶은 게 무엇인지 알기 전에는 하지 않을 생각이야."

"아직도 뭘 하고 싶은지 모르는 거야?"

"아직 알고 싶지 않은 것뿐이야. 흥미로운 것들이 너무 많으니까. 무언가 하나를 선택해서 그것만 해야 하는 시기를 될 수 있으면 뒤로 미루고 싶어."

"약혼을 미루고 있는 이유도 그 때문이야?"

나는 대답 대신 어깨를 으쓱했다. 그녀가 따지듯 물었다.

"대체 무엇 때문에 약혼을 미루고 있는 거야? 왜 알리사 언니랑 오빠는 빨리 약혼하지 않는 거지?"

"왜 약혼을 해야 하는데? 세상 사람들에게 굳이 알리지 않아도 우리는 함께 있고, 또 앞으로도 그럴 거라는 확신을 갖고 있는데……. 그것만으로 충분하지 않아? 나는 알리사를 위해 내 삶을 다 바칠 생각인데, 굳이 약속을 해서 내 사랑을 구속하는 것이 더 아름답다고 생각하니? 나는 그렇게 생각하지 않아. 맹세 따위는 사랑에 대한 모독일 뿐이야. 내가 알리사를 믿지 못하게 되는 날이 온다면 그때 약혼을 하겠어."

"내가 믿지 못하는 것은 알리사 언니가 아니야……."

그녀가 말끝을 흐렸다. 나는 더 이상 아무 말도 하지 않았다. 우리는 천천히 걸었다. 그러다 언젠가 내가 본의 아니게 알리사와 외삼촌의 대화를 엿들었던 장소에 도착했다. 순간 내 머릿속에 어떤 생각이 스쳤다.

우리보다 먼저 정원으로 나간 알리사가, 혹시라도 내가 그랬던 것처럼 이곳 어딘가에서 우리의 이야기를 엿듣고 있지 않을까? 이 기회를 틈타 내가 알리사에게 직접 하지 못했던 말을 들려주면 어떨까?

나는 내가 꾸민 일에 신이 나서 어린아이처럼 과장된 목소리로 말했다. 하지만 나는 가장 중요한 사실을 놓치고 말았다. 내가 내뱉는 말에 열중한 나머지, 알리사가 나에게 표현하기를 꺼렸던 감정이 쥘리에트의 입을 통해 밖으로 나올지도 모른다는 생각을 미처 하지 못한 것이다.

"오! 우리가 서로를 사랑하는 마음을 거울 속처럼 들여다볼 수 있다면 거기에 과연 무엇이 비칠까? 다른 사람의 마음을 자기 마음인 양 읽을 수 있다면……. 그렇게 된다면 사랑은 얼마나 평온하고 순수할까?"

쥘리에트는 갑작스럽게 변한 태도를 보고 혼란스런 표정을 지었다. 나는 내 감성적 표현이 빼어나서 감동한 것이라고 여기며 내심 흡족해 했다. 그런데 돌연히 그녀가 내 어깨에 얼굴을 묻으면서 말했다.

"제롬 오빠! 알리사 언니를 행복하게 해 주겠다고 약속해 줘. 만일 오빠 때문에 언니가 괴로움에 빠진다면 난 절대로 오빠를 용서하지 못할 거야."

"그렇게 된다면, 쥘리에트."

나는 그녀의 이마에 입을 맞추고 고개를 들어 올리면서 누구에게 들으라는 듯 큰 소리로 말했다.

"나 자신을 먼저 용서할 수 없을 거야. 그걸 알아줘. 내가 앞으로 무얼 할지 지금 결정하지 않는 것은 내 인생을 알리사와 함께 제대로 시작하고 싶기 때문이야. 나는 내 모든 것을 알리사에게 걸고 있어. 무엇을 하건 알리사와 함께할 수 없다면 그 어떤 것도 원하지 않아."

"오빠가 이런 이야기를 하면 알리사 언니는 뭐라고 해?"

"난 알리사에게 이런 얘기를 한 번도 한 적이 없어. 우리가 아직 약혼을 하지 않은 것도 이런 얘기를 애써 꺼내지 않았기 때문이야. 우리가 언제 결혼을 한다거나 그 후에 무엇을 할 것인가 하는 것은 별로 문제가 되지 않아. 오, 쥘리에트! 알리사와 함께하는 삶이란 너무나 아름다워서 감히 난…… 이해하겠니? 감히 난 알리사에게 이런 이야기를 할 수가 없어."

"무한한 행복으로 언니를 놀라게 해 주고 싶은 거구나."

"아니야, 그런 것이 아니야. 하지만 난 두려워. 알리사를 두렵게 할까 봐…… 이해할 수 있겠니? 내가 예감하는 이 엄청난 행복이 알리사를 두렵게 하지는 않을까 무섭단 말이야. 언젠가 내가 알리사에게 여행을 하고 싶지 않느냐고 물어본 적이 있어. 알리사는 아무것도 바라지 않는다고 했지. 그런 곳들이 존재한다는 사실만으로도 충분히 아름다울뿐더러, 누군가가 그리로 가 보고 싶어 한다는 것을 아는 것만으로 만족스럽다는 거야."

"오빠는 여행을 하고 싶어?"

"물론이지. 어디든 다! 전부 다 가 보고 싶어. 내게는 인생 전체가 긴 여행 같아. 수많은 책과 사람과 장소를 알리사와 함께 여행하는 거야. 너는 '닻을 올려라!'라는 말이 무얼 의미하는지 생각해 본 적 있니?"

"그럼! 자주 생각해."

쥘리에트가 중얼거렸다. 하지만 나는 쥘리에트의 말을 건성으로 듣고 있었다. 그녀가 내뱉는 말이 상처 입은 새처럼 땅에 힘없이 떨어지는 것을 알고도 모른 척 내버려 두었다.

"우리는 깊은 밤에 떠날 거야. 여명이 밝아 올 때 일어나 출렁이는 파도 위에서 오직 둘만이 존재하고 있음을 느끼는 거지."

그녀가 내 말을 받았다.

"아주 어렸을 때 지도 위에서 보았던 어느 항구에 도착하겠지. 그곳에서는 모든 것이 낯설어. 갑판 위에 서 있는 오빠가 보여. 그리고 오빠의 팔에 기대어 있는 알리사 언니도……. 둘이 함께 배에서 내려오고 있어."

"우리는 곧 우체국으로 갈 거야. 쥘리에트가 보낸 편지를 찾으러……."

"내가 여기, 퐁그즈마르에서 부친 편지겠지. 이곳은 너무나 작고 외져서 언니와 오빠에게 무지무지 아련하게 느껴질 거야."

이것이 과연 쥘리에트의 말이었을까? 단언할 수 없다. 왜냐하면 그때 내 마음은 사랑으로 가득 차 있어서 사랑의 표현 말고는 다른 어떤 말도 제대로 들리지 않았기 때문이다.

우리는 갈림길에 이르렀다. 그곳에서 되돌아 나올 생각이었다. 그때 어둠 속에서 알리사가 나타났다. 그녀의 안색이 몹시 창백했기 때문에 쥘리에트가 화들짝 놀라며 물었다.

"언니, 괜찮아?"

"응, 몸이 좋지 않아."

알리사가 작은 목소리로 중얼거렸다.

"밤공기가 차. 얼른 들어가는 게 좋겠어."

그러고는 우리 곁을 지나쳐 빠른 걸음으로 사라졌다.

"우리가 한 말을 언니가 들었어!"

알리사가 조금 멀어졌을 때 쥘리에트가 소리쳤다.

"알리사의 기분을 상하게 할 만한 얘긴 하지 않았잖아."

"갈게."

쥘리에트가 언니의 뒤를 쫓아 달려갔다.

그날 밤 나는 쉽게 잠을 이루지 못했다. 알리사는 저녁 식사 때 잠깐 모습을 보였다가 두통이 있다면서 곧 방으로 들어가 버렸다.

알리사는 우리가 나눈 대화 중 어떤 내용을 들었을까? 나는 불안한 마음으로 우리가 했던 말들을 하나하나 떠올려 보았다.

쥘리에트와 지나치게 바짝 붙어서 걸은 것이 못내 마음에 걸렸다. 그러다 쥘리에트가 팔짱까지 끼었다. 그렇지만 그것은 어릴 때부터의 습관이었다. 알리사는 우리가 그렇게 걷는 것을 이미 여러 차례 보았다.

아! 나는 얼마나 한심한 장님이었나. 내가 혹여 무슨 실수라도 하지 않았는지 되짚어 볼 생각은 하면서도, 귀담아듣지 않아서 기억조차 나지 않는 쥘리에트의 말을 알리사가 전부 들었을 거란 생각은 꿈에도 하지 못했으니……. 하지만 나는 개의치 않았다. 불안한 마음 탓인지 평소보다 판단력이 흐려진 데다, 알리사가 의심할 수도 있다는 생각에 더럭 겁이 난 나머지 다른 상황은 전혀 눈에 들어오지 않았다. 나는 그때 쥘리에트에게 했던 말에도 불구하고, 아니, 어쩌면 그녀가 내게 했던 말에 고무되어 두려움과 불안을 떨쳐 버리려고, 다음 날 바로 약혼을 하기로 결심했다.

내가 떠나기 전날이었다. 나는 알리사가 슬퍼하는 이유가 그것 때문인 줄 알았다. 그녀는 줄곧 나를 피했다. 그 바람에 그녀와 단둘이 있을 기회도 없이 하루가 지나가 버렸다. 그녀와 말한마디 나눠 보지 못한 채 떠날지도 모른다는 생각에 초조함이 밀려왔다. 그래서 저녁 식사를 하기 전에 잠시 그녀의 방으로 가 보았다.

알리사는 문을 등지고 앉은 채 산호 목걸이를 목에 걸고 있었다. 고리를 채우기 위해 두 팔을 들어 올리고서, 두 개의 촛대 사이에 놓여 있는 거울을 어깨 너머로 바라보고 있었다. 그녀가 나를 발견한 것은 거울 속에서였다. 알리사는 뒤를 돌아보지 않고 거울 속의 나를 한참 동안 응시하였다.

"아, 문이 잠겨 있지 않았나?"

그녀가 말했다.

"노크를 했는데 대답이 없었어. 알리사, 나 내일 떠나는 거 알고 있어?"

그녀는 아무 말도 하지 않았다. 그러고는 고리를 채우지 못한 목걸이를 벽난로 위에 올려놓았다. 나는 약혼이라는 말이 너무나 노골적으로 느껴져서 에둘러서 말을 하기 시작했다. 알리사는 내 말을 알아듣자마자 비틀거리면서 벽난로에 몸을 기대었다. 나 역시 어찌나 몸이 떨리던지 그녀를 똑바로 바라볼 수조차 없었다.

나는 시선을 내리깐 채 조심스레 다가가 그녀의 손을 잡았다. 알리사는 손을 뿌리치지는 않았다. 다만 고개를 살짝 숙이고는 내 손을 자신의 입술에 가져다 대면서 천천히 내게 몸을 기댔다. 그러고는 혼잣말을 하듯 중얼거렸다.

"안 돼, 제롬, 안 돼. 우리, 약혼하지 말자. 부탁이야."

순간, 내 심장이 격렬하게 뛰었다. 그녀에게 들리지 않을까 걱정스러울 만큼……. 알리사는 더욱 다정한 목소리로 말했다.

"안 돼, 아직은."

내가 이유를 묻자 그녀가 대답했다.

"그걸 묻고 싶은 건 오히려 나야. 무엇 때문에 우리 관계를 바꿔야 하는 거지?"

나는 어제 저녁의 대화에 대해 물어볼 용기가 나지 않았다. 하지만 그녀는 내가 그 일을 생각하고 있다는 걸 눈치 챈 듯했다. 마치 그 생각에 대답이라도 하듯 나를 뚫어지게 바라보면서 말했다.

"너는 잘못 생각하고 있어, 제롬. 나는 그렇게까지 행복하지 않아도 돼. 우리는 지금 이대로도 충분히 행복하지 않니?"

그녀는 애써 미소를 지으려 했지만 뜻대로 되지 않았다.

"행복하지 않아. 난 곧 여길 떠나야 하니까……."

"내 말 잘 들어, 제롬. 오늘 저녁엔 너하고 더 이상 얘기할 수가 없겠구나. 우리의 마지막 순간을 망치지 말자. 그래서는 안 돼. 나는 변함없이 널 사랑해. 안심해. 편지할게. 편지에 모두 다 쓸게. 당장 내일, 네가 떠나자마자 곧……. 이제 그만 나가 줘. 이것 봐, 내가 울고 있잖아. 제발 혼자 있게 내버려 둬."

그녀는 나를 밀어내면서 천천히 몸을 뗐다. 그것이 우리의 마지막 만남이었다. 왜냐하면 그날 밤 내내 나는 그녀와 단 한마디도 더 나누지 못했고, 이튿날은 내가 출발할 때까지 그녀가

방에서 나오지 않았다. 그녀는 창가에 기대어 서서 내가 탄 마
차가 멀어지는 것을 바라보며 작별의 손짓을 보내었다.

제 3 장
사랑의 슬픔

    그해에 나는 아벨을 통 만날 수가 없었다. 징집영장이 나오기도 전에 그가 자원입대를 한 데다, 나는 수사학을 재수강하면서 학사 과정을 준비하고 있었다. 아벨보다 두 살이 어린 나는 그해 둘이 함께 들어가려고 했던 에콜 노르말을 졸업할 때까지 입대를 연기해 두었다.

    개학을 앞둔 어느 날, 우리는 반갑게 다시 만났다. 그는 제대를 하고 한 달 동안 여행을 마친 뒤 학교로 돌아온 참이었다. 나는 그가 이전과 많이 달라졌을까 봐 내심 걱정을 하였다. 그는 전보다 더 자신감이 넘쳐흘렀으며 여전히 매력적이었다.

    개학 전날 오후에 우리는 뤽상부르 공원으로 갔다. 속내를 숨기기 힘들었던 나는 아벨에게 알리사와의 일을 털어놓았다. 아벨은 이미 대강의 사연을 알고 있었다. 그는 그동안 여러 여자를 사귀어 보았다며 선배 행세를 하려 들었으나 기분이 상할 정도는 아니었다. 아벨은 내가 결정적인 말을 할 줄 모른다고 놀렸다. 여자에게 냉정을 되찾을 기회를 만들어 주지 않는 것이 중요하다고 했다. 나는 그가 떠벌리는 대로 내버려 두었다. 그의 유창한 언변은 나나 알리사에게 들어맞지 않는 구석이 많았다. 나는 그가 우리를 제대로 이해하지 못하고 있다고 치부해 버렸다.

아벨과 내가 학교에 도착한 다음 날, 나는 알리사가 보낸 편지를 받았다.

사랑하는 제롬,

너의 제안에 대해 오랫동안 생각해 보았어. (나의 제안! 그녀는 우리의 약혼을 그렇게 부르고 있었다!) 그런데 나는 너보다 나이가 많잖니? 그 점이 걱정스러워. 넌 그렇게 생각하지 않을 수도 있겠지. 다른 여자를 만나 본 적이 없으니까. 하지만 내가 네 사람이 된 뒤에 더 이상 기쁨을 줄 수 없게 된다면, 얼마나 고통스럽겠니?

이 편지를 읽고 나면 너는 틀림없이 크게 화를 내겠지. 너의 항변이 귓가에 들리는 듯해. 하지만 네가 좀 더 나이를 먹고 인생에서 중요한 경험을 두루 할 때까지 기다려 달라고 부탁하고 싶어.

내가 이런 말을 하는 것은 오직 너를 위해서야. 왜냐하면 나는 널 향한 사랑을 절대로 멈출 수가 없으니까.

-알리사

우리가 서로 사랑하지 않을 수도 있다니! 그게 말이나 되는 소리인가! 알리사의 말은 슬프다기보다는 어이가 없었다. 나는 곧장 아벨에게 편지를 보여 주었다.

"자, 어떻게 할 생각이야?"

그는 입술을 굳게 다문 채 고개를 주억이면서 편지를 읽어 내려갔다. 그러고는 고개를 들고 나를 바라보았다. 나는 불안과 슬픔에 휩싸여 아무것도 모르겠다는 듯 두 손을 들어 보였다.

"나는 네가 답장을 하지 않았으면 좋겠어. 여자와 논쟁을 벌이면 반드시 지게 마련이거든. 잘 들어 봐. 토요일에 르아브르에서 자고, 일요일 아침에 퐁그즈마르에 도착하면 월요일 첫 수업 때까지 돌아올 수 있어. 난 입대한 뒤로 네 친척들을 통 만나지 못했잖아. 이 정도면 구실이 충분해. 내게도 체면이 서는 일이니까. 알리사는 이런 일이 그저 구실에 지나지 않는다고 생각할지도 모르지만. 어쩌면 그렇게 생각하는 편이 더 나을지도 몰라. 네가 알리사와 이야기하는 동안 나는 쥘리에트를 맡을게. 이제 더 이상 어린애 같은 짓은 하지 마. 사실 네 이야기 중에서 납득이 안 되는 대목이 좀 있어. 그건 아마도 네가 전부 다 말하지 않았기 때문이겠지. 뭐, 그런 건 조금도 중요하지 않아. 내가 알아내면 되니까. 무엇보다도 우리가 그곳에 간다는 사실을 알리사에게 절대로 알려선 안 돼. 기습적으로 들이닥쳐서 그녀를 놀라게 해야 해. 이럴 땐 마음의 준비를 할 틈을 주면 안 되는 거야."

아벨이 제안한 대로 우리는 일요일에 퐁그즈마르에 도착했다. 정원으로 들어서자 가슴이 마구 뛰기 시작했다. 쥘리에트가 달려 나와 우리를 반갑게 맞았다. 빨랫감을 정리하고 있다는 알리사는 얼른 내려오지 않았다.

거실에서 뷔콜랭 외삼촌과 에쉬브르통 양과 안부 인사를 나누고 있을 때에야 알리사는 모습을 드러냈다. 우리의 급작스런 방문에 놀랐을 법한데도 그녀는 전혀 내색을 하지 않았다. 역시나 짐작한 대로였다.

나는 아벨이 했던 말을 떠올렸다. 그의 말대로, 그녀가 한참 동안 모습을 나타내지 않았던 것은 나를 맞을 마음의 준비를 하기 위해서가 분명했다.

쥘리에트는 활기에 넘쳐 있었다. 그 때문에 알리사의 차분한 태도가 더욱 도드라져 보였다. 그녀는 우리의 방문을 못마땅하게 여기고 있는 듯했다. 그게 아니라면 불편한 기색을 겉으로 드러내려고 무진장 애를 쓰는 있든가……. 아무튼 그 바람에, 그 이면에 보다 강렬한 감정이 숨어 있는 것은 아닌지 헤아려 볼 엄두를 낼 수가 없었다.

알리사는 우리와 멀찍이 떨어져 구석진 창가에 앉은 채 수를 놓는 데 몰두하고 있었다. 그녀는 입술을 달싹거리며 바늘땀을 세고 있었다. 다행히도 아벨이 쉬지 않고 군대 생활과 여행에 대한 이야기를 지껄여 대었다. 나에게는 그럴 만한 힘이 남아 있지 않았다. 아벨이 없었다면, 이 재회의 순간이 더없이 침울했을 터였다. 외삼촌마저도 유난히 근심 어린 표정이었다.

점심 식사가 끝나자마자, 쥘리에트가 나를 따로 불러 정원으로 데려갔다.

"내가 누군가에게서 청혼을 받을지도 모른다는 거, 한 번이라도 생각해 본 적 있어?"

단둘이 있게 되자, 그녀가 소리를 지르듯이 말했다.

"어제 플랑티에 고모가 아버지께 편지로 님에서 포도 재배를 하는 사람이 나에게 청혼했다고 전하셨어. 고모 말로는 꽤 괜찮은 사람이래. 올 봄에 사교 모임에서 나를 몇 번 보고는 한눈에 반했다는 거야."

"너도 그 사람을 본 적 있어?"

나는 그 청혼자에게 알 수 없는 반감을 느끼며 대뜸 이렇게 물었다.

"응, 누군지 알아. 돈 키호테처럼 호탕한 사람이야. 못생긴 데다 교양도 품위도 없지만, 굉장히 재미있어서 그 사람 앞에서는 고모조차 점잔을 뺄 수가 없다나 봐."

"장래는 유망한 사람이야?"

나는 다소 조롱하는 듯한 어조로 다시 물었다.

"맙소사! 제롬 오빠, 지금 농담하는 거지? 그 사람은 그저 포도주를 만들어서 파는 장사꾼일 뿐이야! 오빠가 그 사람을 봤다면 나한테 그런 질문을 던지진 못할 텐데……."

"외삼촌은 뭐라고 하셨어?"

"예상한 대로지, 뭐. 결혼을 하기에는 내가 아직 너무 어리다고……. 그런데 성가시게도."

그녀가 웃으면서 덧붙였다.

"고모는 반대하리라는 걸 뻔히 짐작하고도 편지 끄트머리에다 이렇게 적었지 뭐야. 에두아르 테시에르 씨가, 이게 그 사람 이름인데, 아예 기다릴 작정을 하고서 결혼 대기자 명단에 이름이라도 올려놓을까 하고 고백을 했다는 거야. 기가 막혀서……. 오빠는 내가 어떻게 했으면 좋겠어? 너무 못생겨서 싫다고 할 순 없잖아."

"그럴 수는 없지. 그러면 포도를 재배하는 사람한테는 시집가고 싶지 않다고 해."

그녀가 어깨를 으쓱해 보였다.

"그런 이유는 고모에게 통하지 않아. 그 얘긴 그만하자. 그나저나 알리사 언니가 오빠한테 편지는 썼어?"

쥘리에트는 굉장히 흥분된 목소리로 물었다. 내가 알리사의 편지를 내밀자 그녀는 상기된 얼굴로 읽어 내려가기 시작했다. 잠시 뒤 그녀는 노여움이 묻어나는 목소리로 나에게 물었다.

"어떻게 할 거야?"

"모르겠어."

내가 대답했다.

"막상 와 보니까 차라리 학교에서 답장을 쓰는 편이 나았을 것 같아. 이곳에 온 게 후회가 돼. 너는 알리사가 왜 그러는지 알고 있니?"

"내 생각엔 언니가 오빠를 자유롭게 해 주고 싶은 것 같아."

"자유? 난 그런 거 바라지 않아. 그럼 넌 알리사가 왜 그런 편지를 썼는지 알고 있다는 거야?"

"몰라."

쥘리에트의 목소리는 아주 냉정했다. 하지만 이 일에 관해 전혀 모르고 있는 것 같지는 않았다. 그녀는 갑자기 걸음을 멈추더니 쌀쌀맞은 목소리로 말했다.

"이제 갈래. 오빠가 여기에 온 건 나하고 얘기하고 싶어서가 아니잖아. 너무 오래 같이 있었어."

쥘리에트는 도망치듯 집 안으로 냅다 뛰어 들어갔다. 잠시 후 그녀가 치는 피아노 소리가 들려왔다.

내가 거실로 들어갔을 때, 쥘리에트는 즉흥 연주를 하듯 거칠게 피아노를 치면서 아벨과 이야기를 나누고 있었다. 나는 그들을 내버려 둔 채 알리사를 찾아 오랫동안 정원을 돌아다녔다.

　알리사는 과수원 안쪽의 담장 아래에서 그해에 처음으로 핀 국화 꽃잎을 따고 있었다. 국화 향기가 너도밤나무 숲의 낙엽 냄새와 뒤섞여 은은한 향내를 풍겼다. 완연한 가을이었다. 햇볕은 열기를 잃은 채 과일나무 울타리 언저리에 머물러 있었으며, 하늘은 동양의 하늘처럼 맑고 높았다.

　그녀는 제일란트(네덜란드 남서쪽에 위치한 주—옮긴이) 풍의 커다란 모자를 깊숙이 쓰고 있어서 마치 액자 틀에 얼굴이 꼭 끼인 듯이 보였다. 그 모자는 아벨이 선물한 것이었다. 받자마자 쓰고 나온 모양이었다.

　내가 다가갔는데도 알리사는 뒤를 돌아보지 않았다. 하지만 그녀의 어깨가 가볍게 떨리는 것으로 보아, 내 발소리를 알아차린 것이 분명했다. 그녀의 차가운 시선에 대비해 나는 미리 마음을 단단히 먹었다.

　나는 좀 더 가까이 다가가려다 말고 걸음을 늦추었다. 처음엔 얼굴을 돌리지 않던 그녀가 토라진 아이처럼 고개를 숙이고는 꽃을 가득 쥔 손을 뒤로 뻗어 오라는 듯한 시늉을 하였다. 나는 그 몸짓을 보고 장난 삼아 걸음을 멈추었다. 결국 그녀는 몸을 돌려 내 쪽으로 몇 걸음 걸어와 고개를 들었다. 환하게 웃고 있었다. 그녀의 얼굴을 보는 순간, 모든 것이 단순하고 편안하게 느껴졌다. 나는 긴장을 풀고 평소와 다름없는 목소리로 말했다.

"네가 보낸 편지 때문에 온 거야."

"그럴 줄 알았어."

그녀는 책망하는 듯한 어조를 애써 누그러뜨리며 말을 이었다.

"내가 화난 건 바로 그 때문이야. 넌 왜 내 말을 제대로 이해하지 못하는 거니? 아주 단순한 얘기였는데……. 우리는 이대로도 충분히 행복하잖아. 난 그걸 말하고 싶었던 거야. 내가 네 제안을 거절한 게 그렇듯 놀랄 일이니?"

그녀의 말을 듣고 있노라니, 나의 슬픔과 번민이 나 혼자 상상하고 지어낸 것인 듯이 느껴졌다. 그녀 옆에 있다는 것만으로도 더할 나위 없이 행복했다. 너무나 행복해서 다시는 그녀의 생각에 어긋나는 판단은 하지 않으리라는 다짐까지 하였다. 나는 그녀의 미소 말고는 아무것도 바라지 않았다. 그녀의 손을 잡고 꽃이 가득 핀 이 따사로운 오솔길을 함께 걷는 것 말고는 더 바랄 게 없었다.

"네 생각에 그게 더 좋다면……."

나는 모든 희망을 순식간에 팽개쳐 버리고 진지한 목소리로 말했다. 그 순간의 완전한 행복에 온몸을 맡긴 채…….

"네가 그러는 게 더 좋다면 우리 약혼 같은 거 하지 말자. 네 편지를 받았을 때, 그동안 내가 얼마나 행복했는지 바로 깨달을 수 있었어. 동시에 이제 더 이상 행복하지 못하리라는 것도…….

오! 내가 느꼈던 그 행복을 돌려줘. 난 그 행복 없이는 살아갈 수가 없어. 평생 동안 기다려도 좋을 만큼 널 사랑해. 하지만 네가 날 더 이상 사랑하지 않는다거나 내 사랑을 의심한다거나 한다면……. 알리사, 그런 생각을 하면 난 정말 견딜 수가 없어."

"맙소사! 제롬, 난 절대로 널 의심하지 않아."

그녀의 목소리는 침착했지만, 어딘가 모르게 슬픔이 깃들어 있었다. 그러나 그녀의 미소는 한없이 평온하고 아름다웠기에 내가 두려워하며 불평을 늘어놓은 일이 되레 수치스럽게 느껴졌다. 그녀의 목소리에서 느껴졌던 슬픔의 여운은 어쩌면 두려움 섞인 나의 불평에서 비롯된 것인지도 몰랐다.

나는 앞으로의 계획을 두서없이 늘어놓기 시작했다. 공부를 비롯해서 많은 것을 얻을 수 있는 새로운 삶에 대해서……. 그 당시의 에콜 노르말은 개편되기 전이라 지금과는 사뭇 달랐다. 규율이 몹시 엄격해서 게으르거나 자유분방한 학생들에게는 힘겨웠겠지만 부지런히 노력하는 학생들에게는 더없이 안성맞춤이었다.

거의 수도승과 같은 그곳에서의 생활 습관이 세상으로부터 나를 지켜 주는 것이 마음에 들었다. 그 무렵 나는 흔히들 말하는 '사회'란 것에 딱히 매력을 느끼지 못하고 있었다. 그것이 무엇이든 알리사가 좋아하지 않을 일이라면 나도 관심을 갖지 않았다.

그때 에쉬브르통 양은 어머니와 함께 살던 파리의 아파트를 관리하며 지내고 있었다. 그녀 말고는 파리에 아는 사람이 없었던 터라, 아벨과 나는 일요일마다 반나절가량을 그녀와 함께 보내기로 하였다. 그리고 그때마다 알리사에게 길고 긴 편지를 쓸 작정이었다. 내 일상을 그녀에게 전부 들려주고 싶었다.

그때 우리는 온실의 유리 창틀에 걸터앉아 있었다. 마지막 열매까지 다 따 버린 굵직한 오이 덩굴이 멋대로 뻗어 있었다. 알리사는 나의 이야기를 주의 깊게 들으며 이런 저런 질문을 하였다. 나는 여지껏 이보다 더 다정하고 애틋하며 열렬한 그녀의 애정을 느껴 본 적이 없었다. 두려움, 걱정, 그리고 가벼운 의심조차 마치 하늘의 티 없는 푸르름 속에서 말끔하게 지워진 안개처럼 그녀의 미소 속에 온전히 녹아 버렸다. 나는 순식간에 매혹적인 친밀감 속으로 빠져들었다.

잠시 후 쥘리에트와 아벨이 너도밤나무 숲의 벤치로 합세를 했다. 우리는 스윈번(영국의 시인이자 비평가로, 이교적 탐미주의의 작품을 많이 썼다.—옮긴이)의 〈시대의 승리〉란 시를 함께 읊었다. 한 사람씩 돌아가면서 한 구절씩 읊다 보니 어느덧 날이 어두워졌다.

"자, 이제 더 이상 혼자서 공상을 펼치지 않겠다고 약속해."

우리가 자리에서 일어나기 직전, 알리사가 내게 입을 맞추면서 말했다. 반쯤은 장난 같은 태도였고, 반쯤은 누나가 동생을 나무라는 듯한 분위기였다. 나의 분별없는 행동 때문에 그녀가 일부러 그런 태도를 취한 것이었다.

"그래, 약혼은 하기로 했어?"

파리로 가는 기차에 오르자, 아벨이 기다렸다는 듯이 물었다.

"친구여, 이제 그런 건 문제가 안 돼."

나는 이렇게 대답한 다음, 다른 질문은 단칼에 잘라 버리겠다는 듯한 어조로 단호하게 덧붙였다.

"난 지금 이대로가 좋아. 이제껏 오늘만큼 행복했던 적이 없었어."

"나도 그래."

아벨이 갑자기 소리를 질렀다. 그러고는 내 목을 끌어안으며 감격에 겨운 목소리로 말했다.

"제롬, 기절할 정도로 놀라운 얘기 하나 해 줄까? 나, 쥘리에트를 미칠 듯이 사랑해! 작년부터 그런 마음이 들긴 했는데…….그 후에 세상 경험도 한 터라, 네 외사촌 누이들을 다시 만나기 전까지는 너에게 아무것도 말하고 싶지 않았어. 이제 됐어. 내 인생도 정해진 거야. 나는 쥘리에트를 사랑한다. 아니, 사랑이란 말로는 부족해. 나는 쥘리에트를 숭배한다! (프랑스 극작가 장 라신의 희곡 〈브리타니쿠스〉에 나오는 네로의 대사를 인용해서 한 말―옮긴이) 사실 난 오래전부터 너에게 형제애 같은 것을 느끼고 있었어, 제롬."

아벨은 기차의 좌석 위에서 어린아이처럼 뒹굴었다. 나는 그의 느닷없는 고백에 숨이 멎을 것만 같았다. 그 고백에 담긴 문학적 표현이 다소 거슬리긴 했지만, 그토록 벅찬 희열과 기쁨을 누가 막을 수 있겠는가.

"그래서 고백했어?"

나는 그가 잠시 입을 다문 틈을 타서 재빨리 물었다.

"아니, 천만에!"

그가 목청을 높였다.

"역사가 이루어지는 가장 매혹적인 장면을 단번에 불사르고 싶진 않아. '사랑의 제일 훌륭한 순간은 사랑한다고 말할 때가 아니다.'(쉴리프뤼돔의 시 〈사랑의 가장 좋은 순간〉의 첫 부분―옮긴이) 이봐! 느림보 선생, 자넨 날 비난할 수 없을걸."

"쥘리에트는 어때?"

나는 살짝 약이 올라서 이렇게 물었다.

"그녀가 날 다시 만났을 때 당황하던 모습 생각나니? 우리가 머물러 있던 내내 흥분해서 발그레한 얼굴로 쉬지 않고 떠들어댔잖아. 아니야, 넌 아무것도 눈치 채지 못했겠다. 당연해. 너는 온통 알리사에게만 정신을 쏟고 있었으니까. 쥘리에트가 내게 질문을 얼마나 많이 퍼부어 대던지, 그리고 내 말에 얼마나 열심히 귀를 기울이던지……. 그녀는 일 년 사이에 정말 똑똑해졌어. 그런데 넌 왜 그녀가 책 읽는 것을 그다지 좋아하지 않는다고 생각하는지 모르겠어. 넌 항상 독서는 알리사하고만 어울린다고 생각하지. 하지만 쥘리에트도 놀랄 만큼 많이 알고 있어. 저녁 먹기 전에 우리가 어떤 놀이를 한 줄 알아? 단테의 칸초네 (14세기부터 18세기까지 이탈리아에서 유행한 서정시—옮긴이)를 암송했어. 번갈아 가며 암송을 했는데, 내가 틀릴 때마다 그녀가 고쳐 주기까지 하던걸. 너도 이 시 알지? 〈내 마음을 가득히 채워 주는 사랑이여〉. 그러고 보니, 넌 그녀가 이탈리아 어를 배웠다는 말도 하지 않았어."

"그래? 그건 나도 모르고 있었어."

나는 크게 놀라면서 말했다.

"몰랐다고? 칸초네를 시작할 때 그러던걸? 네가 이탈리아 어를 가르쳐 주었다고."

"아마도 내가 알리사에게 시를 읊어 주는 것을 들은 모양이군. 언제나 우리 곁에서 바느질을 하거나 수를 놓고 있었거든. 하지만 듣고 있다는 내색은 전혀 하지 않았는데……."

"그랬겠지. 알리사와 너는 지독한 이기주의자들이니까. 너희 두 사람의 사랑에만 눈이 멀어서 쥘리에트의 지성과 영혼이 찬란하게 피어나는 데는 조금도 관심을 기울이지 않았을 테니까! 아무튼 나는 적절한 시기에 나타난 것 같아. 물론 널 비난하려는 건 아니야. 그건 너도 알지?"

그가 나를 다시 끌어안으면서 말을 이었다.

"단지 이것만 약속해 줘. 이 일에 대해 알리사에게는 한마디도 하지 않겠다고 말이야. 나는 내 일을 혼자 처리하고 싶어. 쥘리에트는 이제 임자가 정해진 거야. 확실해. 방학 때까지 그대로 내버려 두어도 괜찮아. 나는 그때까지 편지 한 장 쓰지 않을 참이야. 하지만 겨울 방학은 너와 함께 르아브르에서 보내야지."

"그리고?"

"알리사가 갑자기 우리의 약혼 사실을 알게 되는 거지. 나는 이 일을 최대한 빠르게 처리할 생각이야. 일이 어떤 식으로 진행될지 이제 알겠니? 네 힘으로는 해결할 수 없었던 알리사의 결혼 승낙을 내가 얻게 해 주겠다는 뜻이야. 너희가 결혼하기 전에는 우리도 결혼할 수 없다고 그녀에게 우길 생각이거든."

아벨은 쉬지 않고 떠들어 댔다. 아벨은 기차가 파리에 다다를 때까지, 그리고 우리가 에콜 노르말에 도착할 때까지 잠시도 말을 멈추지 않았다. 나는 결코 마르지 않는 말[言]의 강에 빠진 것만 같았다. 파리 역에서 에콜 노르말까지 걸어가며 나눈 얘기로도 부족했는지, 아벨은 내 방까지 따라 들어와 아침까지 수다를 떨어 댔다.

아벨은 열의에 불타오른 나머지, 현재와 미래를 마음대로 결정해 버렸다. 그는 벌써 우리 두 쌍의 결혼을 상상하고 있었다. 각자의 놀라움과 기쁨을 그려 보는 것을 넘어, 우리의 아름다운 사랑과 우정은 물론 내 사랑이 이루어지는 데 자신이 얼마나 큰 역할을 할 것인지 몇 번이나 강조하곤 했다.

나는 그것이 얼마나 미화된 것인지 잘 알면서도 그의 넘치는 열의에 차마 맞설 수가 없었다. 결국 그의 공상 속에서 이루어진 제안에 나도 모르게 조금씩 빠져들었다. 마음속에 자리한 사랑의 크기에 비례하여 우리의 야망과 용기 역시 한없이 부풀어 갔다.

에콜 노르말을 졸업하자마자 보티에 목사의 주례로 두 쌍의 결혼식이 진행된다. 넷이 함께 신혼여행을 떠난다. 우리는 대단한 일을 시작하게 된다. 우리의 아내들은 기꺼이 지지해 준다. 교직에는 별 관심이 없고 글쟁이의 운명으로 태어났다고 믿는 아벨은 오랫동안 가난에 허덕이다가 몇 편의 희곡이 성공을 거두어 순식간에 부자가 된다. 학문에서 얻을 수 있는 이익보다는 학문을 분석하는 일에 더 끌리는 나는 종교 철학을 연구해 그 역사를 써 본다.

그렇지만 지금 이곳에서 그 많은 것들을 상상해 본들 달라지는 게 뭐가 있을까. 다음 날이 되자 우리는 다시 공부에 열중했다.

제 4 장

잔인한 진실

겨울 방학까지 남아 있는 시간이 너무 짧았던 탓일까. 지난번 만남에서 알리사와 나누었던 대화로 한껏 들떠 있는 내 믿음은 조금도 가라앉지 않았다. 스스로 다짐했던 대로 나는 일요일마다 알리사에게 긴 편지를 썼다.

다른 날에는 동급생들과 떨어져서 아벨과 시간을 보냈다. 그리고 오로지 알리사만을 생각하며 지냈다. 책을 읽다가도 그녀에게 도움이 될 만한 부분이 있으면 표시를 해 두었다. 그것은 순전히 그녀가 책을 읽을 때 더 많은 재미를 느낄 수 있도록 도와주기 위해서였다.

그렇지만 그녀의 편지는 여전히 나를 불안하게 했다. 빠짐없이 답장을 해 주긴 했지만, 그것이 순수한 마음에서 우러나왔다기보다 내 공부를 독려하기 위한 것처럼 느껴졌기 때문이다.

내게는 작품을 감상한 후 토론하고 비평하는 일이 사유를 표현하는 방법인 데 반해, 그녀에게는 자신의 생각을 감추기 위한 수단처럼 느껴지는 건 왜일까? 때때로 그녀가 장난을 치고 있는 게 아닐까, 하고 의심이 들기도 했다. 하지만 아무래도 상관없었다! 그 어떤 것에도 불평하지 않기로 결심하지 않았던가. 나는 편지에 내 불안한 마음을 드러내지 않으려고 무진장 주의를 기울였다.

12월 말경, 아벨과 나는 르아브르로 출발했다.

나는 플랑티에 이모 집으로 갔다. 마침 이모는 집에 없었다. 짐을 풀고 있을 때, 하인이 와서 이모가 거실에서 기다리고 있다고 알려 주었다. 플랑티에 이모는 건강을 비롯해서 숙소, 공부 등에 대해 자세히 캐묻더니, 내 대답이 끝나기가 무섭게 호기심 가득한 목소리로 이렇게 말했다.

"그래, 퐁그즈마르에 갔던 일은 잘 되었니? 뭔가 진척이 있는 거야? 나한텐 아무 얘기도 하지 않을 셈이야?"

나는 이모의 무심한 친절을 견디지 않으면 안 되었다. 아무리 순수하고 애정이 넘친다 해도 다른 사람의 감정을 그토록 가볍게 여기는 말은 듣기가 괴로웠다. 이모의 물음은 몹시 가혹하게 들렸지만, 솔직하고 정다운 어조였기 때문에 딱히 화를 내기도 어려웠다. 나는 약간 뾰로통한 말투로 말했다.

"지난 봄에는 저에게 약혼이 너무 이른 게 아니냐고 하셨잖아요?"

"그래, 그랬지. 처음에는 다 그렇게 얘기하는 법이야."

이모는 내 손을 맞잡으며 말을 이었다.

"학업이나 군대 문제가 걸려 있으니까 몇 년 안에 결혼을 할 수는 없을 것 아니니? 나도 알아. 그리고 난 개인적으로 약혼한 상태에서 오래 끄는 것을 별로 달가워하지 않아. 그렇게 되면 처녀들은 대개 지치게 마련이거든. 뭐, 때로는 그 기다림이 감동을 안겨 주기도 하지만……. 사실 약혼을 반드시 공식적으로 할 필요는 없잖아. 그건 그저 서로를 이해시키는 절차일 뿐이니까. 약혼은 더 이상 배우자를 찾지 않겠다는 사실을 공표하는 것에 불과해. 그리고 교제를 허락받게 되는 거지. 말하자면 약혼은 다른 청혼이 들어오는 것을 막기 위한 수단에 지나지 않는 거란다. 그런 일이 일어나지 않는다고 단정할 수 없잖니?"

이모는 미소를 지으며 넌지시 말했다.

"그러면 슬쩍, '아뇨, 그러실 필요 없어요.'라고 대답하면 되는 거야. 그건 그렇고, 쥘리에트에게 청혼이 들어왔다는구나. 너도 알지? 올 겨울에 그 앤 굉장히 눈에 띄었지. 하지만 아직 어려. 그 청년에게도 그렇게 말했더니 언제까지든 기다리겠다고 하더구나. 매우 좋은 혼처이긴 해. 확실한 사람이고……. 내일이면 너도 그 청년을 볼 수 있을 게다. 크리스마스 트리를 가져온다고 했거든. 보고 나서 어땠는지 꼭 말해 주렴."

"이모, 왠지 저는 그 사람이 헛수고를 하는 것 같아요. 쥘리에트가 마음속에 담아 둔 사람이 따로 있을 수도 있잖아요?"

나는 나도 모르게 내 입에서 아벨의 이름이 튀어나올까 봐 조심하면서 말했다.

"그래?"

이모는 의아스럽다는 듯 고개를 갸우뚱했다.

"어머나, 놀라운 일이구나! 그렇다면 왜 그 애가 나한테 아무 말도 안 했을까?"

나는 더 이상 말하지 않으려고 입술을 앙다물었다.

"그래, 두고 보자꾸나. 사실 요새 그 애가 몸이 좀 안 좋은 것 같더구나. 쥘리에트 말이다. 게다가 지금은 그 애보다 알리사가 더 중요하지. 아, 알리사는 정말 사랑스러운 아이야. 그러니까 결국 고백을 했다는 거니, 못했다는 거니?"

순간 '고백'이라는 말이 굉장히 천박하게 느껴졌다. 나는 속에서 화가 치밀어 올랐지만 차마 거짓말을 할 수는 없어서 모호하게 말끝을 흐렸다.

"하기는 했는데……."

마치 불이라도 붙은 듯 얼굴이 후끈거렸다.

"그 애가 뭐라고 하던?"

나는 고개를 숙였다. 사실 대답을 하지 않아도 상관은 없었다. 내키지 않아서 그런지, 내 입에서는 더욱 애매한 대답이 흘러나왔다.

"약혼은 하지 않기로 했어요."

"그래? 그 애가 옳구나. 너희에게는 아직 시간이 많아. 그럼, 그렇고말고."

이모의 목소리가 커졌다.

"이모, 제발 그 얘긴 그만해요."

나는 이모의 질문을 멈추게 하려고 소극적으로나마 저항을 해 보았다. 하지만 도무지 소용이 없었다.

"전혀 놀라운 얘기는 아니구나. 나는 항상 알리사가 너보다 분별 있어 보인다고 생각해 왔지. 알리사가……."

그때 어떤 기운이 나를 그토록 벼랑 끝으로 몰아붙였는지 지금도 알 수가 없다. 확실한 건 심문과도 같은 이모와의 대화 때문에 몸 둘 바를 모르는 상태가 되었다는 사실이다. 나는 가슴이 터질 것 같았다. 결국 슬픔을 이기지 못하고 이모의 무릎에 머리를 묻은 채 어린아이처럼 흐느꼈다.

"이모, 아니에요. 이모는 아무것도 모르세요. 알리사는 저에게 기다려 달라고 하지 않았어요."

나는 울먹이며 말했다.

"뭐라고? 그 애가 널 떼밀어 내기라도 했단 말이냐?"

이모는 두 손으로 내 머리를 들어 올리며 연민이 담긴 다정한 목소리로 물었다.

"아니요, 확실히 그런 것도 아니에요."

나는 슬픈 표정으로 고개를 가로저었다.

"그 애가 널 사랑하지 않을까 봐 두려운 거니?"

"오! 아니에요. 제가 두려워하는 것은 그런 게 아니에요."

"가여운 제롬, 좀 더 자세히 말해 주어야 내가 알아들을 게 아니니?"

나는 이렇듯 약한 모습을 다른 사람에게 보였다는 사실이 몹시 부끄럽고 슬펐다. 이모는 내가 불확실한 태도를 취할 수밖에 없는 이유가 무엇인지 제대로 알지 못했다. 만일 알리사의 거절 속에 무언가 뚜렷한 동기가 숨어 있다면, 이모가 그녀에게 물어서 그 동기를 알아낼 수는 있으리라. 이모는 곧 그 이야기를 꺼냈다.

"잘 들으렴, 제롬."

이모가 말을 이었다.

"내일 아침에 알리사가 크리스마스 트리를 장식하러 여기로 올 거야. 그 애가 어떤 마음인지 알아본 다음 점심때 알려 주도록 하마. 장담하건대 네가 걱정할 일은 하나도 없을 게다."

그날 저녁, 나는 뷔콜랭 외삼촌 집으로 식사를 하러 갔다. 몸이 좋지 않아 며칠 전부터 앓고 있다던 쥘리에트는 정말로 평소의 모습과 많이 달라 보였다. 눈빛도 조금 사나워 보였고 표정 역시 부드럽지 못했다. 그래서인지 알리사와 분위기가 확연하게 달라 보였다. 나는 두 사람 중 누구에게도 말을 걸 수가 없었다. 딱히 그러고 싶지도 않았다. 외삼촌이 몹시 피곤해 보였기 때문에 식사를 마치자마자 서둘러 밖으로 나왔다.

플랑티에 이모가 장식하는 크리스마스 트리는 해마다 수많은 이웃과 친척, 친구 들을 한자리에 모이게 했다. 크리스마스 트리는 층계참으로 이루어진 현관에 세워져 있었다. 그 옆으로 첫 번째 문간방과 응접실, 그리고 찬장을 들여놓은 온실 비슷한 방의 유리문이 이어져 있었다.

트리 장식은 하루 만에 끝나지 않았다. 알리사는 이모가 말한 대로 내가 도착한 다음 날인 크리스마스날 아침 일찍이 찾아왔다. 그녀는 이모를 도와 갖가지 장식물과 조명, 과일, 사탕, 장난감 등속을 나뭇가지에 매달았다. 나 또한 알리사 옆에서 그 일을 거들고 싶었지만, 이모가 그녀와 이야기를 나눌 수 있도록 내버려 두는 편이 나을 듯해서 꾹 참았다. 나는 그녀와 변변히 인사도 나누지 못한 채 밖으로 나왔다. 덕분에 그날 아침나절 내내 불안한 마음을 억누르느라 안간힘을 써야 했다.

나는 쥘리에트를 만나 보고 싶은 마음에 외삼촌 집으로 발길을 옮겼다. 그런데 아벨이 먼저 와 있었다. 나는 두 사람의 대화를 방해할까 봐 짐짓 발길을 되돌려 나와서는 점심 시간 전까지 부둣가와 거리를 쏘다녔다.

"이런 바보!"

내가 집으로 들어서자마자 이모가 버럭 소리를 질렀다.

"언제까지 그렇게 쓸데없는 걱정만 하면서 살 테냐? 오늘 아침에 네가 나한테 했던 말 중에 이치에 닿는 것이라곤 하나도 없더구나. 애야, 난 단도직입적으로 물어보았단다. 그 전에 우리를 돕느라 지친 에쉬브르통 양은 산책이라도 하라고 밖으로 내보냈지. 그러고는 알리사에게 왜 올 여름에 약혼을 하지 않았느냐고 대놓고 물어보았잖니? 너는 그 애가 몹시 난처해 했을 거라고 생각하지? 천만에, 조금도 그렇지 않았어. 알리사는 아주 차분한 목소리로 동생보다 먼저 결혼하고 싶은 마음이 없다고 하더구나. 만일 네가 솔직하게 물어보았다면 분명히 그렇게 대답했을 거야. 너 혼자서 끙끙거린 이유가 바로 그거였잖니, 안 그래? 애야, 세상엔 솔직한 것만큼 좋은 게 없어. 불쌍한 알리사, 제 아비 얘기도 했는데……. 차마 아버지를 혼자 두고 떠날 수가 없다는 거야. 오! 우리는 정말 많은 얘길 했단다. 알리사는 정말이지 생각이 깊어. 또 자기가 너에게 어울리는 여자인지 아닌지 확신이 서지 않는다고도 하더구나. 나이가 더 많은 게 걸린다고……. 너한테는 쥘리에트 또래의 여자가 나을 것 같다고 하면서 말이지."

이모는 계속해서 말했다. 하지만 내 귀에는 더 이상 아무 말도 들리지 않았다. 이모가 한 말 가운데서 오직 한 가지 사실만이 중요했다. 알리사는 동생보다 먼저 결혼하고 싶지 않다. 하지만 아벨이 있지 않은가! 그렇다. 잘난 체하며 거들먹거리던 그가 결국 옳았던 것이다. 그가 말한 대로 우리 두 쌍이 한꺼번에 결혼식을 올릴 가능성이 한층 높아진 셈이었다.

이모에게서 알리사의 속마음을 듣고 나자 흥분을 감출 수가 없었다. 하지만 나는 애써 그 흥분된 마음을 눌렀다. 은근히 기뻐하는 척만 했다. 그런 내 모습이 이모에게는 퍽 자연스럽게 보였으리라. 나를 기쁘게 해 주었다는 생각에 속으로 무척 뿌듯해 하겠지.

나는 점심을 먹자마자, 말도 안 되는 핑계를 대고는 집을 나와서 아벨에게 달려갔다.

"거봐! 내가 뭐라던!"

아벨은 내 얘기를 듣자마자 나를 얼싸안으면서 소리를 질렀다.

"친구, 오늘 아침에 쥘리에트와 나누었던 대화가 거의 결정적이었다고 할 수 있어. 비록 대부분은 네 얘기였지만 말이야. 쥘리에트는 굉장히 피곤하고 신경이 날카로워 보였지. 내가 지나치게 앞서 나가서 그녀를 혼란스럽게 했거나 너무 오랫동안 머물면서 흥분시키는 건 아닌지 걱정될 정도였으니까. 그런데 네 애기를 들어 보니 생각보다 일이 쉽게 풀리겠는걸. 친구, 지팡이와 모자를 가지고 올게. 뷔콜랭 아저씨 댁 문 앞까지만 함께 가 줘. 내가 도중에 날아가기라도 하면 붙잡아 줘야 하니까. 오이포리온(괴테의 《파우스트》에서, 파우스트와 헬레나 사이에 태어난 아이—옮긴이)보다 더 가벼워진 기분이야. 언니가 결혼을 승낙하지 않는 이유가 자기 때문이라는 사실을 알게 되고, 그때 내가 바로 청혼을 하면……. 아! 친구여, 나는 벌써 아버지가 오늘 밤에 크리스마스 트리 앞에서 행복의 눈물을 흘리며 주님을 찬양하는 모습이 떠올라. 경배를 올리고 나서 우리 네 명의 약혼자들 머리 위에 손을 얹어 축복하는 모습도……. 에쉬브르통 양은 연방 감탄사를 내뱉느라 증발해 버릴지도 모르고, 플랑티에 아주머니는 기쁜 나머지 블라우스 속에서 녹아 사라져 버리실지도 몰라. 환하게 불을 밝힌 트리가 주님의 영광을 노래하고, 사람들은 성서에 나오는 산과 들처럼 축하의 박수를 치겠지.”

크리스마스 트리에 불이 켜지고 그 주위로 친척과 친구, 아이들이 모이려면 해 질 녘이 되어야 했다. 아벨과 헤어지고 나자 딱히 할 일이 없었다. 불안하고 초조한 마음만 더했다. 그래서 기다리는 시간을 잊어 보려고 자못 멀리 떨어져 있는 생아드레스 절벽까지 산책을 나갔다. 여기저기 둘러보고 헤매 다닌 탓에,

플랑티에 이모 집으로 돌아왔을 때는 크리스마스 파티가 막 시작되려 하고 있었다.

현관에 들어서는 순간 알리사와 눈이 마주쳤다. 나를 몹시 기다리고 있었던 듯 내게로 빠르게 다가왔다. 목이 깊게 파인 밝은색 블라우스 위에는 내가 준 자수정 십자가 목걸이가 걸려 있었다. 그 목걸이는 어머니의 유품이었는데, 그녀가 목에 걸고 있는 모습을 본 것은 처음이었다. 무엇 때문인지 그녀는 잔뜩 긴장해 있었다. 초췌한 안색과 고통스러운 표정이 내 가슴을 후벼팠다.

"왜 이렇게 늦었어?"

그녀는 숨이 멎을 듯 다급한 목소리로 물었다.

"절벽에서 길을 잃었어. 그런데 어디 아프니? 오! 알리사, 대체 무슨 일이야?"

알리사는 얼이 나간 듯한 표정으로 입술을 바르르 떨었다. 나는 불안감으로 가슴이 조여 와 더 이상 아무 말도 할 수가 없었다. 그녀는 내 목에 손을 얹더니 얼굴을 잡아끌었다. 뭔가 하고 싶은 말이 있는 것 같았다. 그러나 그 순간 사람들이 밀어닥쳤다. 그녀의 손이 맥없이 아래로 툭 떨어졌다.

"이제 시간이 없어."

그녀가 나지막이 중얼거렸다. 그러고는 눈물이 가득 차오르는 내 눈을 보더니 대답을 얼버무리면서 내 마음을 가라앉히려 들었다.

"아니야, 안심해. 머리가 좀 아파서 그래. 아이들이 어찌나 시끄럽게 떠들어 대던지 이리로 피신하지 않을 수 없었어. 이제 애들한테 다시 가 봐야 해."

그러고는 황급히 내 곁을 떠났다. 우리는 몰려드는 사람들 때문에 더 멀찍이 떨어질 수밖에 없었다. 나는 거실에서 다시 만날 수 있으리라 생각하며 한쪽 구석에 서서 그녀를 바라보았다. 그녀는 저쪽 끝에서 아이들한테 둘러싸인 채 놀이를 짜고 있었다. 그녀와 나 사이에 있는 사람들 중에는 낯익은 얼굴이 꽤 여럿 보였다. 내가 그녀 쪽으로 가려 하면 누구든 나를 불러 세울 성싶었다. 나는 누군가와 인사나 대화를 나눌 기분이 아니었다. 하지만 벽에 바짝 붙어서 조금씩 움직인다면…… 가능할지도 몰랐다. 나는 그렇게 하기로 마음먹었다.

정원 쪽으로 난 커다란 유리문 앞을 지나가려는데 누군가가 내 팔을 움켜잡았다. 쥘리에트였다. 그녀는 커튼으로 몸을 반쯤 가리고 서 있었다.

"온실로 가! 할 말이 있어. 먼저 가 있어. 나도 곧 갈게."

쥘리에트가 빠르게 말했다. 그러고는 문을 살짝 열고 정원 쪽으로 사라졌다.

대체 무슨 일일까? 아벨이 그사이 뭐라고 한 것일까? 당장이라도 아벨을 만나러 가고 싶은 마음을 누르고 현관 쪽으로 돌아

나와 쥘리에트가 기다리고 있는 온실로 갔다.

쥘리에트의 얼굴은 새빨갛게 달아올라 있었다. 미간을 잔뜩 찌푸린 채 고통스러운 표정을 짓고 있었다. 두 눈은 마치 열이라도 오른 듯 번득였고 숨소리도 고르지 않았다. 무언가에 몹시 화가 난 사람처럼 흥분해 있었다. 나는 매우 불안하면서도 그녀의 그런 모습이 유달리 아름답게 느껴져서 난감한 심정이 되었다. 그곳에는 우리 둘뿐이었다.

"알리사 언니가 오빠한테 뭐라고 했어?"

쥘리에트가 내게 물었다.

"그냥 두어 마디……. 내가 늦게 들어왔거든."

"알리사 언니가 자기보다 내가 먼저 결혼하길 바란다는 거 알고 있어?"

"응."

쥘리에트가 나를 빤히 바라보았다.

"그렇다면 내가 누구와 결혼하길 바라는지도 알아?"

나는 대답하지 않았다.

쥘리에트가 갑자기 소리를 버럭 질렀다.

"바로 오빠야!"

"뭐라고? 말도 안 돼!"

"사실이야."

쥘리에트의 목소리에서는 절망과 의기양양함이 동시에 묻어났다. 쥘리에트는 자리에서 벌떡 일어섰다. 아니, 뒤쪽으로 물러났다고 하는 편이 옳겠다.

"지금 내가 뭘 해야 하는지 알겠어."

쥘리에트는 갑자기 온실 문을 열더니, 짐작할 수 없는 말을 내뱉고는 문을 쾅 닫고 나갔다.

머리와 가슴속이 격렬하게 흔들렸다. 관자놀이에서 맥이 급하게 뛰었다. 주체할 수 없는 혼란 속에서 단 한 가지 생각만이 머릿속에서 끊임없이 맴돌았다.

'아벨을 찾아야 해. 그러면 이 두 자매의 알 수 없는 행동을 설명해 줄 수 있을 거야.'

하지만 거실에 모인 사람들이 혼란스러워하는 내 표정을 눈치 챌지도 모른다는 생각이 들자 차마 발길이 떨어지지 않았다.

일단 밖으로 나왔다. 얼음장같이 차가운 바깥 공기를 쐬니 마음이 한결 가라앉았다. 나는 한동안 그곳에 멍하니 서 있었다. 사방에 어둠이 내리고 희뿌연 바다 안개가 온 마을을 덮었다. 나무에서 잎들이 하나둘 떨어져 내렸다. 대지와 하늘은 한없이 쓸쓸해 보였다.

어딘가에서 노랫소리가 울려 퍼지기 시작했다. 아이들이 크리스마스 트리 주위에 모여 앉아 찬송가를 부르는 모양이었다.

나는 한참 후에야 현관으로 들어섰다. 플랑티에 이모와 쥘리에트가 텅 빈 거실 한구석에 놓인 피아노 뒤에서 이야기를 나누고 있었다. 크리스마스 트리 주위에는 사람들이 제법 많이 모여 있었다.

아이들의 노랫소리가 멈추자 잠시 침묵이 흘렀다. 보티에 목사가 크리스마스 트리 앞에서 설교를 하기 시작했다. 그는 자신이 말하는, 이른바 '좋은 씨를 뿌리기' 위한 기회를 어떤 식으로든 놓치지 않고 있었다. 나는 그 불빛과 열기가 불편했다. 밖으로 나가기 위해 발길을 돌렸다. 그때 문간에 기대어 서 있는 아벨이 눈에 띄었다. 한참 전부터 그곳에 있었던 것 같았다. 그는 적개심이 가득한 시선으로 나를 노려보다가, 눈이 마주치자 자기도 모르게 어깨를 으쓱거렸다. 나는 그에게로 다가갔다.

"바보 같으니!"

그는 나지막이 외쳤다. 그러고는 갑자기 목소리를 높였다.

"야! 밖으로 나가자. 훌륭한 말씀은 이미 지긋지긋하게 들었으니까!"

아벨은 밖으로 나오자마자 어이가 없다는 듯한 표정으로 말했다.

"이 바보 같은 놈!"

나는 아무런 대꾸도 하지 않고 불안한 눈빛으로 그를 바라보았다.

"쥘리에트가 사랑하는 사람은 바로 너야. 이 바보 같은 자식아! 나한테 미리 말해 줬더라면 좋았잖아?"

나는 기가 막혀서 아무 말도 나오지 않았다. 무슨 말인지 이해하고 싶은 마음도 없었다.

"차마 네 입으로 말하긴 힘들었겠지. 안 그래? 그게 아니라면 너도 여지껏 깨닫지 못했던 거야?"

아벨은 내 팔을 잡더니 격렬하게 흔들어 댔다. 나는 가까스로 입을 열었다. 앙다문 입술 사이로 새된 소리가 비어져 나왔다.

"아벨, 제발 부탁이야."

하지만 그는 내 말에 아랑곳하지 않았다. 내 팔을 붙잡은 채 앞으로 성큼성큼 걸어 나갔다. 나는 그에게 질질 끌려가면서 애절하게 말했다.

"그렇게 흥분하지만 말고, 대체 어떻게 된 일인지 차근차근 설명해 줘. 나는 정말이지 아무것도 몰라."

가로등 불빛 아래에 이르자, 그는 갑자기 멈춰 서서 나를 빤히 바라보았다. 그러고는 나를 와락 끌어안더니 머리를 내 어깨에 묻은 채 흐느끼며 중얼거렸다.

"미안해! 나 역시도 바보야. 나도 너만큼이나 아무것도 알아차리지 못했어."

아벨은 한바탕 울고 나더니 조금 진정이 된 듯했다. 고개를 들고 천천히 걸음을 옮기면서 다시 입을 열었다.

"어떻게 된 일이냐고? 이제 와서 그런 걸 말해 봤자 무슨 소용이 있겠니? 실은 오늘 아침에 쥘리에트와 이야기를 나눴어. 오

늘따라 유난히 더 아름다운 데다 활기까지 넘쳐흘렀지. 처음에
는 그게 나 때문인 줄 알았어. 그런데 나중에 보니까, 그건 단지
네 얘기를 하고 있기 때문이었어."

"그땐 깨닫지 못했던 거야?"

"몰랐어. 아무것도 몰랐지. 그런데 지금 생각해 보니까 아주
사소한 부분에서도 훤히 드러나는 일이었어."

"네가 착각한 건 아니고?"

"착각이라니! 이봐, 쥘리에트가 널 사랑한다는 걸 알아채지
못한다면 장님이나 마찬가지라고 봐야 해."

"그럼 알리사는……?"

"그러니까 알리사가 희생을 하려는 거지. 동생의 마음을 알
아차리고 양보를 하려는 거야. 자, 친구, 이 정도면 대충 이해가
가? 어쨌든 나는 쥘리에트와 다시 얘기를 나눠 보려고 했어. 그
런데 내가 얘기를 꺼내자마자, 아니 내가 무슨 말을 하려는지
눈치 채자마자 자리에서 벌떡 일어서더니, '그럴 줄 알았어요.'
라고 혼잣말처럼 몇 번이나 중얼거리는 거야. 그럴 줄 전혀 몰
랐던 사람의 말투로……."

"아, 제발 농담 좀 그만해!"

"왜? 이 얘기처럼 우스운 게 또 어딨니? 그러더니 언니 방으로
뛰어 들어가 버렸어. 그리고 방 안에서 깜짝 놀랄 만큼 날카로
운 목소리가 새어 나오더군. 내가 쥘리에트와 다시 얘기를 나눠

봐야겠다고 생각하는 순간 알리사가 밖으로 나왔어. 모자를 쓰고 있었는데, 나를 보더니 몹시 어색했는지 황급히 인사를 하고는 지나쳐 가 버렸지. 그게 끝이야."

"쥘리에트는 다시 못 봤어?"

내 물음에 아벨이 잠시 주저하다가 대답을 했다.

"봤어. 알리사가 나간 뒤에 내가 그 방으로 들어갔거든. 쥘리에트는 벽난로 앞에 앉아 있었어. 대리석 위에 팔꿈치를 얹고 두 손으로 턱을 받친 채 꼼짝도 하지 않았지. 거울에 비친 자신의 모습을 뚫어지게 노려보면서. 나의 기척을 듣고는 뒤도 돌아보지 않고 발을 구르면서 '아, 제발 나가 줘요!' 하고 소리를 지르지 뭐야. 어찌나 매몰차던지 아무 말도 못하고 그 길로 나와 버렸어. 이게 다야."

"그럼 이제부터는?"

"아, 너에게 다 털어놓고 나니까 오히려 살 것 같다. 이제부터? 이제부터 너는 쥘리에트의 상처를 치료해 주어야지. 내가 알리사를 잘못 본 게 아니라면, 그렇게 하기 전에는 결코 너에게 돌아오지 않을 테니까."

우리는 한참을 말없이 걸었다.

"돌아가자."

마침내 그가 말했다.

"이젠 손님들도 다 돌아갔겠지. 아버지가 기다리고 계실지도 몰라."

우리는 집으로 돌아왔다. 아벨의 말대로 거실은 텅 비어 있었다. 장식도 다 떨어지고 불도 다 꺼진 크리스마스 트리 주위에 플랑티에 이모와 조카 둘, 뷔콜랭 외삼촌, 에쉬브르통 양, 보티에 목사, 외사촌 누이들, 그리고 어딘가 모르게 우스꽝스러워 보이는 남자 한 명이 앉아 있었다. 그는 이모와 무언가 열심히 이야기를 나누고 있었다. 아무래도 쥘리에트에게 청혼을 한 사람인 듯했다. 그는 키가 크고 혈색이 좋았으며 다부져 보였다. 대머리여서일까. 왠지 우리와는 다른 계급, 다른 사회, 다른 태생의 사람 같았다. 그 스스로도 우리와 잘 어우러지지 않는다고 느꼈는지, 무성하게 나 있는 콧수염 아래의 희끗희끗한 카이저수염을 신경질적으로 꼬아서 잡아당기곤 했다.

현관문은 활짝 열려 있었는데, 불이 켜져 있지 않아 몹시 어두웠다. 아벨과 나는 슬그머니 안으로 들어갔다. 우리가 들어온 사실을 알아차리는 사람은 아무도 없었다. 나는 알 수 없는 두려움으로 숨이 막힐 지경이었다. 내가 사람들 앞에 모습을 드러내려 하자 아벨이 황급히 내 팔을 움켜잡았다.

"잠깐!"

바로 그때 그 낯선 남자가 쥘리에트 곁으로 다가가 손을 잡았다. 쥘리에트는 시선을 돌리지도 않은 채 아무런 저항 없이 손을 내맡겼다. 순간 내 속에서 전율이 일었다.

"아벨, 지금 무슨 일이 벌어지고 있는 거야?"

나는 아무것도 모르겠다는 듯, 아니 그러기를 바라는 것처럼 멍한 시선으로 중얼거렸다.

"모르겠어? 쥘리에트는 지금 자신의 가치를 높이기 위해 스스로를 경매에 붙이려는 거라고."

그의 목소리가 한층 높아졌다.

"언니보다 못하다는 사실을 인정하고 싶지 않은 거야. 지금쯤 하늘에서 천사들이 응원을 보내고 있을 테지."

외삼촌이 에쉬브르통 양과 이모 사이에 있는 쥘리에트에게 다가가 입을 맞추었다. 보티에 목사도 다가갔다. 나는 한 걸음 앞으로 나섰다. 알리사가 나를 발견하고 허겁지겁 달려와서는 떨리는 목소리로 말했다.

"제롬, 이럴 수는 없어! 쥘리에트는 저 사람을 좋아하지 않아. 오늘 아침까지만 해도 그렇게 말했단 말야. 말려 줘, 제롬. 아, 쟤가 어쩌려고 저러는 걸까?"

알리사는 절망적인 표정으로 애원을 하면서 내 어깨에 매달렸다. 나는 그녀의 불안을 없애 줄 수만 있다면 내 목숨까지도 기꺼이 내놓고 싶었다.

그때 갑자기 트리 옆에서 비명 소리가 들렸다. 부산스러운 움직임이 일었다. 우리는 소리가 난 쪽으로 서둘러 달려갔다. 쥘리에트가 의식을 잃고 이모 품에 쓰러져 있었다. 주위에 있던 사람들이 한꺼번에 달려드는 통에 쥘리에트의 모습을 제대로 보기가 힘들었다. 흐트러진 머리카락이 무섭도록 창백한 그녀의 얼굴을 뒤로 볼썽사납게 늘어져 있었다. 이따금 몸이 움찔하는 것으로 보아 가벼운 혼절이 아닌 듯했다.

"괜찮아! 괜찮다니까!"

플랑티에 이모는 뷔콜랭 외삼촌을 안심시키려고 짐짓 큰 소리로 외쳤다. 보티에 목사도 검지로 하늘을 가리키면서 외삼촌을 위로했다.

"흥분해서 그래요. 단순한 신경 발작입니다. 테시에르 씨, 나를 좀 도와줘요. 당신이 제일 힘이 센 것 같으니까. 쥘리에트를 내 방으로 데려가야겠어요. 내 침대에다, 내 침대에다……."

그러고는 몸을 숙인 채 자신의 맏아들 귀에다 무언가를 속삭였다. 그는 이모의 말이 끝나기가 무섭게 자리에서 일어났다. 의사를 부르러 가는 모양이었다.

이모와 테시에르 씨는 쥘리에트의 겨드랑이에 손을 넣어 부축을 했다. 쥘리에트는 몸이 축 늘어졌다. 알리사는 동생의 발을 들어 올리고는 다정하게 껴안았다. 아벨은 뒤로 젖혀져 있는 쥘리에트의 머리를 두 손으로 받쳤다. 그는 몸을 구부린 채 흐트러진 그녀의 머리칼을 쓸어 모으며 연신 입을 맞추었다.

나는 방문 앞에서 멈추어 섰다. 쥘리에트의 가녀린 몸이 침대위에 뉘어졌다. 알리사는 테시에르 씨와 아벨에게 몇 마디 말을 건넸는데 나한테까지는 들리지 않았다. 아마도 동생을 좀 쉬게 하고 싶다며, 그 곁에 플랑티에 이모와 둘이 있겠다고 한 모양이었다. 알리사는 그들을 문 밖까지 배웅했다.

아벨은 나를 밖으로 끌고 나왔다. 그날 밤 우리는 아무런 목적도, 용기도, 생각도 없이 오랫동안 정원을 거닐었다.

제 5 장
알리사의 편지

    나는 알리사를 향한 사랑 말고는 그 어떤 것에서도 삶의 이유를 찾을 수가 없었다. 그래서 끊임없이 그것에 매달렸고, 그 사랑에서 오는 것이 아니면 그 어떤 것도 기다리지 않았으며, 기다리고 싶은 마음조차 없었다.

    다음 날 나는 알리사를 만나러 갈 채비를 하고 있었다. 갑자기 플랑티에 이모가 나를 불러 세우더니 편지 한 통을 내밀었다.

    쥘리에트의 병세는 새벽녘에 의사가 처방한 물약을 먹고 나서야 겨우 괜찮아졌습니다. 당분간 제롬이 이곳에 오지 않도록 해 주세요. 쥘리에트는 그의 발소리나 목소리를 단번에 알아들을 수 있어요. 지금 그 아이에게는 절대적으로 안정이 필요하거든요.

쥘리에트의 상태가 너무 좋지 않아서, 저는 한동안 꼼짝달싹하지 못할 것 같아요. 만약 제롬이 이곳을 떠날 때까지 만나지 못하게 된다면, 제가 곧 편지하겠노라고 전해 주세요.

알리사의 접근 금지 명령은 오로지 나에게만 해당되는 것이었다. 플랑티에 이모나 그 밖의 사람들은 언제라도 뷔콜랭 외삼촌 집의 초인종을 누를 수 있었다. 이모는 오늘 아침에도 그곳에 갈 참이었다. 내 발소리, 내 목소리? 대체 내가 뭘 어쩐다는 말인가? 이게 웬 얼토당토않은 핑계인지……. 어쨌든, 상관없다.

"좋습니다. 전 가지 않겠어요."

알리사를 볼 수 없다는 사실이 몹시 괴롭기는 했다. 그러면서도 한편으로는 그녀를 만나는 것이 두렵기도 했다. 쥘리에트가 병이 난 게 내 탓이라 여기고 원망할까 봐 두려웠기 때문이다. 그녀가 화를 내는 모습을 보느니 차라리 만나지 않는 편이 나을지도 몰랐다.

하지만 아벨은 다시 만나 보고 싶었다. 얼마 후, 그의 집 문 앞에 도착했을 때 하녀가 쪽지 하나를 건네주었다.

네가 불안해 할까 봐 몇 자 남긴다. 쥘리에트가 있는 르아브르에 머문다는 것이 정말 견디기 힘들구나. 그래서 어젯밤 너와 헤어진

후, 사우샘프턴으로 가는 배에 올랐어. 나는 남은 방학을 런던의 S
씨 댁에서 보낼 생각이야. 방학이 끝난 뒤 에콜 노르말에서 다시 만
나자.

나의 손을 잡아 줄 사람들이 한꺼번에 사라져 버렸다. 나는 쓰
라린 기억만이 남아 있는 르아브르에서의 일정을 서둘러 접고
개학도 하기 전에 파리로 돌아왔다.

나는 하느님에게로 눈길을 돌렸다. 하느님은 '참된 위로와 은
총, 그리고 완전한 선물을 주는' 유일한 존재였다. 나는 내 모든
고통을 하느님에게 바쳤다. 알리사 역시 하느님으로부터 안식
을 구하며 기도를 드리고 있을 터였다. 그런 생각을 하자 내 기
도에도 용기와 열정이 샘솟았다.

명상과 공부가 반복되는 시간이 꽤 오랫동안 이어졌다. 알리
사에게 편지를 받고 답장을 쓰는 일 외에는 이렇다 할 사건 하
나 없이…… 나는 그녀가 보내온 편지들을 소중히 간직했다. 하
지만 여기서부터 기억이 희미해져서, 그 편지들에 기대어 하나
하나 더듬어 봐야 할 것 같다.

한동안은 오로지 이모를 통해서만 르아브르의 소식을 들을
수 있었다. 쥘리에트의 병세는 처음 며칠간 심각했던 듯싶다. 나
는 그곳을 떠나고 나서 열이틀 만에야 비로소 알리사의 편지를

받았다.

사랑하는 제롬, 좀 더 일찍 편지를 쓰지 못해서 미안해. 쥘리에트의 상태가 너무나 좋지 않아서 좀처럼 시간을 낼 수가 없었어. 네가 떠나는 걸 뻔히 알면서도 그 애 곁을 잠시도 비울 수가 없었거든. 그래서 고모에게 부탁을 드렸지. 너한테 우리 소식을 전해 달라고……. 그렇게 해 주셨으리라 믿어. 지금쯤 너는 쥘리에트가 많이 좋아진 걸 알고 있겠지? 그것만으로도 하느님께 감사드리고 있지만, 아직 마음을 완전히 놓지는 못하고 있어.

지금까지 로베르에 대한 이야기는 별로 한 적이 없는데, 그 역시 나보다 며칠 늦게 파리로 돌아와 제 누이들의 소식을 전해 주었다. 나는 알리사와 쥘리에트를 떠올리며 진심을 다해 그를 보살폈다. 로베르가 다니는 농업 학교가 쉬는 날이면 함께 시간을 보내면서 그를 즐겁게 해 주려고 애를 썼다.

그러다 알리사나 이모에게서 들을 수 없는 새로운 사실을 알게 되기도 했다. 테시에르 씨가 쥘리에트의 근황을 알기 위해 끈질기게 찾아왔다는……. 그러나 쥘리에트는 로베르가 르아브르를 떠나올 때까지 그를 한 번도 만나 주지 않았다고 했다. 뿐만 아니라 쥘리에트가 내가 떠난 뒤로 자기 언니에게 고집스레 침묵을 지키고 있다는 사실도 알게 되었다.

얼마 지나지 않아 이모에게서 새로운 소식이 왔다. 이미 예감했던 대로, 알리사가 그토록 깨지기를 바랐던 쥘리에트의 약혼이 본인의 요청에 따라 서둘러 진행되고 있다는 것이었다. 주변 사람들의 충고나 애원은 아무런 소용이 없었다. 그렇게 쥘리에트의 결심은 단단한 벽처럼 그녀를 가로막아 두 눈을 가려 버린 채 스스로를 침묵 속에 가두어 버렸다.

세월이 흘렀다. 나는 알리사에게서 너무나도 실망스런 내용의 편지들밖에는 받지 못했다. 나 역시 그녀에게 어떤 얘기를 써 보내야 할지 알 수 없었지만⋯⋯.

겨울의 짙은 안개가 나를 휘감고 있었다. 내 학업도, 내 사랑도, 내 신앙도, 아니 내 안의 그 어떤 열정도, 아아! 내 마음에서 어둠과 추위를 거두어 가지 못했다. 그저 시간이 흘러갈 뿐이었다.

그리고 갑자기 찾아든 어느 봄날 아침, 이모는 르아브르를 얼마간 떠나 있던 동안에 쌓인 알리사의 편지를 내게 보내 주었다. 그중에서 이 이야기와 관련된 부분을 옮겨 적는다.

아무래도 전 고모의 말씀을 너무 잘 듣는 것 같아요. 고모가 시키신 대로 테시에르 씨에게 이곳으로 오라고 했어요. 그리고 한참 동안 그와 이야기를 나눴습니다. 나무랄 데 없는 사람이더군요.

솔직히 말씀드리면 이 결혼이 제가 처음에 두려워했던 것만큼 불행하지 않을 수도 있다는 생각이 들었습니다. 물론 쥘리에트는 여전히 그를 사랑하지 않지만요. 그러나 제가 보기에 그 사람은 시간이 지나면 충분히 사랑받을 만한 가치를 지니고 있는 것 같았어요. 그 사람은 지금의 상황을 정확하게 판단하고 있어요. 쥘리에트의 성격도 제대로 파악하고 있고요. 그럼에도 불구하고 쥘리에트를 향한 자신의 사랑에 대단한 자신감을 보이더군요. 자신의 한결같은 마음이 극복할 수 없는 것은 아무것도 없다고 장담하고 있었습니다. 한마디로 쥘리에트에게 완전히 반한 것 같아요.

참, 제롬이 로베르에게 그토록 신경을 많이 써 주다니, 정말로 감동받았답니다. 그런데 왠지 그가 의무감으로 그렇게 하는 것 같아서 마음이 편치 않아요. 로베르와 제롬은 성격이 많이 다르거든요. 분명 저를 기쁘게 해 주려고 그러는 거겠죠. 어쩌면 감당해야 할 일이 힘들면 힘들수록 내면이 더욱 단단해진다는 사실을 깨달았는지도 모르고요. 그렇다면 정말이지 숭고한 생각이라 아니할 수 없어요.

제 얘기를 너무 비웃지는 마세요. 왜냐하면 이런 생각들이 저를 버틸 수 있게 할 뿐 아니라, 쥘리에트의 결혼을 좋은 일로 받아들일 수 있도록 도와주니까요.

고모의 다정한 배려가 제게 얼마나 큰 힘이 되는지 몰라요. 하지만 제가 불행하다고는 생각지 마세요. 오히려 그 반대라고 자신 있게 말할 수 있어요. 왜냐하면 쥘리에트에게 충격을 주었던 그 시련이 제 마음속에서는 정반대의 효과를 불러일으키고 있기 때문이에요. 제가 제대로 이해하지 못한 채 되풀이해 읽기만 했던 성경의 한 구절이 이제야 명확해졌거든요. '인간을 믿는 자는 불행하다.'라는 구절이요.

그 말은 성경에서보다 제롬이 오래전에 보내 준 크리스마스 카드에서 먼저 읽었어요. 그때 제롬은 열두 살도 채 되지 않았고 저는 막 열네 살이 되었죠. 그 카드에는 아주 예쁜 꽃 그림이 있었어요. 그리고 그 옆에 코르네유(프랑스의 시인이자 극작가로, 프랑스 고전주의 비극의 창시자−옮긴이)가 주를 붙인 시 한 구절이 적혀 있었어요.

세상을 지배하는 어떤 매혹이
오늘 나를 주께로 이끄는가?
사람들 위에 자신의 기둥을 세우는
자는 불행에 빠지리라!

사실 저는 이것보다 〈예레미아〉의 그 소박한 구절이 더 좋아요. 제롬은 별 의미 없이 이 구절을 선택했겠지만 그가 보낸 편지를 보면 저와 성향이 아주 비슷하다는 생각이 많이 든답니다. 그래서 저는 날마다 저희 두 사람이 이렇듯 가까이 지낼 수 있게 맺어 주신 하느님께 진심으로 감사를 드리고 있어요.

요즘 저는 고모와 나눈 대화를 떠올리며, 혹시라도 제롬의 공부에 방해가 될까 봐 전처럼 그에게 길게 편지를 쓰지는 않는답니다. 그렇다고 제롬에게 못다 한 이야기를 고모에게 하는 걸로 생각하시는 건 아니겠지요? 이러다 편지가 끝도 없이 늘어질 것 같아 이만 줄입니다. 이번만은 너무 꾸중하지 말아 주세요.

이 편지를 읽고 얼마나 많은 생각을 하게 됐는지……. 나는 이모의 달갑지 않은 참견과 내게 이 편지를 그대로 전하도록 조장한 알리사의 사려 깊지 못한 친절에 몹시 화가 났다. 알리사가 편지에서 넌지시 드러내고 있는, 그녀가 나에게 편지를 덜 쓰게 만든 그 대화는 과연 무엇이었을까? 알리사의 침묵을 견디는 것은 무척 힘든 일이었지만, 그녀가 내게 하지 않는 말들을 다른 누군가에게 털어놓고 있다는 사실을 알게 되는 것은 그보다 몇만 배는 더 힘이 들었다. 생각이 거기에 미치자 모든 것에 짜증이 났다. 우리만의 시시콜콜한 일들을 이모에게 전부 다 털어놓고 있었다니……. 편지에서 보이는 천연덕스러운 말투에다, 침착하고 진지하면서도 쾌활하기까지 한 분위기라니…….

"그게 아니야, 이 가엾은 친구야. 이 편지의 수신인이 네가 아니라는 사실 말고는 이 편지에서 네가 화를 낼 만한 대목은 하나도 없잖아."

나의 둘도 없는 단짝인 아벨이 말했다. 사실 우리는 성격이 많이 달랐다. 오히려 그 차이 때문에 아벨에게만큼은 마음속 이야기를 쉽게 꺼낼 수 있었다. 또 내가 한없이 외롭거나 약해질 때, 울고 싶을 정도로 동정을 구하고 싶을 때, 나 자신을 믿지 못할 때……. 그렇게 난처한 상황에 빠져 있을 때마다 그가 적절히 해 주는 충고는 나에게 큰 힘이 되었다. 나는 그 어느 때보다 아벨을 믿고 의지하였다.

"이 편지를 찬찬히 살펴보자."

아벨은 자기 책상 위에 편지를 펼쳐 놓으면서 입을 열었다.

나는 편지를 받고 나서 사흘 밤낮을 분한 마음으로 보냈으며, 나흘째 되는 날에도 그 마음이 사그러지지 않고 있었다. 그런 나를 위로하느라 아벨은 애써 유쾌한 목소리로 말했다.

"우리, 쥘리에트와 테시에르 씨 커플을 사랑의 불길 속에 던져 버리자. 우린 사랑의 불꽃이 얼마나 강렬하고 고통스러운지 잘 알잖아. 그렇고말고! 내 눈에 테시에르 씨는 타 죽으려고 불길 속으로 뛰어드는 불나방과 조금도 다름없어."

"그런 이야기는 그만둬. 다른 이야기나 하자고."

나는 그의 농담에 기분이 더 상해서 볼멘소리로 대꾸했다.

"다른 이야기? 다른 이야기는 다 너에 관한 얘기잖아. 그런데 뭐가 불만인 거야? 네 생각이 들어 있지 않은 문장이 단 한 줄이라도 있는지 살펴보란 말이야. 편지 전체가 네 얘기뿐이구먼. 플랑티에 이모가 이 편지들을 너에게 보낸 건 진짜 주인에게 전달하기 위해서야. 알리사가 넉살 좋은 네 이모에게 편지를 보낸 것은 바로 다 너 때문이라고. 코르네유의 시구가 네 이모에게 무슨 의미가 있겠니! 그런데 그거, 사실은 라신(프랑스의 극작가로, 프랑스 고전주의 비극의 대가로 꼽힌다.—옮긴이)의 시야. 즉 내 말은 그녀가 진짜로 얘기를 하고 싶었던 상대는 바로 너라는 거지. 한마디 한마디가 다 너를 염두에 두고 쓴 거잖아. 앞으로 몇 주 안에 이처럼 길고 다정하며 꾸밈없는 편지를 알리사가 너에게 직접 쓰도록 하지 못한다면 너야말로 진짜 바보인 셈이지."

"알리사는 절대 편지를 보내지 않을걸!"

"알리사가 앞으로 어떻게 하는지는 전부 너한테 달렸어. 내가 충고 하나 해 줄까? 이제부터 단 한마디도 하지 마. 한동안 사랑이니 결혼이니 하는 말을 입에 담지 말란 말이야. 쥘리에트의 일이 벌어지고 나서 알리사가 화를 내는 이유가 바로 그것 때문이라는 걸 아직도 모르겠어? 이제부터는 남매간의 우애를 공략해야 해. 알리사에게 줄기차게 로베르 얘기만 하는 거야. 너는 그 바보 녀석을 참을성 있게 돌보고 있잖아. 그저 알리사의 머리만 만족하게 해 주는 거지. 나머지는 다 따라오게 되어 있거든. 아! 내가 알리사에게 편지를 쓸 수 있다면……."

"네가 알리사를 사랑하는 일은 없을 테니, 말도 안 되는 소리는 그만하시지."

나는 핀잔을 주면서도 아벨의 충고를 그대로 따랐다. 그러자 정말로 알리사의 편지가 활기를 띠기 시작했다. 하지만 쥘리에트의 행복까지는 아니더라도, 상황이 좀 더 확실해지기 전까지는 알리사에게 진심 어린 기쁨이나 솔직한 태도를 기대하기는 힘들 것 같았다.

알리사가 전하는 쥘리에트의 소식은 점점 좋아지고 있었다. 쥘리에트의 결혼은 7월에 있을 예정이었다. 알리사는 그 시기에 아벨과 내가 학과 공부에 얼마나 집중해야 하는지 잘 알고 있다고 써 보냈다. 우리가 결혼식에 참석하지 않기를 바라는 모양이었다. 우리는 시험을 핑계 대며 축하 인사를 보내는 것으로 만족했다.

쥘리에트가 결혼한 지 보름쯤 지나서 알리사가 편지를 보냈다.

제롬에게

네가 보내 준 라신의 시집을 펼쳐 보고 얼마나 놀랐는지 몰라. 그 안에 뜻밖에도 십 년 전에 너에게서 받은, 성경책 속에 고이 간직하고 있던 크리스마스 카드에 적힌 넉 줄의 시가 있더구나.

세상을 지배하는 어떤 매혹이
오늘 나를 주께로 이끄는가?
사람들 위에 자신의 기둥을 세우는
자는 불행에 빠지리라!

나는 이제껏 그 시를 코르네유가 쓴 것인 줄 알았어. 솔직히 고백하자면 그 시가 그리 훌륭하다고 생각하지는 않아. 참, 제4 〈영송가〉를 읽다가 네게 꼭 알려 주고 싶은 구절을 발견했어. 너는 이미 알고 있는 것 같지만…… 책마다 여백에 네가 메모해 놓은 걸 봤거든. (나는 책을 읽을 때마다 알리사에게 알려 주고 싶은 문장에 그녀의 머리 글자를 적어 놓는 버릇이 있었다.)

　괜찮아. 내가 좋아서 옮겨 쓰는 거니까. 내가 찾아냈다고 생각했던 게 사실은 네가 나한테 가르쳐 준 거라는 걸 깨닫고 기분이 살짝 상하긴 했는데, 너와 내가 이 구절을 똑같이 좋아했다는 생각을 하니까 속상한 마음은 금세 사라지고 오히려 기분이 좋아졌어. 여기다 옮겨 적으려니까 마치 너와 함께 읽는 듯해서 진짜로 흐뭇한걸.

　　영원히 사라지지 않는

　　지혜의 목소리가 울리며

　　우리를 가르친다.

　　"인간의 아이들이여,

　　너희의 심려로 얻은 열매가 무엇이냐?

　　헛된 영혼들이여,

　　너희는 어떤 잘못을 저질렀기에

　　너희를 먹이는 빵이 아니라

　　너희를 이전보다 더

허기지게 만드는 허황된 꿈을
너희 혈관의 가장 순수한 피로
번번이 사고 마는 것이냐?

내가 너희에게 권하는 이 빵은
천사들의 양식으로 쓰이는 것이니
하느님이 손수
밀알의 정수(精髓)로 만드신 것이니라.
이토록 감미로운 빵을
너희가 따르는 세상의 무리는
결코 식탁에 올리지 않는다.
나를 따르는 이에게 이 빵을 주리라.
가까이 오라. 살기를 바라는가?
받으라, 먹으라, 삶을 누리라.˝

......

기쁨에 사로잡힌 복된 영혼은
주의 굴레 안에서 평안을 구하며,
영원히 마르지 않는
맑은 샘물로 목을 축이노라.

누구나 찾아와 마실 수 있는 물
이 물은 온 세상 사람들을 부르는데도
우리는 미쳐 날뛰며
쉴 새 없이 물이 빠져나가는 저수지나
거짓된 웅덩이를 찾아 헤매느니라.

정말 아름답지 않니, 제롬? 진짜 아름답잖아! 너도 나처럼 이 시가 아름답다고 생각되니? 책에 붙어 있는 주를 보면, 도말 양이 부르는 이 송가를 듣던 맹트농 부인(프랑스 왕 루이 14세의 두 번째 부인-옮긴이)이 너무나 감동한 나머지 눈물을 흘리고는 몇 번이고 다시 부르게 했다고 해. 나는 이 송가를 모두 외웠어. 그리고 몇 번이나 암송했지. 그런데도 전혀 질리지 않아. 다만 이 송가를 낭독하는 네 목소리를 직접 듣지 못한다는 게 슬플 뿐이야.

참, 신혼여행을 떠난 쥘리에트 부부는 좋은 소식을 연이어 전하고 있어. 날씨가 몹시 덥긴 했지만 쥘리에트가 바욘 사원과 비아리츠에서 무척 행복한 시간을 보냈다는 이야긴 너도 이미 들었겠지. 그들은 퐁타라비에 들른 후 부르고스에 잠시 머물렀다가 피레네 산맥을 두 번이나 넘었대.
얼마 전에는 몬세라트에서 감격에 넘치는 편지를 보내왔어. 그들은 바르셀로나에 열흘 정도 더 머물다가 님으로 돌아올 생각이래.

테시에르 씨가 포도를 수확해야 해서 9월 이전에는 돌아와야 한다나 봐.

아버지와 내가 퐁그즈마르로 돌아온 지는 일 주일 정도 됐어. 에쉬브르통 양이 내일 이곳으로 오겠다고 했고, 로베르는 나흘 후에 도착할 예정이야. 너도 알다시피, 가엾게도 그 애가 시험에서 떨어졌지 뭐니? 시험이 어려웠다기보다는 시험관이 문제를 이상하게 내서 로베르가 당황했던 모양이야. 너도 그 애가 아주 열심히 공부하고 있다고 편지에 썼잖아. 그러니 준비를 소홀히 하지는 않은 것 같은데, 내 생각에 그 시험관은 그런 식으로 학생들을 당황하게 만드는 걸 재미있어 하나 봐.

너의 합격은 너무도 당연한 일이라 축하한다는 말을 건네기조차 뭐하네. 제롬, 나는 그 정도로 널 깊이 신뢰하고 있어! 널 생각하면 내 가슴은 희망으로 벅차올라. 이제 전에 네가 말했던 그 일을 시작할 수 있는 거야?

이곳의 정원은 하나도 변하지 않았어. 그런데 집 안은 텅 빈 것 같아. 내가 왜 올해는 오지 말라고 했는지 이해하겠니? 아무리 생각해도 그러는 편이 더 나을 것 같아. 매일같이 나는 마음을 다잡고 있어. 그렇게 오랫동안 널 보지 않고 지내는 것은 무척 괴로운 일이니까. 가끔씩 나도 모르게 너를 찾을 때가 있어. 책을 읽다 말고 갑자기 뒤를 돌아보곤 해. 네가 내 뒤에 서 있는 것만 같아서!

다시 펜을 들었어. 지금은 밤이야. 다들 깊은 잠에 빠져 있겠지.
나는 창문을 활짝 열어 놓은 채 이 늦은 시각까지 편지를 쓰고 있어.
정원은 달콤한 향기로 가득 차 있고 밤공기는 무지무지 따뜻해. 우
리, 어렸을 때 기억나니? 무언가 아름다운 것을 보거나 듣게 되면
이렇게 생각했잖아. '하느님, 이렇듯 아름다운 것을 만들어 주셔서
감사합니다.'라고……. 오늘 밤 나는 온 마음을 다해 기도했어. '하
느님, 이렇게 아름다운 밤을 만들어 주셔서 감사합니다!' 그리고 문
득 네가 내 곁에 있었으면, 하고 생각했어. 그러니까 정말로 네가 내
곁에 있는 것 같지 뭐야. 그 느낌이 어찌나 생생하던지……. 아마 너
도 느꼈을 거야.

　그래, 너는 편지에 종종 이렇게 쓰곤 했지. '올바르게 태어난 영
혼들'에게는 감탄과 감사가 동시에 느껴진다고. 너에게 하고 싶은
얘기가 참 많아. 나는 가끔 쥘리에트가 말하던, 찬란하게 빛나는 나
라를 상상하곤 해. 더 넓고 더 빛나고 더 쓸쓸한 다른 나라들도 생각
해 보고……. 알고 있니? 언제 어떻게일지는 모르지만, 그 광대하고
신비한 나라를 우리 둘이 함께 보게 되리라는 이상한 확신이 내 마
음속 깊은 곳에 숨어 있단다.

내가 얼마나 큰 기쁨의 격정으로, 또 얼마나 깊은 사랑의 흐
느낌으로 이 편지를 읽었는지 쉽사리 상상하지 못할 것이다. 다
른 편지들도 잇따라 도착했다. 알리사는 내가 쥘리에트의 결혼

식에 참석하지 않은 것을 무척 고마워하고 있는 듯했다. 그리고 올해도 자기를 만나기 위해 애쓰지 말아 달라고 당부했다. 그러면서도 내가 가까이 있지 않음을 아쉬워하며 곁에 있어 주길 바라는 마음을 전했다. 편지 한 장 한 장마다 나를 부르는 목소리가 애절하게 울리고 있었다.

그녀의 이 간절함을 참아낼 힘을 나는 어디서 얻었을까? 그것은 필시 아벨의 충고와, 내 기쁨이 일순간에 무너지지는 않을까 하는 두려움, 그리고 내 마음이 그녀에게 무작정 끌려가는 데 대한 반감 때문이었을 것이다.

나는 뒤이어 도착한 편지들 중에서 이 이야기와 관련이 있는 내용만 옮겨 쓸 참이다.

제롬에게

네 편지를 읽으면서 너무 기뻐 온몸이 녹아 버릴 것만 같았어. 네가 오르비에토에서 보낸 편지에 답장을 하려고 했는데, 페루즈에서 부친 편지와 아시즈에서 부친 편지가 한꺼번에 도착했지 뭐니? 내 마음은 여행을 하고 있는데 몸만 여기에 있는 것 같아.

정말로 나는 너와 함께 옴브리아의 하얀 눈길 위를 걷고 있단다. 아침에 너와 함께 길을 나서고 새로운 눈빛으로 동이 터 오는 하늘을 바라보는 거야. 혹시 코르토나의 테라스에서 나를 불렀니? 네 목소리를 들었거든. 아시시의 산에서는 심한 갈증에 시달렸지. 그래서

인지 프란체스코 수도사의 물 한 컵이 어찌나 달콤하던지!

오, 벗이여! 나는 너를 통해 온 세상을 만난단다. 네가 성 프란체스코에 관해 쓴 편지는 정말 감동적이었어. 그래, 우리가 찾아야 할 것은 바로 마음의 해방이 아니라 '찬미'일지도 몰라. 해방에는 으레 교만이 따르는 법이니까. 무언가에 반항하기 위한 야심이 아니라 무엇이든 섬기려 하는 열망을 품을지어다.

님에서 들려오는 소식은 하나같이 반가운 내용뿐이야. 이제 나도 마음껏 기뻐해도 좋다고 하느님이 허락해 주시는 것 같아. 이번 여름의 유일한 근심거리는 가엾은 아버지의 상태야. 내가 정성껏 보살펴 드리는데도 몹시 쓸쓸해 하셔. 어쩌다 혼자 계시게 되면 더욱 우울해 하시고……. 그래서 아버지의 기분을 되돌려 놓기가 점점 힘들어지고 있어. 주위에서 들려오는, 자연의 기쁨에 찬 온갖 속삭임도 아버지에겐 아주 낯설게만 들리시나 봐. 거기에 귀를 기울이려고도 하지 않으셔. 에쉬브르통 양은 잘 지내. 나는 두 분께 네 편지를 읽어 드리고 있어. 네 편지 한 통이면 사흘 동안은 얘깃거리가 생기거든. 그러고 나면 또 새로운 편지가 도착하고…….

로베르는 그저께 떠났어. 남은 방학은 친구 R의 집에서 보낼 계획이래. 친구의 아버지가 농장을 하신다나 봐. 이곳에서 지내는 게 썩 즐겁지 않았던 것 같아. 로베르가 떠날 때 내가 할 수 있는 일이라고는 그저 그 애가 하려는 일에 용기를 북돋아 주는 것뿐이었어.

너에게 할 말이 아주 많아. 끝도 없는 이야기에 목이 마를 지경이

야. 가끔씩 뚜렷한 말이나 생각이 떠오르지 않을 때가 있어. 오늘 밤
에도 꿈을 꾸듯 너에게 편지를 쓴다. 우리가 서로 귀하디귀한 보배
를 주고받는 듯한, 그 숨 막히는 느낌을 가슴에 품은 채…….

어떻게 우리가 몇 달 동안 대화를 나누지 않고 견딜 수 있었을까?
아마도 겨울잠을 잤던 모양이야. 오! 무서운 침묵의 겨울이 영원히
끝나 버리기를……. 너를 되찾고 나서부터 삶이, 생각이, 영혼이 한
없이 아름답고 사랑스럽고 풍요롭게 느껴져.

9월 12일

피사에서 보낸 편지 잘 받았어. 이곳도 날씨가 굉장히 좋아. 노르
망디가 이토록 아름다워 보이기는 아마도 처음인 것 같아. 그저께
는 혼자서 발길 닿는 대로 들판을 가로질러 한참을 거닐었어. 태양
과 환희에 한껏 취해서 집으로 돌아왔을 때는 지치기보다는 오히려
감격에 젖어 있었지. 활활 타오르는 햇빛을 받고 있는 짚가리들이
얼마나 아름답던지! 굳이 내가 이탈리아에 있다고 상상하지 않아도
내 주변의 모든 것이 놀랍도록 아름답게 느껴졌어.

그래, 네가 말하듯 자연의 '아련한 찬가'에서 내가 듣고 이해한
것은 환희로의 권유였어. 그러한 권유를 새들의 노랫소리에서도 듣
고 꽃송이 하나하나에서 뿜어 나오는 향기 속에서도 맡았던 거야.
성 프란체스코와 함께 '주여! 주여! 오직 그분'이라고 되뇌이노라
면 '설명할 수 없는' 사랑으로 마음이 벅차올라. 예찬만이 유일한

기도의 형식이라는 사실을 깨달은 거지.

그렇다고 내가 무식쟁이가 되지는 않을까 걱정할 필요는 없어. 책도 많이 읽고 있으니까. 며칠 동안 비가 내리는 바람에 아예 책 속에 푹 파묻혀 지냈거든. 말브랑슈(프랑스의 철학자. 데카르트 학파의 주요 철학자 중의 하나-옮긴이)의 책들을 다 읽고 지금은 라이프니츠의 《클라크에게 보내는 편지》를 읽기 시작했어. 그다음에 머리를 좀 식히려고 셸리의 《첸치가(家)》를 읽었는데 딱히 재밌지는 않더라.

참, 《미모사》도 다 읽었어. 그리고 네가 화를 낼지도 모르겠지만, 우리가 지난 여름에 함께 읽었던 키츠의 시(열정적이면서도 명상적이고, 장중하며 비교적 문장의 길이가 긴 서정시-옮긴이) 네 편과 바꾸자고 한다면 셸리와 바이런을 다 내줄 수도 있을 것 같아. 보들레르의 소네트 몇 편을 위해 빅토르 위고를 다 내줄 수 있는 것처럼. '위대한 시인'이라는 말은 아무 의미가 없어. 중요한 것은 '순수한' 시인이라는 사실이야. 오, 제롬! 이 모든 것을 내게 알려 주고 이해시켜주고 사랑할 수 있게 해 주어서 정말로 고마워.

있잖아, 나와 며칠 만날 수 있다는 생각에 네 여행을 일부러 단축할 필요는 없어. 솔직히 말해서 아직은 서로 만나지 않는 편이 좋을 것 같아. 날 믿어 줘. 네가 내 곁에 있다고 해도 지금보다 더 많이 너를 생각할 수는 없을 거야. 너를 슬프게 하고 싶지는 않지만 지금은 너를 만나고 싶지 않아.

더 솔직하게 말할까? 만약 네가 이곳에 온다는 소식을 듣는다면…… 나는 어딘가로 달아나 버릴지도 몰라.

왜 그러냐고 묻지는 말아 줘, 제발. 분명하게 말할 수 있는 건 내가 끊임없이 널 생각하고 있다는 사실(이것만으로도 충분히 행복해 했으면……)과 이대로도 나는 무척 행복하다는 사실이야.

나는 이 마지막 편지를 받고 얼마 지나지 않아 이탈리아에서 돌아왔다. 그리고 곧 징집되어 낭시로 이송되었다. 그곳에는 아는 사람이 아무도 없었지만, 혼자 있는 편이 오히려 편하게 느껴졌다. 깊은 고독 속에서 오직 알리사의 편지만이 유일한 안식이 되어 주었다. 롱사르의 말처럼, 그녀에 대한 추억이 '나의 유일한 원동력'이라는 사실이 더욱 명백해졌다. 그것은 연인으로서의 내 자존심을 지키는 데 크게 도움이 되었다. 알리사에게도 분명히 그러할 터였다.

나는 군대라는 조직 속에서 주어지는 힘겨운 규율을 대범하게 견뎌 냈다. 모든 것을 꿋꿋하게 참아 냈다. 알리사에게 쓰는 편지에도 둘이 함께 있지 못하는 것만을 불평할 뿐 다른 얘기는 일절 하지 않았다. 이렇게 오랫동안 떨어져 있는 것이 우리의 굳은 의지에 걸맞은 시련이라고 생각했던 것이다. 알리사는 편지에 '절대 불평을 늘어놓지 않는 너, 좀처럼 약한 모습을 보이지 않는 너'라고 썼다. 그녀의 말에 들어맞는 사람이 되기 위해 내가 무엇을 견디지 못하겠는가.

우리가 마지막으로 만나고 나서 일 년이라는 세월이 흘렀다. 알리사는 물리적인 시간에는 그다지 개의치 않는 듯했다. 그저 언제나 지금이 기다림의 시작이라고 생각하는 것 같았다. 나는 그런 점에서 서운한 기색을 내비쳤다. 그러자 알리사가 편지에 자신의 생각을 써 보냈다.

난 너와 함께 이탈리아에 있었잖아. 그걸 잊었니? 나는 단 하루도 네 곁을 떠난 적이 없어. 그러나 지금은 널 따라갈 수 없어. 이해해 줘. 잠시 떨어져 있는 거지. 사실 난 군인이 된 너를 상상해 보려고 무척 애를 써 보았어. 하지만 잘 그려지지가 않아. 기껏해야 저녁 무렵 강베타 거리의 작은 방에서 글을 쓰거나 책을 읽고 있는 네 모습이 떠오를 뿐…… 아니, 그것마저도 뚜렷하지는 않아. 내가 떠올릴 수 있는 유일한 네 모습은 앞으로 일 년 후에 우리가 퐁그즈마르에서 다시 만나는 장면뿐이야.

앞으로 일 년이야! 난 지나간 날들은 헤아리지 않아. 내 희망은 천천히, 천천히 다가오는 미래의 어느 지점에 머물러 있어. 생각나니? 정원 안쪽 발치에 바람을 피해 국화가 소복이 피어 있던 그 낮은 담…… 그 위에서 우린 각자의 용기를 시험해 보았잖아. 쥘리에트와 너는 천국으로 걸어가는 이슬람 교도처럼 겁 없이 그 위를 성큼성큼 걸어갔지. 나는 한 걸음만 내딛어도 현기증이 일었어. 망설이는 나를 향해 네가 밑에서 소리치곤 했잖아.

"발밑을 보지 마! 앞을 봐! 계속 앞으로 나가! 목표에 집중해!"

그러다가 결국 넌 담장 끄트머리 도착 지점에 올라서서 나를 기다려 주었지. 잘하라고 소리를 지르는 것보다 그 편이 훨씬 좋았어. 그 뒤로 나는 떨지도 않았고 현기증도 느끼지 않았어. 나는 오로지 너를 바라보며 발을 움직여서, 두 팔을 벌린 채 기다리고 있는 너의 품 안으로 달려들었지.

너에 대한 신뢰가 없었다면, 제롬, 나는 어떻게 될까? 나는 네가 강하다는 사실을 믿고 싶어. 난 너에게 의지해야 해. 약해지지 마.

무언가에 도전이라도 하는 듯한 심정과 아직은 만날 때가 아닐지도 모른다는 불안감 때문에 우리는 기다림의 시간을 연장하는 데 합의했다. 그 바람에 나는 설날 무렵에 얻은 며칠 동안의 휴가를 파리에서 에쉬브르통 양과 보내기로 했다.

앞에서도 말했지만, 여기에 모든 편지를 옮겨 적는 것은 아니다. 2월 중순 무렵에 받은 편지는 다음과 같다.

그저께 파리 시내를 거닐다가, M서점에 보란 듯이 진열되어 있는 아벨의 책을 보고 깜짝 놀랐어. 물론 너에게 그 책에 대한 얘기를 들은 적이 있지만, 그때만 해도 사실이라고 믿지 않았거든. 나는 궁금증을 이기지 못하고 서점으로 들어갔어. 그런데 책 제목이 하도 요상해서 점원에게 선뜻 말하기가 망설여지더라. 아무 책이나 사 들고 그냥 나갈까, 하는 생각까지 했어. 그런데 다행히도 그 책,《과도한 친밀》이 계산대 바로 옆에 작은 산처럼 쌓인 채 손님을 기다리고 있지 뭐야. 나는 말 한마디 하지 않고 책을 얼른 집어 든 뒤 던지듯 돈을 내고 나왔어.

내게 책을 따로 챙겨 보내지 않은 아벨에게 그저 감사할 따름이야. 얼굴을 붉히지 않고는 책장을 넘기기가 힘들더구나. 그렇다고 책의 내용이 창피했던 것은 아니야. 그 책은 외설스럽다기보다 어리석은 것 같았어. 아벨이, 네 친구 아벨 보티에가 그걸 썼다는 생각을 하니까 몸 둘 바를 모르겠는 거야. 잡지《르 탕》의 평론가가 그 책에서 발견한 '대단한 재능'을 찾아보려고 책장을 천천히 넘겨 가며 살펴보았지만 헛수고였어.

그런데도 르아브르의 이 작은 마을에서 아벨이 이따금 화제에 오르는 걸 보면 그 책이 꽤 좋은 반응을 얻고 있는 모양이야. 구제불능의 경박한 기질을 '경쾌'니 '우아함'이니 하는 말로 부르더구나. 나야 물론 말을 조심하고 있지. 이건 오직 너한테만 말하는 거야.

가여운 보티에 목사님은 그 책을 읽고 처음에는 무척 씁쓸해 하셨는데, 나중에는 그 책에 자랑거리가 될 만한 무언가가 있는 것은 아닌지 궁금해 하시는 눈치셨어. 그분 주위에 있는 사람들이 그렇게 믿으시도록 기를 쓰고 있었거든.

어제는 플랑티에 고모 댁에서 V부인이 갑자기 목사님에게 "목사님, 아드님이 그렇게 성공을 했으니 얼마나 기쁘세요!"하고 말하니까, 목사님은 조금 당황해서 "아이고, 그 정도까지는 아니에요."라고 하셨어. 그때 고모가 "하지만 언젠가는 그렇게 생각하시게 될 거예요. 암, 그렇고말고요!"라고 말씀하셨어. 악의는 없었지만 목사님에게 단단히 다짐을 시키는 듯한 말투여서 모두 웃음을 터뜨렸지. 목사님도 따라 웃으셨어.

이런 상황이다 보니, 아벨이 어느 통속 극장에서 올리려고 준비 중이라는 〈신(新) 아벨라르〉가 상연되면 과연 어떨지 걱정이 앞선다. 신문에서도 벌써부터 떠들어 대던데……. 불쌍한 아벨! 이것이 정말 그가 갈망했던, 그리고 만족스러워할 만한 성공일까?

나는 어제 《마음의 위안》에서 이런 구절을 읽었어.

"참되고 영원한 영광을 진정으로 바라는 자는 속세의 일시적인 영광을 마음에 두지 않는다. 마음속으로 이를 경멸하지 않는 자는 하늘의 영광을 진심으로 바라지 않는 것이다."

나는 생각했지. 주여, 지상의 어떠한 영광과도 견줄 수 없는 하늘의 영광을 위해 제게 제롬을 점지해 주신 일에 깊이 감사하나이다.

단조로운 일상이 이어지는 가운데 몇 달이 흘러갔다. 하지만 나는 오로지 추억이니 희망이니 하는 것에만 매달려 있었기 때문에 세월이 더디게 간다는 생각은 거의 하지 못하고 있었다.

외삼촌과 알리사는 6월에 님 근처로 쥘리에트를 만나러 갈 계획이었다. 그 무렵이 쥘리에트의 출산 예정일이었다. 그런데 쥘리에트의 몸 상태가 좋지 않다는 소식이 전해지는 바람에 두 사람은 서둘러서 출발을 했다. 그 내용을 담은 알리사의 편지가 도착했다.

네가 르아브르로 부친 마지막 편지는 우리가 그곳을 막 떠난 뒤에 도착한 모양이야. 그 편지를 여드레 후에 여기서 받았거든. 일주일 내내 나는 마음을 졸였어. 괜스레 불안하고 두렵고 위축되었어. 오, 제롬! 나는 너와 함께 있어야 진짜 나일 수 있나 봐.

쥘리에트는 다시 건강해졌어. 우리는 이제나저제나 하면서 긴장한 채 출산만을 기다리고 있어. 크게 걱정하진 않아도 돼. 우리가 편지를 주고받는다는 건 그 애도 이미 알고 있어. 우리가 애그비브에 도착한 다음 날 이렇게 묻더라고.

"제롬 오빠는 요즘 어때? 여전히 언니한테 편지해?"

나는 거짓말을 할 수가 없어서 그렇다고 대답했지.

"또 편지를 하게 되면 이렇게 써 줘."

쥘리에트는 잠시 머뭇거리더니, 곧 다정하게 미소를 지으면서 말했어.

"나, 다 나았다고."

쥘리에트는 언제나 쾌활한 내용을 담은 편지를 보내왔더랬어. 그 편지들을 읽을 때마다 혹시라도 그 애가 행복한 척 연기를 하는 것은 아닌지 걱정했지. 그런데 지금 그 애가 행복을 느끼는 것은 예전에 그 애가 꿈꾸던 것, 그러니까 행복을 좌우하는 조건이라고 생각했던 것과는 아주 많이 달라. 아! 우리가 '행복'이라고 부르는 것은 어쩌면 이토록 영혼과 밀접하게 닿아 있는 것일까? 그리고 그 행복을 구성하는 요소들은 어쩌면 이다지도 부질없는 것인지…….

들판을 홀로 걸으면서 했던 수많은 생각들은 여기다 전부 옮기지 않을래. 다만 그 감정들 중에서 나를 제일 놀라게 했던 것은 바로 내가 더 이상 즐거움을 느끼지 못한다는 사실이었어. 쥘리에트가 행복하다면 누구보다 내 마음이 흡족해야 하는데, 왜 나는 정체불명의 우울감에 사로잡히는 걸까? 내가 느끼는, 적어도 내 눈에 비치는 이 마을의 아름다운 풍경마저도 이유를 알 수 없는 내 슬픔을 부채질하는 데 그칠 뿐이야.

네가 이탈리아에서 내게 편지를 썼을 때는 너를 통해 모든 것을 볼 수 있었어. 그런데 지금 내가 너 없이 바라보는 모든 것은 너에게서 가로챈 것인 듯한 느낌이 들어. 결국 나는 퐁그즈마르와 르아브르에서 우울한 날을 견딜 수 있는 힘을 길렀던가 봐. 그런데 여기 와보니, 그 힘은 더 이상 통하지 않아. 그래서 몹시 불안해.

사실 이곳 사람들이나 이 마을의 흥겨운 분위기도 마뜩지 않아. 어쩌면 내가 '슬프다'고 느끼는 것은 단지 그들만큼 시끌벅적한 성격이 아니어서일지도 몰라. 아무래도 내 속에 오만함 같은 것이 숨어 있었나 봐. 지금 이곳의 낯선 즐거움 속에서 굴욕감 비슷한 감정을 느끼고 있는 걸 보면…….

이곳으로 온 후에는 기도를 드리는 일도 힘들게 느껴져. 마치 하느님이 다른 곳으로 가 버리신 것만 같아. 안녕. 이제 그만 써야겠어. 나는 이런 불경스러운 말과 나약함, 그리고 슬픔이 부끄러워. 우편배달부가 오늘 저녁에 이 편지를 곧장 가져가지 않는다면 틀림없이 내일 아침에 찢어 버리고 말 거야. 이 모든 감정을 담은 편지를 너에게 보낸다는 사실이 너무나도 부끄러워.

그다음 편지에는 알리사가 대모가 되어 주기로 한 조카딸의 출생과, 엄마가 된 쥘리에트와 외할아버지가 된 외삼촌이 무척 기뻐한다는 내용만 담겨 있었다. 알리사 자신의 감정에 대해서는 아무런 말이 없었다.

그리고 얼마 후 퐁그즈마르의 소인이 찍힌 편지들이 도착했다. 7월에는 쥘리에트도 그곳에 머무르고 있었던 모양이었다.

오늘 아침에 쥘리에트와 테시에르 씨가 떠났어. 무엇보다 조카가 떠나서 서운해. 여섯 달 후에 다시 보게 될 때는 그 아이의 귀여운 몸짓들을 기억하지 못할지도 모르지. 그 애의 몸짓을 빠짐없이 눈여겨보았어. '생성(生成)'이란 참으로 신비롭고 놀라워! 우리가 평소에 좀 더 자주 놀라지 않는 것은 관찰력이 부족해서이지.

희망으로 가득 찬 그 작은 요람을 바라보면서 얼마나 많은 시간을 보냈는지 몰라. 그 무슨 이기심, 그 무슨 만족, 그 무슨 결핍 때문에 발전은 그렇게 빨리 멈추어 버리고, 온갖 피조물은 하느님에게서 그렇듯 점점 멀리 떨어지게 되는 것일까? 오! 우리가 하느님께 좀 더 가까이 갈 수만 있다면…… 서로에게 얼마나 격려가 될까!

쥘리에트는 행복해 보여. 그 애가 피아노와 독서를 그만두었다는 사실을 알고 처음엔 무척 속상했어. 하지만 테시에르 씨는 음악을 좋아하지 않고 독서에도 딱히 취미가 없다는 거야. 쥘리에트는 남편이 따라올 수 없는 즐거움을 애써 찾으려 하지 않으면서 현명하게 처신하는 거지.

반대로 그 애는 남편이 하는 일에 흥미를 갖고 있고, 남편도 그 애에게 자기 일을 많이 알려 주고 있대. 테시에르 씨의 사업이 올 들어 크게 번창했나 봐. 르아브르에 중요한 단골 고객을 갖게 된 것도 다 이 결혼 때문이라고 종종 자랑을 하곤 해. 얼마 전에는 사업차 여행을 갈 때 로베르를 데려갔어. 테시에르 씨는 로베르에게 특별한 관심을 쏟고 있어. 로베르의 성격을 이해하려고 노력하면서 이 일에 마음을 붙일 거라는 희망을 버리지 않고 있어.

아버지는 많이 좋아지셨어. 딸이 행복해 하는 것을 보고 기운을 차리신 것 같아. 농장과 정원 일에 재미를 붙이고 계셔. 그리고 쥘리에트 가족이 오는 바람에 잠시 중단했던, 에쉬브르통 양과 셋이서 돌아가며 책을 낭독하던 걸 다시 시작하자고 하셨어. 이번에 읽게 된 책은 휴브너 남작(19세기 오스트리아의 외교관-옮긴이)의 여행기인데 무척 흥미로운 내용이더라. 앞으로는 책을 더 많이 읽으려고 해. 그래서 너에게 조언을 구하고 싶어. 오늘 아침에 여러 권의 책을 뒤적거렸는데, 단 한 권도 마음에 들지 않았어!

이 무렵부터 알라사의 편지는 더욱 혼란스러워졌다. 심지어 어떤 절박함 같은 것까지 묻어났다. 여름이 끝나 갈 무렵, 그녀는 다음과 같은 편지를 보내왔다.

네가 걱정을 하고 있지 않을까 걱정이 되어서, 내가 널 얼마나 기다리고 있는지 말하기가 두려워. 너를 다시 만날 때까지의 하루하루가 무겁고 고통스러운 짐처럼 나를 짓누르고 있어. 앞으로 두 달! 그 두 달이라는 시간이 지금까지 너와 떨어져 지낸 모든 시간보다 훨씬 더 길게 느껴지는구나!

기다리는 마음을 잊어 보려고 했던 이런 저런 일들이 터무니없는 임시방편으로만 여겨져서 이제는 어떤 것에도 노력을 기울일 수가 없어. 책을 읽는 일에도 아무런 매력을 느낄 수 없고, 산책도 재미가 없어. 대자연 역시 위엄을 잃었어. 퇴색한 정원에서는 더 이상 향기를 맡을 수 없어. 차라리 너의 고된 과업이, 네가 선택한 것이 아닌 그저 의무적으로 주어지는 그 훈련이 부러워. 끊임없이 너 자신을 빼앗고 피곤하게 하고 네 하루를 순식간에 지나가게 만들어서 밤이면 피곤에 지쳐 곯아떨어지게 하잖니?

네가 훈련에 관해 써 주었던 내용이 감동적으로 다가왔어. 요 며칠 잠을 제대로 잘 수가 없었는데, 새벽녘이나 되어서 설핏 잠이 들면 신기하게도 기상나팔 소리에 소스라쳐 일어나곤 해. 정말로 난 그 소리를 들었던 것 같아. 네가 말해 준 그 가벼운 도취, 아침의 환희가 생생하게 느껴져. 얼어붙은 새벽녘의 눈부신 태양 속에서 말제빌의 그 고지가 얼마나 아름다울까!

며칠 전부터 몸이 좋질 않아. 아, 심각한 상태는 아니야. 그저 널 기다리는 마음이 지나쳐서 그런 것 같아.

그리고 육 주 후에 또 편지가 왔다.

제롬, 어쩌면 이것이 마지막 편지가 될지도 모르겠다. 네가 돌아올 날짜가 확실히 정해지지 않았지만 많이 늦어지지는 않겠지? 이제 너에게 편지를 쓸 사이가 없을 거야. 퐁그즈마르에서 널 다시 만나고 싶지만 날씨가 좋지 않은 데다 몹시 추워서 아버지는 시내로 돌아가자는 말씀만 하셔. 쥘리에트와 로베르가 함께 있지 않으니, 네가 우리 집에 오면 편하게 지낼 수는 있겠지만……, 아무래도 플랑티에 고모 집에 머무는 것이 좋을 듯해. 고모가 널 보면 얼마나 좋아하시겠니?

우리가 만나는 날이 다가올수록 나는 점점 더 불안해져. 두렵기만 해. 네가 돌아오기를 그토록 기다렸는데 지금은 돌아온다는 사실이 두렵게 느껴지다니……. 나는 더 이상 생각하지 않으려고 노력하지만 나도 모르게 네가 누르는 초인종 소리를, 계단을 오르는 발소리를 상상하곤 해. 그러면 내 심장은 그대로 멈춰서 더 이상 뛰지 않는 듯싶다. 고통만 점점 심해져. 무엇보다도 내가 네게 먼저 말을 걸수 있을 거라 기대하지는 마. 내가 살아온 시간은 여기서 멈춰 버렸어. 그 너머에는 아무것도 보이지 않아. 내 삶은 정지된 거야.

그로부터 나흘 뒤, 그러니까 제대하기 일 주일 전에 나는 아주짧은 편지를 받았다.

제롬, 네가 르아브르에 머무르는 기간과 우리의 재회에 걸리는 시간을 지나치게 길게 잡지 않는다는 것에 찬성해. 우리가 지금까지 편지에 썼던 것을 다시 이야기할 필요는 없을 것 같아. 그러니 28일부터 파리의 학교에 가서 등록을 해야 한다면 조금도 망설일 필요없어. 우리가 이틀밖에 못 본다고 서운해 할 것도 없고……. 우리에게는 평생이라는 시간이 있잖아.

제 6 장
슬픈 재회

    우리는 플랑티에 이모 집에서 다시 만났다. 군 복무 때문일까. 몸이 전보다 둔하고 무거워진 느낌이 들었다. 알리사 역시 내가 좀 변했다고 여기는 것 같았다. 하지만 우리 사이에 그런 겉모습이 뭐가 중요할까?

    나는 그녀를 알아보지 못하면 어쩌나, 하는 말도 안 되는 두려움에 휩싸인 채 처음에는 감히 똑바로 바라보지도 못했다. 그러나 정작 우리를 당황하게 만든 것은 주위 사람들이 억지로 약혼자라는 역할을 부여하고 지나치게 배려를 해 주는 일이었다. 예를 들면, 다 함께 모인 자리에서 우리 둘만 남겨 두고 모두가 서둘러 물러가 버리는 식이었다.

"고모, 저희는 정말 괜찮아요. 우리끼리 나눌 비밀 이야기 같은 건 하나도 없다니까요."

애써 자리를 피하려고 하는 이모의 눈치 없는 노력에 참다 못한 알리사가 결국 소리를 질렀다.

"없긴 왜 없어! 얘들아, 난 다 이해한단다. 오랫동안 서로 만나지 못했는데 할 얘기가 얼마나 많겠니?"

"고모, 그냥 여기 계세요. 고모가 나가시면 저희는 더 쑥스러워진다고요."

지금껏 한 번도 들어 본 적 없는 노여운 목소리였다.

"이모, 이모까지 나가시면 저희는 서로 한마디도 주고받지 않을 겁니다."

내가 웃으면서 덧붙였다. 하지만 나 역시도 우리 둘만 남게 될까 봐 몹시 불안했다. 우리 세 사람은 다시 대화를 하기 시작했다. 대화는 억지로 만들어 낸 활기에 자극을 받아 겉으로는 아무렇지도 않은 듯 쾌활하게 흘러갔다. 하지만 그런 활기 이면에는 저마다 품은 서로 다른 불안이 도사리고 있었다.

다음 날 외삼촌이 나를 점심 식사에 초대했기 때문에 우리는 그쯤에서 자연스럽게 자리를 정리했다. 덕분에 우스꽝스러운 연극을 끝낼 수 있어서 참으로 다행스러웠다.

이튿날 나는 외삼촌 집에 일찌감치 도착했다. 알리사는 친구와 이야기를 나누고 있었다. 알리사는 굳이 친구를 보내려 하지 않았고 그 친구도 딱히 갈 뜻이 없어 보였다.

한참 뒤에야 친구가 떠나고 우리 둘만 남게 되었다. 나는 알리사가 친구에게 점심을 먹고 가라고 붙잡지 않은 것에 짐짓 아쉬운 척을 했다. 우리는 둘 다 지난 밤에 잠을 제대로 자지 못해서 신경이 곤두서 있었다.

그때 뷔콜랭 외삼촌이 들어왔다. 순간 나는 외삼촌도 많이 늙으셨구나, 하고 생각했는데 나의 이런 생각을 알리사가 알아차린 것 같았다. 외삼촌은 귀가 어두워져서 말을 잘 알아듣지 못했다. 내 말을 이해시키려면 소리를 질러야 했기 때문에 이야기가 뒤죽박죽 엉켜 버리기 일쑤였다.

점심을 먹고 난 뒤, 플랑티에 이모가 미리 약속한 대로 마차로 우리를 데리러 왔다. 그리고 굳이 오르세까지 데리고 가서 우리를 그곳에다 내려 주었다. 알리사와 내가 이곳에서 가장 아름다운 길을 걸으며 추억을 만들길 바랐던 것이다.

계절에 비해 날이 꽤 더웠다. 우리가 걷고 있는 언덕에는 햇볕이 따갑게 내리쬐고 있을 뿐 그 어떤 정취도 느낄 수가 없었다. 잎이 다 져 버린 나무는 햇빛을 가릴 그늘 한 점 만들어 주지 못했다. 우리는 이모가 기다리고 있는 마차로 다시 돌아갈 생각에 발걸음을 재촉했다. 나는 별안간 두통이 일면서 아무 생각도 나지 않았다. 태연한 척하느라 그런 건지, 아니면 그런 몸짓이 말을 대신할 수 있다고 생각한 건지 나로서도 알 수가 없었다. 나는 알리사의 손을 꼭 쥔 채 언덕길을 걸어 올라갔다.

흥분한 채 빠른 속도로 걸어서 그런지 곧 숨이 가빠 왔다. 그리고 긴 침묵이 이어졌다. 어색한 분위기 때문에 우리는 서로 얼굴을 붉혔다. 내 관자놀이가 팔딱이는 소리가 들렸다. 알리사의 얼굴은 보기 안타까울 만큼 상기되어 있었다. 얼마 지나지 않아 맞잡은 손이 땀으로 흠뻑 젖었다. 우리는 손을 슬그머니 풀고 쓸쓸히 아래로 떨어뜨렸다.

우리는 워낙 빨리 걸어서 마차보다 먼저 사거리에 도착했다. 이모는 우리에게 이야기를 나눌 시간을 만들어 주기 위해 일부러 마차를 다른 길로 돌려서 천천히 오는 게 분명했다. 우리는 언덕의 비탈길에 앉았다. 서둘러 걸어오느라 땀에 흠뻑 젖어 있던 참에 갑자기 찬바람이 불자 오싹한 한기가 느껴졌다.

때마침 마차가 도착하자 우리는 몸을 일으켰다. 하지만 이모의 집요한 친절에 기분이 더 상하고 말았다. 이모는 우리가 많은 이야기를 나누었으리라 짐작하고 우리의 약혼에 대해 캐물었다. 알리사는 더 이상 참을 수가 없었던지 눈물까지 글썽거리며 머리가 심하게 아프다는 구실을 대었다. 집으로 돌아오는 길 내내 마차 안에는 침묵이 흘렀다.

다음 날 아침, 잠에서 깨었을 때는 감기가 들어 온몸의 뼈마디가 쑤시고 열이 났다. 몸을 일으키기조차 힘이 들어서 오후쯤에나 뷔콜랭 외삼촌 집에 가야겠다고 마음먹었다.

오후가 되어 외삼촌 집에 갔을 때, 아쉽게도 알리사는 혼자가 아니었다. 플랑티에 이모의 손녀인 마들렌과 함께 있었다. 알리사는 마들렌과 이야기 나누는 것을 좋아했다. 며칠째 할머니 집에 머물고 있던 마들렌은 거실로 들어서는 나를 보자마자 반가워하며 말했다.

"이따가 돌아갈 때 산기슭으로 갈 거예요? 그럴 거면 나하고 같이 나가요."

나는 엉겁결에 승낙을 하고 말았다. 순간, '아차' 하는 생각이 들었다. 알리사와 단둘이 있을 시간을 마련할 수 없게 된 것이었다. 하지만 그 사랑스러운 아이는 되레 우리에게 큰 도움을 주었다. 전날의 견디기 힘든 거북한 공기를 다시 느끼지 않도록 해 주었다. 우리 세 사람은 편안한 마음으로 이야기를 나누었고, 대화 내용도 자못 진지했다.

내가 작별 인사를 건네자 알리사는 묘한 미소를 지어 보였다. 아마도 내가 다음 날 떠난다는 사실을 모르고 있는 듯했다. 곧 다시 만날 수 있다고 생각해서, 내가 전하는 작별 인사를 그다지 슬프게 받아들이지 않는 모양이었다.

저녁 식사를 마친 뒤, 왠지 모르게 불안한 느낌이 들어서 마을로 내려갔다. 한 시간가량 걷다가 뷔콜랭 외삼촌 집으로 발길을 돌렸다. 집 앞에 이르자 외삼촌이 반가이 맞아 주었다. 알리사는 몸이 좋지 않아서 이미 방으로 올라간 뒤였다. 아마도 잠이 들었을 거라고 했다. 나는 외삼촌과 잠시 이야기를 나누다가 밖으로 나왔다.

계속해서 어긋나는 상황에 화가 났지만 이제 와서 불평을 해봐야 무슨 소용이 있을까. 모든 상황이 우리에게 유리하게 돌아갔다 하더라도 어쩌면 우리는 여전히 어색해 했을지도 몰랐다. 알리사는 나와 함께 있는 시간 내내 서먹해서 어쩔 줄을 몰라 하지 않던가. 그 사실이 나를 더 슬프게 했다. 파리에 돌아오자 그녀의 편지가 도착해 있었다.

제롬, 정말이지 슬픈 재회였어! 혹시 너는 다른 사람들 때문에 그렇다고 생각하니? 사실은 너도 우리가 함께하는 내내 불편해 했잖아. 그렇지 않니? 이런 느낌은 앞으로도 달라지지 않을 것 같아. 아! 제발 우리 다시는 만나지 말자!

그 시간들이 왜 그토록 거북했을까? 무언가 잘못된 것 같은 느낌……. 우리 사이에 왜 그렇게 무력하고 어색한 침묵만 이어졌는지 정말 모르겠어. 서로 할 말이 그렇게나 많았는데 말이야. 네가 돌아온 첫날, 나는 침묵 그 자체도 행복했어. 왜냐하면 침묵은 곧 사라지리라 믿었으니까. 네가 아주 많은 이야기를 들려줄 거라고 생각했거든. 네가 그렇게 홀연히 떠난다는 건 상상조차 하지 못했어.

오르세에서 우리의 침울한 산책이 아무런 말 없이 끝나 버렸을 때, 그리고 무엇보다 우리가 잡고 있던 손을 희망 없이 떨어뜨렸을 때, 나는 슬프고 고통스러워서 숨이 멎을 것만 같았어. 네 손이 내 손을 놓아 버렸다는 사실이 견딜 수 없이 슬펐지. 하지만 그보다 더 슬픈 것은 네가 그렇게 하지 않았더라도 내가 그렇게 했으리라는 것을 깨달았기 때문이야. 나 역시 네 손을 잡고 있는 게 더 이상 즐겁지 않았으니까.

그 다음 날, 그러니까 어제, 나는 아침 나절 내내 정신이 나간 듯 초조한 상태로 널 기다렸어. 너무나 불안한 나머지 집 안에 가만히 있기가 힘들어서, 네가 오면 볼 수 있도록 쪽지를 써 놓고 밖으로 나왔지. 방파제로 날 찾으러 오라고…….

그때 나는 파도가 높게 일렁이는 바다를 오랫동안 바라보았단다. 하지만 너 없이 그런 풍경을 바라보는 일은 무척이나 고통스러웠어. 그러다 문득 네가 내 방에서 기다리고 있을지도 모른다는 생각이 들어서 서둘러 집으로 돌아왔어. 그날 오후엔 어차피 나 혼자 있을 수가 없었거든. 그 전날 밤에 마들렌이 오겠다고 했으니까.

난 네가 아침에 오리라 생각하고 그러라고 했지. 어쩌면 그 애가 있어서 이번 만남 동안 유일하게 즐거운 시간을 가질 수 있었는지도 몰라. 그때 나는 그 편안한 대화가 오랫동안, 아주 오랫동안 이어질 거라는 이상한 환상을 느꼈거든.

네가 우리가 앉아 있던 소파로 다가와 내 쪽으로 몸을 기울이면서 잘 있으라고 했을 때, 난 정말이지 뭐라 대답할 수가 없었단다. 그 말은 마치 모든 게 끝났다는 것처럼 들렸거든. 순간 나는 네가 정말로 떠난다는 것을 깨달았어.

네가 마들렌과 함께 우리 집을 나설 때, 불현듯 네가 떠난다는 건 있을 수도, 인정할 수도 없는 일이라는 생각이 들었어. 그래서 너를 쫓아 밖으로 뛰쳐나갔지! 나는 너에게 말하고 싶었어. 미처 하지 못한 얘기를 전부 하고 싶었어. 나도 모르게 플랑티에 고모 집으로 달려가고 있었지. 그렇지만 모든 것을 되돌리기엔 이미 늦어버렸어. 시간도 없고 용기도 없었어.

나는 절망에 빠진 채 다시 집으로 돌아와 이렇게 너에게 마지막 편지를 쓰고 있는 거야. 왜냐하면 우리가 편지를 주고받는 일이 단지 커다란 환상에 불과할 뿐이며, 결국은 자기 자신에게 편지를 쓰고 있었다는 사실을 이제야 깨달았기 때문이야. 아, 제롬! 제롬! 우리가 항상 멀리 떨어져 있었다는 사실 또한 뼈저리게 와 닿았어.

하지만 나는 결국 그 편지를 찢어 버리고 말았어. 정말이야. 그런데도 지금 난 아까와 비슷한 내용으로 다시 편지를 쓰고 있어. 아! 너에 대한 사랑이 식은 게 아니야. 나의 벗, 제롬! 오히려 그 반대야. 네가 내게 가까이 다가오기만 해도 어쩔 줄을 모르겠어. 마음이 불안해지면서……. 이런 사실만 보더라도 내가 얼마나 너를 사랑하고 있는지 알겠지?

하지만 이건 절망적인 사랑이야. 왜냐하면 나는 멀리 떨어져 있을 때 너를 더 많이 사랑하기 때문이야. 진작부터 그 사실을 눈치 채고 있었어. 아! 그토록 바랐던 이번 만남이 결국 내게 그 사실을 일깨워 주고 말았어. 제롬, 너 역시 그걸 인정해야 해. 내가 그토록 사랑했던 동생아, 이제 안녕. 하느님이 널 지켜 주시고 인도해 주시기를……. 우리가 아무런 걱정 없이 다가갈 수 있는 존재는 하느님뿐이야.

그녀는 이 편지만으로는 내가 충분히 고통스러워하지 않을 거라고 여겼는지 추신을 덧붙였다.

이 편지를 부치기 전에 너에게 우리 둘과 관련해서 좀 더 신중을 기해 달라는 부탁을 하고 싶어. 너는 우리 둘만 간직하고 있어야 할 일들을 쥘리에트나 아벨에게 말해서 여러 번 내 마음을 아프게 했지. 네가 깨닫기 훨씬 전부터 나는 네 사랑이 머리에서 나왔다는 것과 애정과 신의에 대한 지적인 집착에 불과하다는 걸 알고 있었어.

그녀는 내가 이 편지를 아벨에게 보여 주지 않을까 하는 두려움에서 이 몇 줄을 덧붙인 듯했다. 무엇이 그녀를 이토록 진지하게 만들었을까? 그동안 내가 쓴 편지 속에 내 친구의 충고가 들어 있었던 사실을 눈치 챈 것일까?

그 후로 나는 아벨과 거리를 두기 시작했다. 그렇지 않아도 우리는 서로 다른 길을 가고 있었다. 그의 조언은 나의 고통스러운 짐을 혼자서 짊어지고 가야 한다는 사실을 일깨우는 것 말고는 아무런 의미가 없었다.

나는 그 뒤 사흘 동안 오로지 탄식만 하면서 지냈다. 알리사에게 답장을 하고 싶었다. 하지만 너무 진지하거나 너무 격렬한 나머지 나도 모르게 실수를 할까 봐, 그것이 우리의 상처를 돌이키기 어려울 정도로 악화시킬까 봐 두려워서 차마 용기가 나지 않았다. 나는 사랑의 고통으로 몸부림치는 내 마음을 담아서 편지를 스무 번도 넘게 썼다 버리기를 반복했다. 눈물로 흠뻑 젖은 편지를……. 마침내 보내기로 결심했던 그 편지의 사본을 나는 지금도 눈물을 흘리지 않고는 도저히 읽을 수가 없다.

알리사! 나를, 아니 우리 둘을 제발 불쌍히 여겨 줘! 네 편지는 날 너무 괴롭게 해. 네 걱정에 그저 미소를 지어 보낼 수 있다면 얼마나 좋을까! 맞아, 난 네가 편지에 써 보낸 그 모든 것을 느끼고 있었어. 하지만 그렇게 생각하기가 두려웠어. 그저 추측에 불과한 것을, 넌 어쩜 이렇게 끔찍한 현실로 만들어 버리는 거니? 이렇게까지 해서 꼭 우리 사이에 높디높은 장벽을 만들어야겠니!

만일 네 사랑이 식은 것이라면……. 아! 네 편지 전체가 부인하고 있는 그 잔인한 가정은 멀리하고 싶어. 그래, 이 모든 것이 일시적인 네 두려움이라면 무슨 상관이 있겠니? 알리사! 입이 얼어붙어서 말이 나오지 않는다. 마음 깊은 곳에서 신음만 흘러나올 뿐이야.

머리로 생각하기에는 난 너를 너무나도 사랑해. 널 사랑하면 할 수록 네게 무슨 말을 해야 할지 모르겠어. '머리로 하는 사랑'이라는 말에 내가 어떤 말을 할 수가 있겠니? 나는 널 온 마음을 기울여 사랑하는데 어떻게 머리와 마음을 구분할 수 있겠니?

하지만 우리가 주고받는 편지가 네 모욕적인 비난의 원인이 되고 있으니, 게다가 편지에서는 한껏 고무되었다가 현실에서는 추락하고 마는 우리에게 이토록 큰 상처를 주었으니, 또한 네가 내게 편지를 쓴다 해도 지금 넌 그저 너 자신에게 쓰는 것이라 생각할 테니, 또 지난번 편지와 같은 내용을 견딜 만한 힘이 나에게는 더 이상 남아 있지 않으니……. 우리, 당분간은 서로 편지를 주고받지 말자.

이러한 내용에 이어 그녀의 생각을 반박하고, 그 생각을 돌이켜 달라고 호소하며, 다시 만날 약속을 해 달라고 부탁했다. 지난번 재회에서는 제대로 되는 일이 하나도 없었다. 무대 장치는 물론 단역배우, 심지어 계절까지도……. 우리의 만남을 좀 더 신중하게 준비하지 못하게 만든, 한껏 고양된 편지 왕래마저 그것을 부추겼다. 이번에는 다시 만나기 전까지 반드시 침묵을 지키리라.

나는 다가오는 봄에 퐁그즈마르에서 그녀를 다시 만나고 싶었다. 그곳에서는 모든 것이 내게 유리하게 작용할 터였다. 뷔콜랭 외삼촌도 나를 반갑게 맞아 주겠지. 부활절 방학 동안 알리사가 만족할 만큼 오래 그곳에 머물고 싶었다.

결심이 서자 나는 편지를 부쳤다. 그리고 곧 공부에 매진하였다. 그해 말, 나는 알리사와 다시 만났다. 몇 달 전부터 건강이 좋지 않았던 에쉬브르통 양이 크리스마스 나흘 전에 세상을 떠났던 것이다. 제대한 뒤로 나는 다시 에쉬브르통 양과 함께 살았기 때문에 그녀의 마지막을 곁에서 지킬 수 있었다. 알리사가 보낸 카드를 보니, 그녀가 에쉬브르통 양의 죽음이나 나의 슬픔보다는 우리가 약속한 침묵에 더 마음을 쓰고 있는 듯했다. 그녀는 외삼촌이 참석할 수 없는 입관식에 자리를 채우기 위해서 잠시 들른다고 하였다.

장례식이 끝나고 관을 따라갈 때에는 알리사와 나, 둘뿐이었다. 우리는 나란히 걸으면서 몇 마디 대화를 나누었다. 교회에서 알리사와 나란히 앉았을 때 몇 번이고 그녀의 다정한 시선을 느낄 수 있었다.

"약속해."

헤어질 때 그녀가 말했다.

"부활절 전까지는 서로 어떤 편지도 보내지 않는 거야."

"그래, 하지만 부활절에는……."

"기다릴게."

우리는 묘지 입구에서 헤어졌다. 역까지 바래다 주겠다고 했지만 그녀는 마차를 불러 세우더니 잘 있으라는 인사도 없이 떠나가 버렸다.

제 7 장
끝나지 않은 시련

"알리사가 정원에서 널 기다리고 있단다."

4월 말쯤 내가 퐁그즈마르에 도착했을 때, 뷔콜랭 외삼촌이 아버지처럼 다정하게 내게 입을 맞춘 뒤 말했다. 처음에는 알리사가 서둘러 나를 맞으러 나오지 않은 사실이 서운했으나, 재회의 첫 순간에 진부한 인사치레를 생략하게 해 주어서 한편으로는 고마운 마음이 들기도 했다.

알리사는 정원 안쪽에 있었다. 나는 갈림길 쪽으로 걸어갔다. 해마다 이 무렵이면 활짝 피어나는 라일락과 마가목, 금잔화, 베즐리아 등이 덤불을 이뤄 주위를 빽빽이 에워싸고 있었다. 나는 너무 멀리서부터 그녀의 모습을 보지 않으려고, 그리고 내가 다가가는 것을 들키지 않으려고, 나뭇가지가 늘어져 그늘이 진 길을 따라 걸어갔다. 나는 천천히 걸었다. 하늘은 내 마음처럼 따뜻하고 눈부시게 빛나고 있었으며, 손을 뻗으면 부드럽게 잡힐 듯 청명했다.

역시나 그녀는 내가 다른 쪽 길로 올 것이라 짐작하며 기다리고 있었던 듯했다. 나는 아무런 기척도 하지 않은 채 그녀의 등 뒤에까지 바싹 다가갔다. 그녀는 전혀 눈치를 채지 못했다. 나는 걸음을 멈췄다. 흘러가던 시간도 나와 함께 멈추었는지 온 세상이 정지된 것처럼 느껴졌다. 너무나도 달콤한 기분이 행복감보다도 먼저 찾아와 그 무엇과도 비교할 수 없는 최고의 순간을 맛보게 해 주었다.

나는 알리사 앞에 무릎이라도 꿇고 싶었다. 한 걸음을 내딛자 그제야 알아챘는지 그녀가 갑자기 자리에서 벌떡 일어섰다. 그 바람에 수를 놓고 있던 옷감이 바닥에 떨어졌다. 그녀는 두 팔을 뻗어 내 어깨 위에 사뿐히 얹었다. 우리는 한동안 그렇게 서 있었다. 알리사는 얼굴에 미소를 띠면서 고개를 살짝 숙인 채 아무런 말도 하지 않았다. 단지 애정 어린 눈빛으로 나를 바라볼 뿐이었다. 그녀는 흰옷을 입고 있었다. 진지하게 나를 바라보는 시선에 아이 같은 미소가 어려 있었다.

"알리사."

나는 불쑥 말을 꺼냈다.

"나에겐 앞으로 열이틀이란 시간이 있어. 네가 꼭 원하는 만큼 만 여기 있을게. 그러니까 우리 신호를 하나 정하자. '내일 퐁그 즈마르를 떠나!'라는 말을 의미하는 신호 말이야. 그러면 그 다음 날 어떤 비난도 불평도 하지 않고 떠날게. 어때?"

미리 준비하지도 않았는데 말이 술술 나왔다. 그녀는 잠시 머 뭇거리더니 이내 입을 열었다.

"그렇다면 저녁 식사 때 네가 좋아하는 그 자수정 십자가가 내 목에 걸려 있지 않은 날로 하자."

"그게 내 마지막 저녁이란 말이지?"

"하지만 넌 눈물을 흘려서도 안 되고 탄식도 해선 안 돼. 그냥 떠나야 해."

"그래, 이별의 인사도 없이……. 그 저녁을 마지막으로 아무 일도 없었다는 듯 조용히 떠날게. 여느 저녁때처럼……. 너무나 태연해서 너는 어쩌면 내가 눈치를 채지 못했을 거라고 생각할 지도 몰라. 하지만 다음 날 아침 네가 날 찾을 땐 난 여기에 없을 거야."

"난 널 찾지 않아."

그녀는 내게 손을 내밀었다. 나는 그 손을 내 입술에 가져가면 서 말했다.

"지금부터 그 운명의 밤까지 내가 미리 알아차릴 수 있을 만 한 어떤 암시도 주면 안 돼."

"너도 다가올 이별에 대한 암시를 해서는 안 돼."

이제는 이 재회의 엄숙한 분위기로 인해 자칫 우리 사이에 일어날 수도 있을 어색함을 막아야 할 차례였다. 내가 먼저 말을 꺼냈다.

"내가 정말 바라는 건, 네 옆에서 지내게 될 며칠이 예전과 똑같았으면 하는 거야. 다시 말해서 우리 둘이 이 며칠을 특별하게 느끼지 않는 거지. 그리고 우리가 이야기를 나누려고 너무 애쓰지 않는다면……."

그녀가 웃기 시작했다. 나는 계속해서 말했다.

"우리가 함께할 만한 일이 없을까?"

전부터 우리는 정원을 가꾸는 일에 흥미를 가지고 있었다. 우리는 그 일을 하기로 했다. 경력이 없는 정원사가 최근에 새로 들어왔는데, 두 달 동안 방치되어 있었던 탓에 정원에는 해야 할 일이 산더미처럼 많았다. 장미나무도 제대로 손질이 되어 있지 않았고, 싱싱하게 자라고 있는 나무와 죽은 것들이 엉망으로 뒤엉켜 있었다. 뻗어 나가면서 자라야 할 식물들이 지지할 데가 없어서 아예 주저앉기도 했다. 상한 가지들 때문에 멀쩡한 가지들이 말라 죽은 경우도 있었다.

대부분은 우리가 접을 붙여 놓은 것들이었다. 알리사와 나는 우리가 손질한 가지들을 한눈에 알아볼 수 있었다. 보살핌이 필요한 나무들을 정성껏 손보면서 우리는 자못 많은 얘기를 나누었다. 그리고 딱히 말을 하지 않을 때에도 침묵의 무게를 느끼지 않았다.

이렇게 우리는 서로에게 다시 익숙해졌다. 나는 어떠한 말보다도 이렇게 서로에게 익숙해지는 것이 더 중요하다고 생각했다. 덕분에 우리가 오랫동안 떨어져 있었다는 기억도 차츰 사라져 갔다. 내가 그녀에게서 느꼈던 두려움이나 그녀가 내게서 느꼈던 긴장감도 많이 가라앉았다.

알리사는 지난 가을의 그 슬픈 방문 때보다 더 앳되어 보였고 그 어느 때보다 한층 더 아름다워 보였다. 나는 아직 그녀에게 입을 맞춘 적이 없었다. 매일 저녁, 그녀의 블라우스 위에서 금줄에 매달린 자수정 십자가가 반짝였다. 그럴 때마다 안도의 한숨을 내쉬며 가슴속에 희망을 다시 싹틔웠다. 아니, 희망이라니. 그것은 확신이었다. 나는 알리사 역시 그러한 확신을 느끼고 있으리라 생각했다. 나는 나 자신에 대한 의심을 이미 거두었기 때문에 그녀도 마찬가지일 거라고 여겼다. 우리의 대화는 점점 더 대담해져 갔다.

"알리사."

기분 좋은 바람이 살랑거리고 우리의 마음도 꽃처럼 피어나던 어느 날 아침, 내가 그녀에게 말했다.

"알리사, 이젠 쥘리에트도 행복을 찾았으니, 더 지체할 것 없이 우리도……."

나는 그녀를 지긋이 바라보며 천천히 말했다. 그 순간 그녀의 낯빛이 새하얗게 변했다. 그 바람에 내뱉은 말을 끝맺을 수가 없었다.

"제롬!"

그녀는 내 쪽으로 시선을 돌리지도 않고 입을 열었다.

"난 요즘 네 곁에서 더할 나위 없는 행복을 느끼고 있어. 하지만 내 말 좀 들어 봐. 우리는 행복을 위해 태어난 것이 아니야."

"그렇다면 인간의 영혼이 행복에 앞서 무엇을 바라야 한다는 거니?"

나는 격한 어조로 소리쳤다. 그녀가 중얼거렸다.

"성스러움."

그녀의 목소리가 너무 작아서 그 말을 들었다기보다는 그렇게 알아차렸다고 하는 편이 나았다. 내 모든 행복이 날개를 퍼덕이며 하늘로 날아가고 있었다.

"난 너 없이 거기에 이를 수 없어."

나는 그렇게 말한 뒤 그녀의 무릎 사이에 머리를 대고 아이처럼 울먹였다. 슬퍼서라기보다는 사랑에 복받쳐 하염없이 흐느꼈다.

"너 없이는 안 돼. 너 없이는 안 된다고!"

그날도 다른 날들처럼 흘러갔다. 하지만 저녁때 알리사는 자

수정 목걸이를 걸지 않고 나타났다. 약속한 대로 다음 날 아침,
나는 조용히 떠났다.

학교에 도착한 다음 날, 나는 생각지도 못한 편지를 한 통 받
았다. 편지에는 셰익스피어의 시 몇 줄이 적혀 있었다.

다시금 그 선율을 들려 다오.
스러질 듯 꺼져 가는 그 선율이
오랑캐꽃 만발한 강둑에서
향기를 뿜으며 숨을 쉬는
달콤한 남풍처럼 내 귀로 날아왔다.
됐어! 이제는 그만!
아까처럼 달콤하지 않아.

나도 모르게 아침 내내 너를 찾았어, 제롬. 나는 네가 떠났다는 사
실을 믿을 수가 없었어. 우리의 약속을 지킨 네가 원망스러워. 나는
단순히 장난이라고 생각했거든. 수풀 뒤에서 네가 갑자기 나타나지
나 않을까, 하고 그리로 가 보기도 했어. 하지만 아니었어. 넌 진짜
로 떠났던 거야. 그래, 고마워.
나는 하루 종일 머릿속을 맴도는 몇 가지 생각에 사로잡혀 있었
어. 당장 너에게 들려줘야 할 것만 같았지. 그러지 않는다면, 마땅히

너에게 해야 할 일에 소홀했다는 자책감에 시달리거나 너의 비난을 들어야 할 만한 일을 했다는 두려움이 들 것 같았어.

네가 퐁그즈마르에 오고 처음 몇 시간 동안은 내 속으로 찾아든 정체 모를 만족감에 놀라서 이내 불안해졌어. 넌 내게 '그 이상 아무것도 더 바랄 것이 없는 만족감'이라고 말했지. 아아! 내가 두려운 것이 바로 그것이었어.

제롬, 난 네가 내 생각을 제대로 이해하지 못할까 봐 두려워. 무엇보다 걱정스러운 것은 네가 내 마음의 가장 강렬한 감정의 표현을 논리적으로 까다롭게 따지는 것으로 보지는 않을까, 하는 거야. (오! 이 얼마나 어설픈 논리겠니?)

"충만한 만족을 주지 않는다면 그건 행복이 아니야."

넌 내게 그렇게 말했지. 기억나니? 그때 나는 어떻게 대답을 해야 할지 몰랐어. 아냐, 제롬. 행복은 우리를 충만하게 만들어 주지 않아. 우리를 만족시켜 주면 안 되는 거야. 희열로 가득찬 그 만족감을 나는 진정한 것으로 보지 않아. 올 가을에 우린 그런 만족감에 어떤 슬픔이 깃들어 있는지 두 눈으로 확인하지 않았니?

진정한 행복! 아, 하느님! 우리에게 그 만족감이 진정한 행복이 아닐 수 있게 해 주시기를……. 우리는 다른 무언가를 위해 태어난 것입니다.

이전에 우리가 주고받은 편지들이 가을의 재회를 망쳐 버린 것과 같이, 어제 너와 같이 있었다는 추억이 오늘 내 편지에서 기쁨을 느낄 수 없게 만드는구나. 너에게 편지를 쓰면서 느꼈던 그 환희가 이 젠 어디로 사라져 버린 걸까? 우리는 편지를 주고받고, 또 함께 있 으면서 우리의 사랑이 열망할 수 있는 순수한 기쁨을 전부 바닥 내 고 말았어. 그래서 나는 지금 《십이야(十二夜, 셰익스피어의 낭만 희 극-옮긴이)》의 오시노처럼 나도 모르게 울부짖고 있는 거야. "됐어! 이제는 그만! 아까처럼 달콤하지 않아."

안녕, 제롬. 하느님을 사랑하는 일은 지금부터 시작이야. 아! 너는 내가 널 얼마나 사랑하는지 알까?

-언제까지나 변치 않는 너의 알리사가

나는 '덕행'이라는 올가미 앞에서는 속수무책이었다. 온갖 영 웅적인 기분이 나를 현혹하면서 마음을 잡아끄는 것이었다. 나 는 그런 것들과 사랑을 구분하지 못했다. 알리사의 편지는 나를 무모한 열정에 빠져들게 하였다. 내가 덕을 쌓으려고 노력했던 것은 오로지 그녀를 위해서였다.

어떤 길로든 위로 올라가기만 하면 알리사가 있는 곳으로 인 도해 주리라고 믿었다. 아, 대지가 제아무리 급작스럽게 좁아진 다고 해도 우리 둘을 지탱하기에는 충분하리라. 아아! 유감스럽 게도 나는 그녀가 교묘하게 연기를 하고 있다는 사실을 눈치 채 지 못했다. 꼭대기에 이르렀을 때 그녀가 다시 달아날 수도 있 으리라고는 상상조차 하지 못했던 것이다.

나는 그녀에게 제법 긴 답장을 썼다. 그중에서 다소 통찰력이 있다고 생각되는 구절만이 기억난다.

사랑은 내가 가지고 있는 것 중에서 가장 훌륭한 것이라는 생각이 들 때가 많아. 내 모든 덕행이 거기에서 비롯되는 듯해. 사랑이야말로 나를 한층 더 높은 곳으로 끌어올려 주는 것이기 때문에, 네가 없으면 나는 아주 평범한 사람으로 전락할 수밖에 없어. 너를 다시 만날 수 있다는 희망이 있기에, 제아무리 험준한 산길도 내게는 보람되게 느껴지는 거야.

이 편지에 내가 어떤 말을 덧붙였기에 그녀는 이런 답장을 한 것일까?

하지만 제롬, 성스러움은 선택이 아니야. 그것은 의무야. (이 단어에 밑줄이 세 개나 그어져 있었다.) 만약 네가 내가 지금껏 믿어 온 그 사람이 맞다면, 너 역시 그러한 의무를 저버리지 못할 거야.

이것이 전부였다. 이것으로 우리의 편지 왕래는 완전히 끝났으며, 그럴듯한 충고는 물론 그 어떤 굳건한 의지로도 이제는 어쩔 도리가 없음을 깨달았다. 아니, 예감했다.
그렇지만 나는 다시 애정이 넘치는 긴 편지를 썼다. 세 통의 편지를 보낸 다음에야 다음과 같은 짧은 편지 한 통을 받았다.

　나의 벗, 제롬

　내가 더 이상 편지를 쓰지 않겠다는 결심을 했다고 생각지는 마. 그저 편지를 쓰는 데 싫증이 났을 뿐이야. 나는 아직도 네 편지를 좋아해. 하지만 자꾸만 네 생각에 빠져 있는 나를 자책하게 돼.

　곧 여름이 올 거야. 당분간 편지는 주고받지 말도록 하자. 대신 9월 하순에 이곳에 와서 이 주가량 내 곁에 머물러 주지 않을래? 괜찮니? 만일 동의한다면 굳이 답장을 쓸 필요 없어. 네 침묵을 동의의 뜻으로 받아들일게. 부디 네가 답장하지 않기를.

　나는 답장을 하지 않았다. 이번 침묵이야말로 그녀가 나에게 부과한 마지막 시련임이 분명했다. 몇 달 동안 학업에 열중하고 몇 주 동안 여행을 마친 다음 퐁그즈마르로 갔을 때, 나는 한 치의 흔들림도 없는 확신을 가지고 있었다.

　아, 어떻게 하면 나 자신조차도 납득하기 어려웠던 그 상황을 최대한 단순하게 전할 수 있을까? 그 후 내가 맞닥뜨려야 했던 절망의 끝을 어떻게 생생하게 그릴 수 있을지……. 더할 나위 없이 부자연스러운 그녀의 겉모습 이면에 여전히 사랑이 고동치고 있음을 깨닫지 못했던 나 자신을 지금은 도저히 용서할 수가 없다.

그때까지만 해도 나는 그 겉모습 외에는 아무것도 볼 수가 없었기에, 연인의 모습이라곤 찾아볼 수 없는 그녀를 한껏 비난했다. 아니다, 그때도 나는 너를 책망하진 않았어. 알리사! 너의 옛 모습을 더 이상 찾아볼 수 없었기에 절망에 빠져 울었을 뿐……. 너의 사랑에서 비롯된 침묵의 술책과 가혹한 기교로 네 사랑의 무게를 가늠해 볼 수 있게 된 지금, 네가 내게 주었던 지독한 슬픔만큼 너를 더욱 사랑했어야 했던 걸까?

경멸? 냉정? 아니다. 나는 그 어떤 것도 이겨 낼 자신이 없었다. 맞서 싸울 수 있는 것 역시 아무것도 없었다. 그래서 이따금씩 머뭇거렸고, 나 스스로 불행을 지어낸 것은 아닌지 의심했다. 그만큼 불행의 원인은 종잡을 수가 없었고, 알리사는 아무것도 모르는 양 교묘하게 시치미를 떼었다. 나는 도대체 무엇을 한탄하는 것인가.

그녀는 전보다 더 부드러운 미소로 나를 맞았다. 이보다 더 상냥하고 친절한 모습은 일찍이 본 적이 없었다. 첫째 날, 나는 거의 속아 넘어갈 뻔하였다. 납작하게 당겨 묶은 머리 모양이 그녀의 얼굴 윤곽을 그대로 드러내 약간 무뚝뚝해 보이게 하고, 거친 천으로 만든 우중충한 빛깔의 블라우스가 몸매의 우아한 곡선을 망가뜨린 것쯤이야 뭐 얼마나 대수였겠는가. 그런 것쯤이야 그녀가 충분히 어떻게 해 볼 수 있는 것 아닌가. 당장 내일이라도 그녀 스스로, 아니면 내가 부탁을 하면 달라질 수 있는 거라고 섣부르게 믿고 있었다. 그보다는 우리 사이에 썩 익숙하지 않은 지나친 상냥함과 친절함이 더 슬펐다. 나는 그 안에서 애정이 만들어 내는 충동이 아니라 어떤 결심을, 감히 이렇게 말해도 되는지 모르겠지만 사랑보다는 예의를 발견하게 되지 않을까 두려웠다.

저녁에 거실로 들어섰을 때, 한쪽 구석에 항상 놓여 있던 피아노가 보이지 않았다. 나는 실망한 나머지 나도 모르게 탄식을 내뱉었다. 그러자 알리사가 태연한 목소리로 말했다.

"피아노는 수리 중이야, 제롬."

그 말을 듣고 외삼촌이 나무라듯 말했다.

"그러니까 얘야, 내가 몇 번을 말했니? 지금까지 잘 썼으니 제롬이 다녀간 다음에 고치러 보내도 되지 않느냐고……. 네가 서두르는 바람에 우리가 누리던 커다란 즐거움 하나가 사라져 버렸구나."

"하지만 아버지."

그녀가 붉어진 얼굴을 옆으로 돌리면서 말했다.

"어차피 소리가 엉망이어서 제롬도 피아노를 칠 수는 없었을 거예요."

"네가 칠 때는 그리 나빠 보이지 않던데 그러는구나."

외삼촌이 대꾸했다.

그녀는 잠시 동안 그늘 쪽으로 몸을 숙인 채, 안락의자 덮개의 치수를 재는 데 열중하다가 갑자기 밖으로 나갔다. 그러고는 한참 뒤에 외삼촌이 저녁때마다 마시는 차를 쟁반에 받쳐 들고 돌아왔다.

다음 날 그녀는 머리 모양도 블라우스도 바꾸지 않았다. 집 앞 벤치에 아버지와 나란히 앉아서 전날 저녁때부터 열심이던 바느질을 계속했다. 벤치나 탁자 위에 놓아둔 바구니 속에서 해진 양말을 연이어 꺼내며 쉬지 않고 기워 댔다. 그렇게 며칠이 지나면 수건이나 홑이불이 만들어져 있었다. 그녀의 마음은 온통 이 일에 쏠려 있는 모양인지, 꼭 다문 입술은 더할 나위 없이 무표정했고 두 눈에서는 아예 광채가 사라지고 없었다.

"알리사!"

첫날 저녁, 나는 감성적인 매력이 전부 사라져 버린 그녀의 얼굴을 보고 놀라서 버럭 소리를 질렀다. 그녀의 얼굴이 몹시 낯설게 느껴졌다. 내가 한참 동안 뚫어지게 바라보고 있었는데도 그녀는 내 시선을 전혀 의식하지 못하는 것 같았다.

"왜 그래?"

그녀가 갑자기 고개를 들면서 물었다.

"내 말을 들리는지 궁금해서……. 네가 완전히 딴 세상에 가 있는 것 같았거든."

"아냐, 나 여기 있어. 이렇게 조각 천을 이어 붙일 때는 무엇보다 집중이 필요하거든."

"바느질하는 동안 내가 책을 읽어 주는 건 어때?"

"글쎄, 잘 들을 수 있을까?"

"하필이면 왜 그렇게 집중해야 하는 일을 하는 거야?"

"어차피 누군가는 해야 하잖아."

"그걸로 밥벌이를 하는 가난한 여자들이 많다는 건 나도 어디선가 들었어. 하지만 네가 돈을 벌기 위해 이런 보잘것없는 일을 기를 쓰고 하는 것은 아니잖아."

그러자 그녀는 이 일이 다른 어떤 일보다도 재미가 있을뿐더러 이미 오래전부터 다른 일은 해 보지 않아서 서투르다고 딱 잘라 말했다. 말하는 동안 그녀는 줄곧 미소를 지었다. 그녀의 목소리는 더없이 다정했지만, 그럴수록 내 마음은 더 서글퍼졌다.

그녀의 얼굴은 마치 "나는 그저 당연한 이야기를 한 것뿐인데, 넌 왜 그렇게 슬퍼하는 거니?"라고 말하는 듯했다. 내 마음은 대꾸하고 싶은 말로 가득 차 있었지만, 차마 입 밖으로 나오지 못한 채 목에 걸리고 말았다.

이틀 후, 우리는 장미꽃을 꺾었다. 그녀는 나에게 자신의 방으로 그 꽃들을 옮겨다 달라고 부탁했다. 그해 들어, 나는 그녀의 방에 한 번도 들어가 보지 못했다. 그 순간 나는 얼마나 헛된 희망을 품었던지……. 그때까지만 해도 내 슬픔을 전적으로 내 탓이라고 자책하고 있었기 때문에, 그녀의 말 한마디로도 내 안의 상처는 눈 녹듯 사라질 수 있었다.

나는 그 방에 들어갈 때마다 가슴이 설레었다. 그 방에 들어가면 왠지 모르게 아늑한 기운이 감도는 것이 자연스럽게 알리사를 떠올리게 했다. 창문마다 드리워진 커튼의 푸른빛 그늘, 침대 주위에 놓여 있는 반들반들한 마호가니 가구, 이 모든 것이 알리사의 맑디맑은 순결함과 사색에 잠긴 우아함을 말해 주는 듯했다.

그날 아침 알리사의 방에 들어섰을 때, 침대 옆 벽면에 걸려 있던 마사치오의 그림 두 장이 보이지 않아서 속으로 깜짝 놀랐다. 그것은 내가 이탈리아에서 가져와 선물로 준 것이었다. 어떻게 된 일인지 알리사에게 물어보리라고 생각하는 찰나, 내 시선이 그녀가 아끼는 책들을 정리해 둔 책꽂이에 가 멈췄다. 이전에 그 작은 책꽂이는 내가 준 책들과 우리가 함께 읽은 책들로 채워져 있었다. 그런데 그 책들은 다 치워지고, 그녀가 무시해 버리면 좋을 성싶은 통속적인 신앙심에 대한 너저분한 소책자들이 죽 꽂혀 있는 게 아닌가. 문득 고개를 돌리자 빙긋이 웃고 있는 알리사의 모습이 보였다. 그랬다. 그녀는 내 모습을 조용히 지켜보며 웃고 있었다.

"미안해. 네 얼굴을 보니까 웃음이 났어. 내 책꽂이를 보고 얼굴을 잔뜩 찌푸리기에…….”

나는 농담할 기분이 아니었다.

“아니, 알리사, 정말 이것들이 네가 요새 읽는 책들이야?”

“응, 그런데 왜 그렇게 놀라는 거지?”

“자양분이 풍부한 양식에 길들여진 지성이 이 따위 무미건조
한 책들을 맛보게 되면 저절로 구토가 나지 않니? 난 그럴 줄 알
았어.”

“난 네 말이 이해가 안 돼.”

그녀가 의아하다는 듯 말을 이었다.

“이 책들의 지은이는 최선을 다해 자기 생각을 표현하면서 나
하고 진지하게 대화를 나누는 겸허한 영혼들이야. 나는 이런 책
들이 좋아. 이들은 어떤 경우에도 미사여구의 함정에 빠지지 않
을뿐더러, 헛된 찬양으로 하느님을 모독하는 일 따위도 하지 않
거든.”

“그래서 이제 이런 것들만 읽겠다는 거야?”

“그렇다고 할 수 있어. 그래, 몇 달 전부터……. 그렇지만 읽을
시간이 많지는 않아. 사실 아주 최근에 네가 훌륭하다고 했던
위대한 작가들의 책을 다시 읽어 보려고 했는데, 내가 마치 성
경에 나오는 사나이처럼 느껴지는 거야. 제 키를 한 자라도 더
늘이려고 안간힘을 쓰는…….”

“그 이상한 생각을 하게 만든 ‘위대한 작가’가 누군데?”

"그 작가가 나에게 그런 생각을 하게 만들었다는 것이 아니라 그가 쓴 책을 읽다가 그런 생각을 하게 되었다는 거지. 파스칼이야. 어쩌면 가슴에 와 닿지 않는 구절을 읽어서 그랬는지도 모르고……."

나는 안타까움을 감추지 못했다. 알리사는 마치 교과서를 외우기라도 하듯 분명하고 단조로운 목소리로 말했다. 그녀는 정리를 미처 끝내지 못한 꽃 무더기에 시선을 고정한 채 같은 어조로 계속해서 말을 이었다.

"그의 호언장담은 언제 봐도 사람을 놀라게 해. 그렇게 호언장담을 하기 위해 기울이는 노력은 또 어떻고……. 그런데 증명할 수 있는 것은 거의 없잖니? 가끔씩 난 그의 비장한 목소리가 신앙에서가 아니라 오히려 회의(懷疑)에서 비롯된 게 아닐까 싶을 때가 있어. 온전한 신앙에는 그토록 많은 눈물과 떨림이 있을 수 없잖아."

"파스칼의 목소리가 아름다운 것은 바로 그 눈물과 떨림 때문이야."

나는 더 반박하고 싶었지만 그럴 용기가 나지 않았다. 그녀가 하는 말 속에서는 내가 이전에 그토록 좋아했던 알리사를 발견할 수가 없었기 때문이다. 나는 그저 기억나는 대로 옮겨 적을 뿐이다. 그 일에 관해 뒤늦게 수식을 덧붙이거나 억지스런 논리를 갖다 붙이고 싶지 않다.

잠시 후, 그녀가 말했다.

"만일 그가 현세의 생활에서 자신의 즐거움을 놓지 않았다면, 현세의 생활은 그것보다 훨씬 더 무거웠을 거야."

"무엇보다 말이야?"

나는 그녀의 이상한 말에 어이가 없어서 되물었다.

"그가 말하는, 확실치 않은 행복보다 말이야."

"그렇다면 너는 파스칼이 말하는 행복을 믿지 않는다는 거로구나?"

나는 화가 나서 큰 소리로 외쳤다.

"그런 건 조금도 중요하지 않아! 장사치하고 거래를 할 때와 같은 온갖 의심에서 벗어날 수 있도록, 난 차라리 그 행복이 완전하게 불확실했으면 좋겠어. 하느님을 사랑하는 영혼이 덕을 행하는 것은 보상에 대한 기대 때문이 아니라 타고난 고귀한 마음씨 때문이니까."

"바로 거기에서 파스칼과 같은 고귀한 영혼이 마음의 안식처로 삼은 내밀한 회의주의가 나온 거야."

"회의주의가 아니라 얀센주의(네덜란드의 신학자 얀센이 창시한 교리. 아우구스티누스의 설을 받들어 은총, 자유 의지, 예정 구원설에 대한 엄격한 견해를 발표하여 17~18세기에 프랑스 교회에 큰 논쟁을 일으켰다. 그러다 1713년 로마 교황에게 이단 선고를 받고 사라졌다.—옮긴이)야."

그녀가 미소를 지으며 말을 이었다.

"하긴 그게 나와 무슨 상관이겠니?"

그녀는 책꽂이 쪽으로 몸을 돌렸다.

"여기 있는 책들에 나오는 가난한 영혼들은 자신이 얀센주의 자인지 정적주의자(기독교에서 인간의 자발적·능동적인 의지를 최대한 억제하고, 신의 초인적인 힘에 전적으로 의지하는 수동적 사상을 주장하는 사람―옮긴이)인지, 아니면 또 다른 무엇인지 말해 보라고 하면 무척 당황할 거야. 이들은 마치 바람에 나부끼는 풀잎처럼 아무런 악의도, 번뇌도, 아름다움도 없이 그저 하느님 앞에 고개 숙이고 있는 거거든. 자신을 보잘것없는 존재라 여기고, 오직 하느님 앞에서 스스로의 모습을 지워 버리는 것으로 어떠한 가치를 얻는다고 생각하지."

"알리사!"

나는 목소리를 한껏 높여 고함을 질렀다.

"넌 왜 네 날개를 떼어 버리려고 하는 거야?"

그녀의 목소리가 너무나도 차분하고 자연스러웠기 때문에 상대적으로 내 고함 소리는 우스꽝스러울 만치 과장되게 들렸다.

그녀는 고개를 저으면서 다시 미소를 지었다.

"이번에 파스칼을 읽고서 얻은 게 있다면……."

그녀는 말을 하려다가 멈칫거렸다. 나는 기다리지 못하고 다시 물었다.

"도대체 그게 뭔데?"

"그리스도가 하신 이 말씀뿐이야. '무릇 자기 목숨을 보전하고 자 하는 자는 잃을 것이요.'(《누가복음》 17장 33절) 그리고 나머지 는…….."

그녀는 나를 똑바로 바라보며 환하게 미소를 짓더니 천천히 말을 이었다.

"사실 이해가 잘 되지 않아. 이렇게 가난한 영혼들의 세계에서 지내다가 위대한 사람들의 숭고한 사상과 마주하게 되면 순식 간에 숨이 가빠 오거든. 정말 희한한 일이야."

나는 혼란에 빠져서 대답할 말을 찾지 못하다가 한참 만에 간 신히 입을 열었다.

"만일 오늘부터 내가 너와 함께 이 설교집이니 명상집이니 하 는 것들을 읽어야 한다면……."

그녀가 내 말을 가로막았다.

"네가 이런 것들을 읽는 모습을 보게 되면 난 더 슬퍼질 거야. 왜냐하면 너는 이런 것들보다 훨씬 훌륭한 걸 위해 태어났다고 믿으니까."

그녀는 그렇게 간단하게, 그런 식으로 우리 두 사람의 삶을 따 로 떼어 놓았다. 그 말들이 얼마나 내 마음을 미어지게 하는지 조금도 관심 없다는 듯이 천연덕스럽게……. 나는 머리에서 불 길이 치솟는 것만 같았다. 아직 할 말이 많았다. 심지어 그녀 앞에서 엉엉 울고 싶기까지 했다. 그녀가 내 눈물을 본다면 마음을 돌릴지도 모른다는 생각이 들어서였다.

하지만 나는 아무 말도 하지 못한 채 벽난로 위에 팔꿈치를 괴고 두 손으로 얼굴을 감쌌다. 그녀는 내가 괴로워하는 모습이 보이지도 않는지, 아니면 보고서도 못 본 척 시치미를 떼는 것인지 평온한 모습으로 꽃을 매만지고 있었다.

그때 식사를 알리는 첫 종소리가 울렸다.

"아참, 점심 식사 준비도 못했네."

그녀는 우리가 단순히 놀이라도 하다가 그만둔 것처럼 무심한 목소리로 말했다.

"우리, 나중에 이야기하자. 이제 그만 가, 어서."

그 이야기는 다시 이어지지 않았다. 알리사가 나를 계속 피해 다녔기 때문이다. 일부러 그러는 것 같지는 않았다. 실제로 급하고 중요한 일들이 잇따라 생겨났다. 나는 차례를 기다렸다. 하지만 내 차례는 계속해서 생겨나는 집안일과 꼭 하지 않으면 안 되는 창고 관리, 소작인들의 방문, 그녀가 갈수록 더 마음을 쓰고 있는 가난한 사람들을 찾아다니는 일 따위에 밀려 번번이 뒷전이 되었다. 나에게는 그 나머지 시간, 극히 짧은 시간밖에는 돌아오지 않았다.

나는 언제나 분주하기 그지없는 그녀를 그저 바라보기만 할 뿐이었다. 사실 알리사가 나를 얼마나 소홀히 대했는지를 제대로 느끼지 못했던 까닭은 그녀가 이런 자질구레한 일에 쫓기기도 했지만, 그런 그녀를 쫓아다니는 것을 나 스스로 단념했기 때문이기도 했다.

단 몇 마디의 대화만 나눠 봐도 이런 사실을 확실하게 깨달을 수 있었다. 알리사가 잠시 짬을 낸다 하더라도 어설프기 짝이 없는 얘기들만 주고받기 일쑤였고, 그런 대화조차도 그녀는 마치 어린애들이 장난하듯이 성의없이 응하곤 했다. 그녀는 멍하니 미소를 머금은 채 내 곁을 재빨리 지나쳤고, 그럴 때마다 나는 그녀가 남과 다름없이 내게서 아주 멀리 있다는 느낌을 받았다. 이따금 그녀의 미소에서 무시하는 듯한, 혹은 빈정거리는 듯한 태도가 엿보이는 것 같기도 했다. 그런 식으로 내 마음을 따돌리는 데 재미가 붙은 것 같아 보이기도 했다. 그러고 나면 나는 곧 모든 불평을 나 자신에게로 돌렸다.

그것은 그녀를 비난하고 싶지 않아서이기도 했지만, 내가 그녀에게 무엇을 기대하고 있는지, 그녀를 무엇 때문에 비난해야 하는지 알 수가 없기 때문이기도 했다.

내가 무한한 행복을 꿈꾸던 날들은 그렇듯 허망하게 흘러가 버렸다. 나는 어안이 벙벙한 채 흘러가는 시간들을 그저 멍하니 바라보았다. 하지만 그 시간을 연장하고 싶거나 흘러가는 속도를 늦추고 싶지는 않았다. 그만큼 하루하루가 내게는 고통을 키우는 시간이었다.

내가 떠나기 이틀 전, 우리는 폐광이 된 이회암 채석장의 벤치까지 함께 산책을 나갔다. 그날은 안개가 끼지 않아서 지평선까지 한눈에 들어오는 맑은 가을 저녁이었다. 푸르른 지평선을 보고 있노라니, 흘러가 버린 지난날의 까마득한 기억들이 하나둘 또렷하게 떠올랐다. 나는 도저히 참지 못하고, 지금 내 불행이 어떤 행복을 잃어버리고 나서 생겨난 것인지 알아내고 싶어졌다.

"이제 내가 무얼 할 수 있겠니?"

자조 섞인 내 물음에 그녀가 대답했다.

"넌 환영과 사랑에 빠졌던 거야."

"아니야. 환영이 아니야, 알리사."

"네가 만들어 낸 상상 속의 인물이었어."

"아아, 내가 만들어 낸 것이 아니야. 그녀는 내 연인이었어. 난 그녀를 또렷이 기억하고 있어. 알리사! 알리사! 넌 내가 사랑했던 그 사람이었단 말이야. 넌 그때의 너를 대체 어떻게 해 버린 거니? 왜 이렇게 되어 버린 거냐고!"

그녀는 얼마 동안 아무런 대꾸 없이 가만히 있었다. 고개를 숙인 채 꽃잎을 뜯다가 천천히 입을 열었다.

"제롬, 왜 날 이전보다 덜 사랑한다고 솔직하게 고백하지 못하는 거니?"

"그건 사실이 아니니까! 사실이 아니기 때문이야!"

나는 화가 나서 소리를 질렀다.

"내가 이보다 더 널 사랑해 본 적은 없으니까."

"날 사랑한다고? 천만에, 넌 이전의 나를 그리워하고 있을 뿐이야."

그녀는 억지로 미소를 지어 보이며 어깨를 으쓱하고는 다시 말을 이었다.

"난 내 사랑을 과거에 매어 둘 수 없어."

발밑으로 땅이 꺼지는 듯했다. 나는 아무것에라도 매달리고 싶었다. 그녀가 무덤덤한 목소리로 말했다.

"사랑도 다른 것들과 함께 흘러가 버릴 수밖에 없어."

"내 사랑은 죽는 날까지 오로지 나와 함께 있을 거야."

"네가 영원하다고 믿는 그 감정도 차츰차츰 사라지게 될 거야. 네가 여전히 사랑한다고 믿는 알리사는 이미 네 기억 속에나 존재할 뿐이지. 언젠가 네가 그녀를 진심으로 사랑했었노라고 추억할 날이 올 거야."

"넌 마치 내 마음속에서 알리사라는 존재가 다른 누군가로 대체될 수 있거나, 아니면 내가 더 이상 사랑을 할 수 없게 된 것처럼 말하는구나. 너도 날 사랑했다는 사실을 잊어버린 거니? 그렇지 않고서야 어떻게 날 이렇듯 고통스럽게 하고서도 아무렇지도 않은 표정을 지을 수가 있어?"

그녀의 핏기 없는 입술이 바르르 떨렸다. 그녀는 알아듣기 힘들 정도로 나지막하게 중얼거렸다.

"아니, 아냐. 내 마음은 조금도 변하지 않았어."

"아니, 그럼, 아무것도 변한 게 없다는 거야?"

나는 그녀의 팔을 잡으며 말했다. 그러자 그녀는 확신에 찬 어조로 말을 이었다.

"한마디면 다 설명이 될 텐데……. 넌 왜 그 말을 대놓고 못하는 거니?"

"무슨 말?"

"내가 나이가 많다는 것."

"그만해."

나는 곧 나 역시 그녀 못지않게 나이를 먹었고, 우리 사이에 나이 차이는 예전이나 똑같다고 대꾸했다. 하지만 그녀는 이미 냉정을 되찾은 후였다. 그녀와의 관계를 회복할 마지막 기회마저 그렇게 지나가 버렸다. 나는 말다툼에 말려들어, 나의 입장을 얘기할 수 있는 유일한 순간을 놓치고 말았다. 대체 이제 어찌해야 하는 걸까?

나는 이틀 후에 퐁그즈마르를 떠났다. 그녀와 나 자신에게 불만을 품고서, 또 내가 그때까지 '덕행'이라고 부르던 것에 대해 막연한 증오감과 내 마음속에 늘 자리하고 있는 집념에 대해 원한을 품고서…….

그 마지막 해후에서, 나는 내 사랑의 과장, 바로 그것 때문에 내 모든 열정을 다 소진해 버린 것 같은 느낌이었다. 처음에 내가 반대해 보려 했던 알리사의 말 한마디 한마디가 내 항변이 끝나 버린 다음에도 여전히 생생하고 의기양양하게 내 마음속에 머물러 있었다.

아, 확실히 그녀가 옳았다! 나는 그저 환영을 사랑한다고 믿었던 것이다. 내가 사랑했던, 내가 아직도 사랑하고 있는 알리사는 더 이상 존재하지 않았다.

그래, 우리는 확실히 나이를 먹었다! 내 가슴을 온통 얼어붙게 만들었던 끔찍한 변화도 따지고 보면 본래 상태로 돌아간 것에 불과해. 시간을 들여 한 계단 한 계단 그녀를 보다 높은 곳으로 끌어올리고 내가 아끼던 것들로 장식해 우상으로 만들어 봤지만, 그러한 노력과 수고에서 남은 게 뭐지?

혼자 있도록 내버려 두기가 무섭게 알리사는 자신의 수준, 평범하기 그지없는 수준으로 돌아가 버렸다. 나 자신 또한 그 수준으로 내려와 있었다. 하지만 나는 그 수준에 있는 그녀를 더 이상한 원하지 않았다. 아, 나 혼자만의 노력으로 그녀를 올려놓았던 그 높은 곳에서 그녀와 다시 만나기 위해 헌신적으로 쌓아온 수많은 덕행이 터무니없고 공허한 일로만 보였다.

교만한 마음이 조금만 덜했더라면 우리의 사랑은 한결 수월했을지도 모른다. 하지만 대상을 잃어버린 사랑에 집착해 보았자 무슨 의미가 있을까. 그건 집착이지, 더 이상 충실은 아니었다. 무엇에 충실했단 말인가. 기껏해야 과오에 불과하겠지. 가장 현명한 일은 자신의 잘못을 스스로 인정하는 것이 아닐까.

그러던 차에 아테네 프랑스 학교에 추천을 받은 나는, 아무런 야망도 흥미도 느끼지 못한 채 그저 떠난다는 생각에 마음이 동하여 도피라도 하듯 입학을 수락했다.

제 8 장

마지막 해후

완전히 끝났다고 생각했다. 그런데도 나는 알리사를 또다시 만났다. 삼 년 후, 여름이 끝나 갈 무렵이었다. 그 일이 있기 열 달 전에 나는 그녀에게서 뷔콜랭 외삼촌이 돌아가셨다는 소식을 들었다. 당시 팔레스타인을 여행하고 있던 나는, 외삼촌의 부음을 듣자마자 아주 긴 편지를 써 보냈지만 끝내 답장은 받지 못했다.

그 무렵 어떤 구실을 댔는지는 기억나지 않지만, 르아브르에 도착하자 자연스럽게 발길이 퐁그즈마르로 향했다. 그곳에 가면 알리사를 만날 수 있으리라 생각하면서도, 그녀가 이제는 혼자가 아닐 것만 같아서 자꾸만 신경이 쓰였다. 나는 짐짓 그곳에 간다는 사실을 알리지 않았다. 평범한 방문처럼 보여야 한다는 생각이 들어서였다.

나는 약간 불안한 마음으로 발걸음을 내디뎠다. 들어갈까? 아니면 돌아갈까? 그녀를 본다는 게 이제 와서 무슨 의미가 있을까? 그래, 그냥 돌아가자. 그저 큰길이나 산책하다가 그 벤치에 가서 잠시 앉아 보는 거야. 요즘도 그녀가 와서 가끔씩 앉는지도 모르지. 그 순간 이미 머릿속에서는 내가 다녀갔다는 사실을 그녀가 알아차리게 할 만한 표식을 어떻게 남길지 궁리하고 있었다.

나는 그런 생각들을 하면서 천천히 걸었다. 그녀를 보지 말자고 다짐하고 나자, 그전까지 마음을 조여 오던 쓰라린 슬픔은 사라지고 가벼운 우울만이 남았다. 이윽고 큰길로 접어들었다. 혹시 들키기라도 할까 봐 두려운 마음에, 농가 안마당과 경계를 이루는 담장을 따라 난 길로 걸어갔다. 이 담장을 따라가다 보면, 알리사네 정원이 한눈에 들어오는 지점이 있었다.

이윽고 그 지점에 도착했다. 나는 그리로 올라갔다. 처음 보는 정원사가 오솔길의 낙엽을 긁어모으고 있었다. 그의 모습은 이내 시야에서 사라졌다. 안마당에는 새 울타리가 쳐져 있었다. 내가 지나가는 기척을 듣고 개가 짖어 댔다.

얼마쯤 더 가다가 큰길이 끝나는 곳에 이르자 정원의 담장이 나타났다. 나는 오른쪽으로 꺾어 돌았다. 막 지나온 큰길과 나란히 붙어 있는, 너도밤나무 숲이 있는, 곳으로 접어들기 위해 채소밭의 작은 문 앞을 지나는 순간, 그대로 정원으로 들어가 볼까 하는 충동이 나를 사로잡았다.

문은 닫혀 있었다. 하지만 안에 걸려 있는 빗장이 생각보다 약해서 어깨로 밀면 부서뜨릴 수도 있을 것 같았다. 바로 그때 어디선가 발소리가 들렸다. 나는 담장의 움푹 들어간 곳에 몸을 숨겼다.

정원에서 나온 사람의 얼굴은 확실히 보이지 않았지만 알리사라는 것을 직감적으로 알 수 있었다. 그녀는 서너 걸음 정도 앞으로 걸어 나오더니 기운 없는 목소리로 내 이름을 불렀다.

"제롬, 너니?"

심장이 터질 듯이 격렬하게 뛰었다. 목이 꽉 잠겨 말이 나오지 않았다. 그녀가 좀 더 큰 소리로 다시 불렀다.

"제롬, 너니?"

알리사가 나를 부르는 소리를 듣자, 온몸을 조여 오는 벅찬 감동에 그만 무릎을 꿇고 말았다. 내가 여전히 대답을 하지 않자, 알리사는 담장을 끼고 돌아 나왔다. 나는 그녀에게 들킬까 봐 두 팔로 얼굴을 가렸다. 그런 내 앞에 그녀가 우뚝 멈춰 섰다. 그녀는 내 쪽으로 몸을 숙였다. 나는 고개를 들어 그녀의 가냘픈 손에 마구 입을 맞추었다.

"왜 숨어 있었니?"

그녀는 우리가 헤어져 있었던 삼 년이란 시간이 단 며칠밖에
안 되는 것처럼 태연한 목소리로 물었다.

"내가 여기 있는 줄 어떻게 알았어?"

"기다리고 있었거든."

"날 기다렸다고?"

나는 어안이 벙벙해져 그녀가 한 말을 되풀이했다. 내가 무릎
을 꿇고 있는 것을 보고 그녀가 말했다.

"자, 벤치로 가자. 널 한 번은 더 보게 될 거라고 생각했어. 사
흘 전부터 저녁마다 이곳에 와서 널 불렀지. 오늘 밤처럼…….
그런데 왜 아까 대답을 하지 않았니?"

"만약 네가 여기로 나오지 않았다면, 널 보지 않고 떠날 생각
이었어."

나는 숨이 멎을 것 같은 감동을 억누르면서 말했다.

"그냥 르아브르를 지나던 길에 큰길로 산책하면서 정원 주변
을 돌아볼 생각이었어. 벤치에서 잠시 쉬기도 하고……. 왠지 네
가 요사이도 여전히 즐겨 와 앉을 것 같았거든."

"지난 사흘 동안 내가 저녁마다 여기로 와서 무엇을 읽고 있
었는지 볼래?"

그녀는 내 말을 가로막더니 편지 뭉치를 내밀었다. 내가 이탈
리아에서 보낸 편지였다. 나는 그제야 그녀의 얼굴을 똑바로 바
라보았다.

그녀는 몰라보게 변해 있었다. 볼품없이 야위고 핼쑥해진 그녀의 얼굴을 마주 보고 있으려니 마음이 미어질 듯이 아팠다. 그녀는 추운 건지, 아니면 겁에 질린 건지 내 쪽으로 바싹 다가앉더니 내 어깨에 머리를 기대었다. 어쩌면 상복 차림이어서, 아니면 머리에 쓴 검정색 베일이 그늘을 드리워서 얼굴이 더 창백해 보이는지도 몰랐다. 그녀는 희미하게 미소를 지었으나 당장이라도 쓰러질 것만 같았다.

　나는 그녀가 요즘 혼자서 퐁그즈마르에 머물고 있는지 몹시 궁금해 했다. 하지만 아니었다. 로베르가 와서 함께 살고 있는 데다, 쥘리에트와 테시에르 씨, 그리고 그들의 세 자녀도 8월 한 달을 두 사람 곁에서 지내려고 와 있다고 했다.

　우리는 벤치로 가서 나란히 앉았다. 그리고 일상적인 대화를 나누며 대화를 질질 끌었다. 그녀는 내가 어떻게 지내는지 궁금해 했다. 나는 건성으로 대답했다. 내가 일에 더 이상 흥미가 없다는 것을 그녀가 알아주었으면 했다. 내가 그녀에게 실망한 것처럼 그녀도 나에게 실망하길 바랐다.

　의도대로 되었는지는 알 수가 없었다. 그녀의 얼굴에서는 아무것도 읽을 수가 없었다. 나는 울분과 애정이 뒤섞여 있었기 때문에 가능한 한 무뚝뚝하게 말하려고 애썼다. 그러나 가끔씩 북받쳐 오르는 감정 때문에 목소리가 떨렸다. 그럴 때마다 나 자신이 몹시 원망스러웠다.

잠시 구름에 가려져 있던 석양이 지평선 위로 황홀한 모습을 다시 드러냈다. 저물어 가는 태양빛은 텅 빈 들판을 찬란한 빛으로 가득 채우고 우리 발밑에 펼쳐져 있는 좁은 골짜기를 불타오를 듯한 붉은빛으로 물들이더니 이내 사라져 버렸다. 나는 황금빛의 황홀한 풍광에 도취되어 넋을 잃은 채 아무 말도 하지 않았다. 그 순간 내 안에 가득 차 있던 울분이 한꺼번에 사라지고 오직 사랑의 감정만이 솟아올랐다.

　나에게 기대고 있던 알리사가 몸을 일으켰다. 그녀는 블라우스에서 얇은 종이로 싼 작은 상자를 꺼내어 나에게 내밀다 말고 머뭇거렸다. 뭔가 망설이는 듯했다. 내가 의아한 표정으로 바라보자 그녀가 입을 열었다.

　"있잖아, 제롬. 자수정 십자가 목걸이야. 사흘 동안 품에 지니고 있었어. 오래전부터 너한테 돌려주고 싶었거든."

　나는 당황해서 되물었다.

　"왜 그걸 나에게 주려는 거야?"

　"나에 대한 추억으로 간직해 뒀다가 네 딸에게 줘."

　나는 그녀의 말을 이해하지 못하고 큰 소리로 물었다.

　"내 딸이라니?"

　"흥분하지 말고 내 말을 잘 들어 봐. 제발 그런 눈으로 바라보지 말고. 날 바라보지 마, 응? 그럴수록 내가 말을 꺼내기가 힘들어지잖아. 있잖아, 제롬. 언젠가 너도 결혼을 하겠지? 아니, 대답은 하지 마. 내 말을 끊지 말아 줘, 제발. 나는 그저 내가 널 많이 사랑했다는 사실을 네가 기억해 주길 바랄 뿐이야. 그리고…… 이미 오래전부터, 그러니까 삼 년 전부터, 난 네가 좋아하는 이 십자가 목걸이를 언젠간 네 딸이 날 추억하면서 목에 걸어 줬으면 좋겠다고 생각했어. 물론 내가 누군지 모른 채로 말이야. 어쩌면 네가 그 애에게…… 내 이름을 붙여 줄 수도 있겠지.”

그녀는 목이 메어 말을 잇지 못했다. 나는 적의에 찬 목소리로 외쳤다.

“네가 직접 주면 되잖아!”

그녀는 무슨 말인가를 더 하려고 했다. 그녀의 입술이 울먹거리는 어린아이의 그것처럼 바르르 떨렸다. 하지만 눈물이 흘러내리지는 않았다. 오히려 눈에서 나오는 형형한 빛 때문에 그녀의 얼굴에는 천사와도 같은 아름다움이 넘쳐흘렀다.

“알리사! 내가 대체 누구와 결혼을 하겠니? 나는 너밖에 사랑할 수 없다는 걸 잘 알잖아.”

나는 그녀를 덥석 끌어안고 미친 듯이 입을 맞추었다. 그러고는 내게 몸을 내맡겨 상반신이 거의 뒤로 젖혀지다시피 한 그녀를 한동안 꼭 끌어안고 있었다. 그녀의 시선이 흐릿해지더니 스르르 눈이 감겼다. 잠시 후 그녀가 더할 나위 없이 또렷하고 아름다운 목소리로 말했다.

“제롬, 넌 우리가 불쌍하지도 않니? 아! 더 이상 우리의 사랑을 욕되게 하지 말자."

그리고 이렇게 덧붙였던 것 같다.

"비열하게 굴지 마!"

아니, 어쩌면 그건 내가 내뱉은 말인지도 모르겠다. 나는 그녀 앞에 무릎을 꿇고 두 팔로 다정하게 감싸 안으면서 말했다.

"그토록 날 사랑했다면서 왜 번번이 밀쳐 냈던 거야? 자, 봐! 처음에는 쥘리에트가 결혼하기를 기다렸어. 네가 진심으로 그 애가 행복해지기를 바란다고 생각했지. 그 애는 지금 행복해. 네가 그렇게 말했잖아. 그다음에는 네가 네 아버지 곁에서 지내고 싶어 한다고 믿어 왔어. 그런데 지금은 우리 둘만 남았잖아."

"지난 일을 후회해 본들 무슨 소용이 있겠니? 난 다 잊었어."

그녀는 중얼거리듯 말했다.

"아직 안 늦었어, 알리사."

"아니, 이젠 늦었어, 제롬. 우리가 사랑을 통해, 사랑보다 더 큰 것을 서로에게서 보게 된 그날부터 이미 어긋나 버린 거야. 제롬, 네 덕분에 내 꿈이 아무리 높아졌다 해도, 인간적인 만족 앞에서는 추락해 버리게 마련이야. 난 자주 우리가 함께하는 삶이 어떨까 상상해 보곤 했어. 우리의 사랑이 완전함을 잃는 그 순간부터…… 나는 우리의 사랑을 견뎌 낼 자신이 없어졌어."

"서로를 잃어버린 우리의 삶에 대해선 생각해 보지 않았니?"

"안 해 봤어! 단 한 번도."

"이젠 너도 알겠지. 지난 삼 년 동안 내가 얼마나 고통스럽게 방황했는지⋯⋯."

어둠이 내리고 있었다.

"추워."

알리사는 자리에서 일어나 어깨에 숄을 두르며 말했다. 숄로 팔뚝을 칭칭 감다시피 해서 나는 그녀의 팔을 다시 잡을 엄두를 낼 수가 없었다.

알리사가 말했다.

"너, 그 성경 구절 생각나니? 그 구절의 뜻을 우리가 제대로 이해하고 있는지 불안해 했잖아. '이는 하느님이 우리를 위하여 더 좋은 것을 예비하였은즉, 우리가 아니면 그들로 온전함을 이루지 못하게 하려 하심이라⋯⋯.'(〈히브리서〉 11장 39~40절)"

"넌 아직도 그 말을 믿어?"

"믿어야지."

우리는 더 이상 아무 말도 주고받지 않은 채 한동안 나란히 걷기만 했다. 그러다 갑자기 그녀가 입을 열었다.

"더 훌륭한 것! 제롬, 그걸 상상해 봐!"

알리사의 눈에 눈물이 고였다. 그녀는 계속해서 '더 훌륭한 것!'이라는 말을 되뇌었다.

우리는 조금 전에 알리사가 나왔던 채소밭의 작은 문 앞에 이르러 있었다. 그녀가 나를 향해 돌아섰다.

"안녕! 이제 더 이상 이곳에 오지 마. 안녕, 내 사랑. 바로 지금부터 '더 훌륭한 것'이 시작될 거야."

그녀는 잠시 나를 바라보다가 내 어깨에 손을 올렸다. 그러고는 차마 말로 다하지 못한 애정을 두 눈에 가득 담고서 나를 붙잡는 동시에 밀쳐내듯 팔을 뻗었다.

문이 닫히고 안쪽에서 빗장을 거는 소리가 들렸다. 나는 극심한 절망감에 사로잡힌 나머지 문에 기대어 쓰러져 버렸다. 그리고 캄캄한 어둠 속에서 한참을 흐느꼈다.

그녀를 붙잡았다면, 문을 부수고서라도 밀고 들어갔다면, 어떤 식으로든 집 안으로 들어갔다면……. (빗장은 내가 아예 들어가지 못할 정도로 단단히 잠겨 있진 않았다.) 아니다. 과거로 되돌아가 지나간 일들을 다시금 떠올려 보는 지금에 와서 생각해 봐도 그것은 나에게 불가능한 일이었다. 물론 지금의 이런 내 마음을 알지 못하는 사람이야 그 당시의 나를 이해할 리 만무하겠지만.

며칠 후, 나는 견딜 수 없는 불안감에 휩싸인 채 쥘리에트에게 편지를 썼다. 퐁그즈마르에 갔던 일을 이야기하면서 알리사의 창백하고 여윈 모습에 얼마나 놀랐는지 모른다고 털어놓았다. 나는 쥘리에트에게 알리사를 잘 돌봐 달라고 당부한 뒤, 아주 가끔씩 그녀의 소식을 전해 달라고 부탁했다.

그러고 나서 한 달이 채 안 되어, 쥘리에트에게서 다음과 같은 편지를 받았다.

그리운 제롬 오빠에게

오빠에게 너무나도 슬픈 소식을 전하게 됐어요. 가여운 알리사 언니는 이제 이 세상 사람이 아니에요. 아아! 오빠가 편지에 쓴 그 불안감이 기우가 아니었던가 봐. 몇 달 전부터 어디가 확실하게 아픈 것도 아닌데, 언니가 점점 쇠약해지기 시작했어요. 내 간청에 못 이겨 의사에게 진찰을 받아 보았지만, 의사는 딱히 걱정할 것이 없다고 했지요.

그런데 언니는 오빠를 만나고 나서 사흘 후에 갑자기 퐁그즈마르를 떠나 버렸어요. 그것도 로베르가 편지를 보내와서 알게 되었지 뭐야. 언니가 원래 내게 편지를 좀처럼 쓰지 않는 편이어서, 로베르가 아니었다면 언니가 세상을 떠났다는 사실조차 모를 뻔했어요. 언니에게서 소식이 없다고 해서 곧바로 이상하게 생각하지는 않았을 테니까. 나는 로베르를 호되게 야단쳤어요. 언니를 그렇게 떠나 보낸 것도 모자라, 파리로 가는 길에 동행하지도 않았다지 뭐예요.

그 바람에 한동안은 언니가 어디에 있는지도 모르고 지냈어요. 오빠, 내가 얼마나 불안했는지 짐작이 돼요? 언니를 만날 수도 없고 편지조차 쓸 수 없었으니 말이에요. 며칠 뒤에 로베르가 파리로 가 보았지만 아무것도 알아내지 못했어요. 그 애가 어찌나 꾸물대던지, 도대체 언니를 찾으려는 의지가 있긴 한 건지 의심이 들 정도였어요. 그러다 결국 경찰에 알리고 말았지요. 그 끔찍한 불안감 속에서 더 이상 가만히 있을 수가 없었거든요. 남편이 이리저리 알아본 덕분에, 알리사 언니가 머무르고 있던 작은 요양원을 찾아냈어요.

아! 그렇지만 너무 늦었지 뭐야. 나는 언니가 숨을 거두었다는 요양원 원장의 편지와 언니를 만나지 못했다는 남편의 전보를 동시에 받았어요. 마지막 날 언니는 우리가 통지를 받을 수 있도록 편지 봉투 하나에는 우리 집 주소를 적어 놓고, 다른 하나에는 르아브르의 우리 공증인에게 보낸 유언장 사본을 넣어 두었어요. 그리고 편지 뭉치가 하나 있었는데……. 내 생각에 그건 오빠에 관한 것이지 싶어요. 조만간 오빠에게 보내 줄게요.

남편과 로베르는 그저께 치른 장례식에 참석했어요. 장례식에는 여럿이 참석을 했나 봐요. 요양원의 환자 몇 사람이 묘지까지 따라가겠다고 고집을 부렸다고 해요. 나는 다섯째 아이 출산이 오늘내일하던 터라 안타깝게도 그 자리에 있지 못했어요.

그리운 제롬 오빠, 언니를 잃은 슬픔으로 오빠가 얼마나 괴로워할지 알아요. 나 역시 갈갈이 찢어지는 듯한 마음으로 오빠에게 이 편지를 쓰고 있어요. 몸 상태가 좋지 않아 이틀 전부터 누워 지내는 통에 편지를 길게 쓰긴 어렵지만, 나 아닌 다른 사람에게, 남편이나 로베르에게조차도 우리 둘만이 이해할 수 있는 알리사 언니 이야기를 전하게 하고 싶지는 않았어요.

나도 이제 어엿한 가정주부가 되었어요. 뜨겁게 타오르던 과거는 잿더미 속에 다 묻혀 버렸으니, 이제 오빠를 다시 만나고 싶어 해도 되겠지요? 볼일이 있거나 마음이 동해서 님으로 오게 되면 언제라도 애그비브에 들러 줘요. 남편도 오빠를 만나면 기뻐할 거예요. 또 우리 둘이 알리사 언니 이야기도 할 수 있겠지. 안녕, 제롬 오빠. 슬픈 마음으로 입맞춤을 보내요.

며칠 후, 나는 알리사가 퐁그즈마르의 집을 로베르에게 남겨 주었다는 소식을 들었다. 그리고 자기 방의 모든 물건과 몇몇 가구들은 쥘리에트에게 보내도록 한 모양이었다. 지난번에 만났을 때 내가 받기를 거절했던 자수정 십자가 목걸이는 자신의 목에 걸어 달라고 부탁했다는 말도 들었다. 테시에르 씨가 그렇게 해 주었다고 했다.

공증인이 내게 보낸 봉투에는 알리사의 일기가 들어 있었다. 그 일기의 상당 부분을 여기에 옮겨 보겠다. 아무런 설명도 덧붙이지 않고 순전히 그대로……. 이 일기를 읽으면서 내가 되짚어 본 생각들과 아무리 말해도 완벽하게는 전할 길 없는 내 마음의 충격은 충분히 상상할 수 있으리라.

제 9 장
알리사의 일기

애그비브

그저께 르아브르를 출발, 어제 님에 도착. 드디어 나의 첫 번째 여행이다! 집안일에 대한 아무런 걱정 없이, 그래서 조금은 게으른 마음으로, 1880년 5월 23일, 내 스물다섯 번째 생일에 일기를 쓰기 시작한다. 큰 즐거움은 없지만 적적한 마음이나마 달래기 위해서이다.

이국으로 느껴질 만큼 낯선 곳에서 온통 모르는 사람들에게 둘러싸여 있으니 세상에 태어나서 처음으로 혼자라는 느낌이 든다. 이 땅이 내게 들려줄 것도 노르망디 지방에서 들었던 것이나 퐁그즈마르에서 줄기차게 듣던 것과 별다를 게 없다고 생각했다. 하느님은 어디서나 변함이 없으시니까. 그런데 이 남녘의 땅은 일찍이 내가 배워 본 적 없는 언어로 놀라운 이야기를 들려주곤 한다.

5월 24일

췰리에트가 내 곁에 놓인 긴 의자에서 졸고 있다. 정원으로 이어진 모래 깔린 뜰과 엇비슷한 높이의 탁 트인 회랑 안에서……. 이 회랑은 이탈리아 풍으로 지어진 것으로 이 집을 더욱 매력적인 분위기로 만들고 있다. 긴 의자 위에 누워 있으면 얼룩덜룩한 빛깔의 집오리 떼가 뛰놀고 두 마리의 백조가 한가로이 헤엄치는 연못까지 펼쳐져 있는 잔디밭이 한눈에 들어온다. 아무리 무더운 여름날에도 좀처럼 마르는 법이 없다는 시냇물은 이 연못에 물을 대주고, 점점 더 야생의 숲처럼 변해 가는 정원을 가로지르다가, 메마른 벌판과 포도밭 사이에서 조금씩 좁아지면서 점점 사라져 간다.

어제 내가 췰리에트와 함께 있는 동안, 에두아르 테시에르 씨는 아버지에게 정원과 농장, 지하실, 포도밭 등을 구경시켜 드렸다. 그래서 오늘 아침에는 이른 시각부터 처음으로 혼자서 정원을 산책하며 구석구석 살펴보았다. 처음 보는 풀과 나무들이 많았다. 나는 그것들의 이름이 궁금했다. 점심때 물어보려고 잔가지들을 하나씩 꺾었다. 그중에는 제롬이 보르게세 공원인가 도리아 팜필리 공원에서 보고 감탄해 마지않았다던 푸른 떡갈나무도 있었다.

우리가 사는 북부 지방의 나무들과 같은 종류에 속하기는 하지만 생김새는 전혀 다른 그 나무들은 정원이 거의 끝나 가는 곳에서 좁다란 공터를 에워싸고, 발에 닿는 감촉마저도 폭신한 잔디밭 위로 가지를 드리운 채 요정들의 합창을 이끌어 낸다. 퐁그즈마르에 있을 때는 극도로 기독교적이었던 나의 자연관이 이곳에서는 나도 모르게 조금씩 신화적으로 변해 가는 것이 놀랍기도 하고 두렵기도 하다. 하지만 점점 더 나를 억누르는 두려움 비슷한 느낌 역시 종교적인 것이 분명하다.

나는 "여기에 있는 것은 성스러운 숲이니."라고 중얼거렸다. 공기가 수정처럼 맑았다. 묘한 정적이 감돌았다. 나는 오르페우스(그리스 신화에 나오는 시인·음악가. 아폴론에게 하프를 배워 그 명수가 되었는데, 그가 하프를 연주하면 맹수들과 초목까지도 매료되었다고 한다.-옮긴이)와 아르미다(이탈리아의 시인 토르콰르 타소의 서사시 〈해방된 예루살렘〉에 나오는 마녀-옮긴이)에 대해 생각하고 있었다.

바로 그 순간, 난생처음 듣는 독특한 새의 노랫소리가 들려왔다. 바로 옆에서 들리는 것처럼 그것은 너무나도 가깝고 감동적이고 맑아서 불현듯 온 자연이 그 소리를 기다리고 있었던 것 같은 느낌마저 들었다. 가슴이 세차게 뛰었다. 나는 한동안 나무에 기대어 있다가 사람들이 일어나기 전에 집으로 돌아왔다.

5월 26일

제롬에게서는 여전히 소식이 없다. 그가 르아브르로 편지를 보냈다 하더라도 결국은 내게로 배달되었을 텐데……. 나는 그저 불안한 마음을 이 노트에 털어놓을 수밖에. 어제 보드프로방스까지 가서 바람을 쐬고 왔는데도 나의 근심을 덜어 주지는 못한다. 삼 일 전부터는 기도조차 나의 불안을 가라앉히지 못하고 있다.

오늘따라 다른 얘기는 아무것도 쓸 수가 없다. 애그비브에 도착한 뒤로 나를 괴롭히고 있는 이 끔찍한 우울증도 어쩌면 다른 이유 때문이 아닐까? 이 울적한 기분은 아주 오래전부터 내 마음 깊은 곳에 뿌리 내리고 있었던 것인지도 모른다. 어쩌다 내가 가슴속 깊이 뿌듯하게 여기던 기쁨이라는 것도 그저 울적한 기분을 감추기 위한 방편에 불과했을지도 모른다는 생각이 든다.

5월 27일

왜 나는 나 자신을 속여야 할까? 나는 마음이 아닌 머리로 쥘리에트의 행복을 기뻐하고 있다. 나의 행복을 희생하면서까지 주려고 했던, 내가 그토록 바라던 동생의 행복이 별 어려움 없이 얻어지는 것을 보았다. 그리고 그 행복이 지난 시절 그 애와 내가 상상했던 것과 전혀 다른 모습이라는 사실도 나를 괴롭게 한다. 왜 모든 일이 이렇게 복잡하기만 한지…….

그래, 쥘리에트가 자신의 행복을 나의 희생이 아닌 다른 곳에서 찾았다는 것, 또 그 애가 행복해지는 데 내 희생 따위는 조금도 필요하지 않다는 사실에 화를 내고 있는 것인지도 모른다.

그리고 지금은 제롬의 침묵이 내게 어떤 불안을 가져다주는지 심각하게 생각하고 있다. 과연 나는 온 마음을 다해 희생이라는 걸 한 걸까? 하느님이 내게 그러한 희생을 더 이상 요구하지 않는다고 생각하니 모욕을 당한 것 같은 느낌이 든다. 나에게는 그런 희생을 감당할 능력이 애초부터 없었던 게 아닐까?

5월 28일

내 슬픔을 이런 식으로 분석하는 일이 얼마나 위험한지…… 벌써부터 나는 이 일기에 매달리고 있다. 내가 극복했다고 믿었던, 누군가에게 환심을 사려는 마음이 다시 고개를 드는 것일까? 아니다. 이 일기가 내 영혼을 치장하는 자기만족의 거울이 되어서는 안 된다!

내가 일기를 쓰는 것은 처음에 생각했던 것처럼 무력감 때문이 아니라 슬픔 때문이다. 슬픔은 얼마 전까지만 해도 내가 모르고 지냈으나, 지금은 마음속 깊이 증오하는, 내 영혼을 자꾸만 단순하게 만드는 '죄악'이다. 이 일기는 내 마음속에 행복을 다시 찾을 수 있도록 도와주어야 한다.

슬픔은 복잡한 감정이다. 내 행복을 분석해 보려고 한 적은 단 한 번도 없었다.

퐁그즈마르에서도 나는 혼자였다. 지금보다도 더 완벽하게 혼자였다. 그런데 왜 나는 그렇게 느끼지 않았을까? 제롬이 이탈리아에서 편지를 보냈을 때, 나는 그가 나 없이도 세상을 바라보고 나 없이도 살아갈 수 있다는 사실을 받아들였다. 그리고 마음속으로나마 그를 따랐고, 그의 기쁨을 나의 기쁨으로 삼았다. 그러나 지금은 나도 모르게 그를 부르고 있다. 그 없이 내가 보는 새로운 것들이 나를 한 없이 괴롭히고 있다.

6월 10일

시작한 지 얼마 되지도 않았는데, 한동안 일기를 쓰지 못했다. 귀여운 리즈의 탄생. 쥘리에트 옆에서 지샌 기나긴 밤. 내가 제롬에게 쓰고 싶은 말들을 여기에 적을 마음이 생기지 않는다. 수많은 여자들의 공통적이고도 볼썽사나운 단점인 수다를 삼가고 싶은 것이다. 이 일기를 자기완성을 위한 도구로만 생각하자.

이어서 책을 읽다가 자신의 생각을 끼적거린 부분과 책의 구절을 베껴 적은 페이지가 이어졌다. 그리고 다시 퐁그즈마르에서 쓴 일기.

7월 16일

쥘리에트는 행복하다. 그 애도 그렇게 말하고 있고, 내 눈에도 그래 보인다. 나는 그 사실을 의심할 권리도 없고, 또 그럴 이유도 없다. 그런데도 쥘리에트에게서 불만족스럽고 불안한 느낌이 드는 것은 왜일까? 어쩌면 그 애의 행복이 너무 현실적인 데다 쉽게 얻어진 듯해서, 혹은 자로 잰 듯이 완벽하게 느껴져서, 그 행복이 되레 영혼을 옥죄어 질식시키는 것처럼 보이는지도 모르겠다.

그래서 내가 바라는 것은 정작 행복이 아니라, 행복으로 가는 과정이 아닐까 스스로 묻게 된다. 오, 주여! 너무 쉽게 다다를 수 있는 행복에서 저를 지켜 주소서. 당신 곁에 이를 때까지 저의 행복을 최대한 미루어 멀리멀리 돌아갈 수 있는 길을 가르쳐 주시옵소서.

그 뒤로는 여러 페이지가 찢겨져 있었다. 아마도 찢겨진 부분은 르아브르에서의 우리의 고통스러운 재회에 대해 쓴 것이리라. 일기는 다음 해에 가서 다시 시작되고 있었다. 페이지에 날짜가 적혀 있지는 않지만, 내가 퐁그즈마르에 머무를 때에 쓴 것인 듯했다.

가끔씩 그가 하는 이야기를 듣고 있으면 무언가를 생각하고 있는 나 자신을 내가 바라보고 있는 듯한 느낌이 든다. 그는 나를 설명하고 나 자신을 발견할 수 있게 한다. 내가 그 없이 존재할 수 있을까? 오직 그와 함께할 때만이 나는 존재할 수 있다.

때때로 내가 그에게 느끼는 감정이 과연 사람들이 사랑이라고 부르는 것이 맞는지 고민스러워진다. 그만큼 사람들이 그리는 사랑에 대한 그림과 내가 그릴 수 있는 그림이 다른 것이다. 나는 사랑이란 말을 입에 올리지 않은 채, 아니 내가 그를 사랑한다는 사실조차 모른 채 그를 사랑하고 싶다. 무엇보다도 그가 알아차리지 못하게 그를 사랑하고 싶다.

그 없이 겪어야 할 일 가운데 그 어느 것도 더 이상 내게 기쁨이 되지 못한다. 내 덕행은 오직 그의 마음에 들기 위한 것이다. 하지만 그의 곁에 있을 때면 내가 지닌 미덕이 사라져 버리는 것을 느낀다.

나는 피아노 연습을 좋아한다. 매일 조금씩 실력이 느는 것이 느껴지기 때문이다. 아마도 외국어로 된 책을 읽을 때 느낄 수 있는 은밀한 즐거움도 이와 같지 않을까? 어떤 언어가 됐든 내가 그 말을 우리말보다 더 낫다고 생각한다거나 내가 좋아하는 우리나라 작가들이 외국 작가들보다 못하다고 생각한다거나 하는 문제가 아니다. 다만 의미와 감정을 따라가는 과정에서 마주치는 작은 어려움과 그 어려움을 극복하고 난 다음에 오는, 즉 어려움을 수월하게 극복한 데서 오는 무의식적인 자부심이 정신적인 즐거움과 더불어 영혼의 만족을 드높인다는 의미이다. 나는 이러한 영혼의 만족 없이는 살아갈 수 없을 것 같다.

아무리 행복하다고 해도 진보가 없는 상태를 바라지 않는다. 천상의 기쁨이란 하느님 안에서의 정신적 결합이 아니라 하느님에게 끊임없이 다가가는, 그 과정 자체라 생각한다. 그리고 두려움을 무릅쓰고 말하자면, 나는 진보하지 않는 기쁨은 경멸한다.

오늘 아침, 우리 둘은 큰길가의 벤치에 앉아 있었다. 우리는 아무 말도 하지 않았고, 무언가 말을 해야 할 필요도 느끼지 않았다. 갑자기 그가 내게 내세라는 것을 믿느냐고 물었다.

"그럼, 제롬."

나는 목소리를 높여 말했다.

"나에게 그것은 희망을 넘어선 일종의 확신이지."

그러자 갑자기 그 말에 섞여 나의 신앙심이 전부 빠져나가 버린 듯 허망한 기분이 들었다.

"난 알고 싶어!"

그는 그렇게 말하더니, 잠시 말을 멈추었다가 덧붙였다.

"만약 신앙이 없었다면 너는 지금과 다르게 행동할까?"

"내가 그걸 어떻게 알겠니? 하지만 네 생각이 어떻든 강한 신앙심에 고취된 이상 다른 식으로 행동하기는 어려울 거야. 그리고 네가 지금과 다르다면 난 널 결코 사랑하지 않았을 거고."

아니야, 제롬, 아니야. 우리가 덕행을 쌓아 나가는 건 내세에 보상을 받기 위해서가 아니야. 우리의 사랑이 구하는 것은 보상이 아니니까. 고통스러운 만큼 보상을 바란다는 것은 고귀한 영혼을 모욕하는 일이야. 덕행 역시 그런 영혼을 장식하는 패물은 아니야. 아니고 말고. 덕행이란 그저 그런 영혼이 가진 아름다움의 형태, 바로 그것일 뿐이야.

아버지의 건강이 다시 나빠지셨다. 심각한 상태가 아니기를 바라지만, 사흘 전부터 우유만 간신히 넘기실 정도로 좋지 않다.

어젯밤에 제롬이 자기 방으로 올라간 다음, 밤늦게까지 나와 거실에 계시던 아버지가 잠시 밖으로 나가셨다. 나는 소파에 앉아 있었다, 아니, 좀처럼 하지 않는 일인데, 그때 나는 누워 있었다. 왜 그랬는지는 모르겠다. 전등갓이 내 눈과 상체를 가려 주었다. 나는 무의식적으로 치마 끝으로 조금 삐져나와 있던 내 발끝을 무심히 바라보았다.

아버지는 거실로 들어오시려다 말고 잠시 문 앞에 서서 무척이나 슬픈 미소를 지으며 나를 바라보셨다. 나는 부끄러워져서 얼른 자리에서 일어났다. 그러자 아버지가 가까이 오라는 손짓을 하셨다.

"내 옆에 와서 앉으렴."

밤이 이슥해졌는데도 아버지는 어머니 이야기를 하기 시작하셨다. 두 분이 헤어지신 후 단 한 번도 입에 올리신 일이 없었는데……. 아버지는 어머니와 어떻게 결혼을 하시게 되었으며, 어머니를 얼마나 사랑하셨는지, 그 모든 것을 떠나서 처음에 어머니가 아버지에게 어떤 존재였는지를 말씀하셨다.

"아버지."

마침내 내가 입을 열었다.

"왜 그 얘기를 오늘 밤에 하시는 거예요? 다른 날도 많은데, 왜 하필 오늘 밤에 그 말씀을 하시는 건지……."

"그게 말이다. 조금 전에 거실로 들어섰을 때, 소파에 누워 있는 네 모습을 보는 순간 네 어머니가 떠올랐기 때문이란다.”

내가 그처럼 꼬치꼬치 캐물은 이유는 바로 그날 저녁 제롬이 내가 앉았던 소파에 기대어 서서 내 어깨 너머로 몸을 굽힌 채 책을 읽던 일이 기억났기 때문이다. 그의 얼굴을 볼 수는 없었지만 그의 숨소리와 체온, 떨림 같은 것을 느끼고 있었다. 나는 계속해서 책을 읽는 척했지만 사실은 아무것도 눈에 들어오지 않았다. 문장이 뒤죽박죽 뒤섞여 보였다. 느닷없이 치밀어 오르는 야릇한 격정 때문에…….

나는 얼른 자리에서 일어났다. 다행히 그에게는 아무것도 들키지 않은 채 그곳을 벗어날 수 있었다. 그러나 얼마 후, 아무도 없는 거실에서, 아버지께서 내가 어머니를 닮았다고 생각하신, 소파에 누워 있던 바로 그때, 나는 정말로 어머니에 대한 기억을 더듬고 있었던 것이다.

어젯밤, 회한처럼 가슴속에서 솟구치는 과거의 기억에 사로잡혀서 불안하고 답답하고 비참한 기분이 들었던 나머지 그만 잠을 설치고 말았다. 주여, 악의 형상을 띤 모든 것에 대한 공포를 제게 가르쳐 주시옵소서.

가여운 제롬! 때로는 그의 작은 몸짓 하나만으로도 충분하다는 것을, 그리고 그 몸짓을 내가 기다리고 있다는 것을 알았다면…….

나는 어렸을 때부터 바로 제롬 때문에 아름다워지길 바랐다. 지금 생각해 보면 내가 굳이 ‘완전한 덕’을 구하려 한 것도 오로지 그를 위해서였던 듯싶다. 그런데 이 완전한 덕은 그가 없어야만 이룰 수 있는 것이다. 오, 나의 주여! 이는 당신의 모든 가르침 가운데서도 저를 가장 당황하게 하는 것이옵나이다.

덕행과 사랑이 한데 어울릴 수만 있다면 그 영혼은 얼마나 행복할 것인가. 때때로 나는 끊임없이 누군가를 사랑하는 것 외에 또 다른 덕행이 있는지 생각해 보곤 한다. 그러다 또 어떤 날엔 덕행이란 것이 단지 사랑에 대한 저항으로만 느껴진다. 이럴 수가! 내 마음속에서 나도 모르게 저절로 솟아나는 애정을 감히 덕행이라 부를 수 있단 말인가. 오, 마음을 잡아끈 궤변이여! 그럴듯한 권유여! 행복의 교활한 신기루여!

오늘 아침, 라 브뤼예르(프랑스의 작가. 테오프라스토스의《성격론》을 번역했는데, 그 부록으로 출판된《사람은 가지가지》에서 여러 종류의 인간상을 묘사하여 당대의 귀족 사회를 풍자하였다.-옮긴이)의 책에서 이런 구절을 읽었다.

"인생이란 항로에서는 때로 금지되어 있지만 허용되기 바라는 것이 당연할 정도로 소중한 기쁨과 다정한 언약과 맞닥뜨릴 때가 있다. 이처럼 크나큰 매력은 그것을 덕행의 힘으로 단념할 줄 알 때에만 극복할 수 있다."

그런데 나는 왜 여기서 변명거리를 찾아냈던 것일까? 사랑의 감정보다 더 강렬하면서도 감미로운 매력이 은밀히 내 마음을 잡아끌었기 때문일까? 오! 사랑의 힘이 우리 두 영혼을 함께 사랑 저 너머로 이끌어 갈 수만 있다면!

아아! 나는 너무나 잘 알고 있다. 하느님과 제롬 사이에는 나 외에 아무런 장애물이 없다는 사실을. 어쩌면 그의 말대로 처음에는 나를 향한 사랑이 그를 하느님께로 기울어지게 했을지 모르지만, 이제는 그 사랑이 그를 가로막고 있다. 그는 내게서 헤어나지 못하고, 하느님보다 나를 더 사랑한다. 나는 그가 더 많은 덕행을 쌓지 못하도록 붙들어 두고 있다.

우리 둘 중 한 사람만이라도 거기에 도달해야만 한다. 하느님, 무기력한 제 마음은 제 사랑을 억누를 길이 없사오니, 더 이상 저를 사랑하지 않는 법을 그에게 가르쳐 줄 수 있는 힘을 제게 허락하시옵소서. 그리하여 저의 공덕보다 훨씬 더 훌륭한 그의 공덕을 주님께 바칠 수 있도록, 오늘 그를 잃고서 제 영혼이 흐느껴 울더라도 장차 주님 안에서 그를 찾기 위함이 아니겠사옵니까?

오, 주여, 말씀해 주옵소서! 일찍이 그 어떤 영혼이 그보다 더 주님께 합당하더이까? 저를 사랑하는 것보다 더 훌륭한 일을 하기 위해 태어난 그가 아니옵니까? 그가 저 때문에 걸음을 멈추게 되었는데도 제가 계속 사랑할 수 있겠나이까? 장하다 할 수 있을 그 모든 것도 행복 안에서는 얼마나 작게 움츠러드는지요!

일요일

"하느님이 우리를 위해 더 좋은 것을 예비하였은즉……."

5월 3일 월요일

행복이 아주 가까이에 있으니, 마음만 먹으면 손만 뻗어 잡을 수 있는데…….

오늘 아침, 그와 이야기를 나눔으로써 나는 희생이 이루어지도록 했다.

월요일 저녁

그는 내일 떠난다…….

사랑하는 제롬, 나는 끝없는 애정으로 여전히 널 사랑해. 하지만 더 이상 너에게 그런 말을 할 수는 없을 거야. 내가 내 두 눈에, 내 입술에, 내 마음에 부여한 속박이 너무나 힘겨워서 널 떠나는 거야. 너와 헤어지는 것은 내게 해방이자 쓰디쓴 만족이야.

이성적으로 행동하려고 애를 쓰지만, 막상 움직이려고 하면 이성이 나를 저버리거나 어리석게 보인다. 나는 이미 이성을 믿지 않고 있다.

내가 그를 피하는 이유는 이성 때문일까? 나는 더 이상 그런 걸 믿지도 않는데……. 나는 그를 피하고 있다. 왜 피하는지 까닭도 알지 못한 채…….

주여! 제롬과 제가 서로를 의지하며 당신께 나아갈 수 있게 해 주시옵소서. 한 사람이 다른 한 사람에게 "고단하면 내게 기대렴." 하고 말하면, 상대방은 "너를 곁에서 느끼는 것만으로도 충분해."라고 대답하는 두 순례자처럼 인생의 길을 따라 걷게 하여 주시옵소서. 아니옵나이다! 주께서 우리에게 가르치시는 길은, 주여, 좁은 길이옵니다. 좁아서 둘이서 나란히 걸을 수 없는 길이옵니다.

7월 4일

내가 이 일기를 다시 열어 보지 않은 지 육 주가 넘었다. 지난달에 쓴 일기를 몇 페이지 읽어 보니 잘 써 보려는, 어리석고 고약한 마음으로 이 글을 쓰고 있었다는 사실을 발견하였다. 이것도 '그' 때문이다.

'그' 없이도 나 혼자서 살아갈 수 있도록 나를 돕기 위해 시작한 이 일기 속에서 마치 '그'에게 계속해서 편지를 쓰고 있기라도 한 것처럼.

잘 써졌다 싶은 페이지를 모두 찢어 버렸다. (그런 행동이 무엇을 의미하는지는 나 스스로 잘 알고 있다.) 그와 관련된 페이지는 모조리 찢어 버려야 한다. 모두 찢어 버려야 한다. 그러나 나는 그렇게 하지 못했다.

몇 페이지를 찢어 버린 것만으로도 작게나마 긍지를 느꼈다. 내 마음이 이토록 병들지 않았더라면 그저 가볍게 웃어넘기고 말았을 정도의 작은 긍지를……. 참으로 장한 일을 해낸 것 같았다. 찢어 버린 그 몇 페이지가 사뭇 대단한 무엇이라도 되는 것처럼 느껴졌다.

7월 6일

내 책장에서 책을 추방시켜야 한다.

이 책에서 저 책으로 그를 피해 달아나지만, 결국 다시 그를 만난다. 그는 어디에나 있다. 그 없이 내 힘으로 찾아낸 페이지에서조차 그것을 읽어 주는 그의 목소리가 들린다.

나는 오직 그가 흥미 있어 하는 것만 좋아한다. 내 생각마저도 그의 사고방식에 취해 버렸기 때문에, 지난날 우리 둘의 생각이 한데 섞이는 것을 기뻐할 수 있었던 때와 마찬가지로, 지금도 어떤 것이 내 생각인지 분간할 수가 없다.

가끔 나는 그의 문투에서 벗어나기 위해 일부러 서툴게 쓰려고 노력한다. 하지만 그에게 맞서 싸운다는 것, 그것은 오히려 그에게 몰두하는 것이 된다. 나는 당분간 성경 말고는(아마도 《그리스도를 본받아》도 역시) 아무것도 읽지 않을 생각이다. 이 일기에는 내가 읽은 것에서 가장 눈에 띄는 구절 외에는 적지 않기로 결심했다.

이다음에는 일종의 '매일의 양식'과 같은 것이 나오는데, 7월 1일부터 날마다 성경 가운데 한 구절씩이 덧붙여져 있었다. 여기에는 주가 붙어 있는 것만 옮겨 적겠다.

7월 20일

"네게 있는 것을 모두 팔아 가난한 자들에게 나누어 주어라."

오직 제롬을 향해 있는 이 마음을 가난한 사람들에게 나누어 주어야 한다는 사실을 깨달았다. 동시에 제롬도 그렇게 하도록 가르쳐 주어야겠지? 주여, 제게 용기를 주시옵소서.

7월 24일

나는 《마음의 위안》을 그만 읽기로 했다. 이 오래된 책은 굉장히 흥미롭긴 하지만 자꾸만 주의를 흩뜨리게 만든다. 내가 이 책에서 맛본 이교도적이다시피 한 즐거움은 내가 찾고자 했던 가르침과는 아무런 관련이 없다.

《그리스도를 본받아》를 다시 집어 들었다. 내가 이해하기 벅찬 라틴 어 원본은 아니다. 이 번역본에는 서명이 없다는 점이 마음에 든다. 사실 프로테스탄트의 번역이지만, 제목 밑에는 '모든 기독교 단체에 적합함'이라는 말이 적혀 있다.

"오! 그대가 덕행 속으로 나아감으로써 얼마나 큰 안식을 스스로 얻을 수 있고, 또 얼마나 큰 기쁨을 남들에게 줄 수 있는지를 안다면, 그대는 더욱더 거기에 마음을 기울여 노력하리라는 것을 나는 단언하노라." (《그리스도를 본받아서》 1권 11장)

8월 10일

주여, 내가 어린아이 같은 충동적인 신앙심과 인간을 초월해 천사의 목소리로 당신을 향하여 외칠 때……. 저는 아옵나이다. 이 모든 것이 제롬에게서가 아니라 당신에게서 온다는 것을. 하지만 어디에나 당신과 저 사이에 그의 모습을 두심은 어찌 된 일이옵니까?

8월 14일

이 일을 끝내기 위해 앞으로 두 달 더……. 오, 주여, 도와주시옵소서!

8월 20일

나는 분명히 느끼고 있다. '내 슬픔'에 따라 느끼고 있다. 내 마음속에서 완전한 희생은 아직 이루어지지 않았다는 것을. 오, 주여! 오직 그만이 알게 해 주던 그 기쁨을 이제 모름지기 당신에게서만 얻을 수 있도록 허락해 주시옵소서.

8월 28일

이 얼마나 속되고 한심한 덕에 이른 것인가! 나는 나 자신에게 지나친 것을 요구한 것인가? 나를 더 이상 용서할 수 없다.

언제나 하느님에게 힘을 달라 애원을 하니, 이 얼마나 비겁한가! 지금 내 기도는 오로지 탄식뿐이다.

8월 29일

"들에 핀 백합을 바라보라."(〈마태복음〉 6장 28절, 누가복음 12장

27절)

오늘 아침, 이 소박한 말씀이 나를 무엇으로도 풀 수 없는 슬픔에 빠뜨렸다. 나는 들판으로 나가 보았지만, 자꾸만 되풀이되는 이 말씀이 내 마음과 두 눈을 눈물로 가득 채웠다. 나는 농부가 쟁기 위로 몸을 굽혀 일을 하던 광막하고 텅 빈 들판을 바라보았다.

'들에 핀 백합'……. 그런데 주여, 백합은 어디에 있사옵나이까?

9월 16일 밤 10시

그를 다시 만났다. 지금 이 순간 그와 같은 지붕 아래에 있다. 그의 방 창문에서 새어 나오는 불빛이 잔디밭을 비춘다. 내가 이 글을 쓰는 동안 그는 깨어 있다. 아마도 나를 생각하고 있겠지. 그는 변하지 않았다. 그도 그렇게 말했고, 나 역시 그걸 느낄 수 있다. 그가 나에 대한 사랑을 저버릴 수 있도록, 내가 결심한 대로의 모습을 그에게 보일 수 있을지?

9월 24일

오! 가슴속에서는 까무러칠 것 같으면서도 무관심과 냉정함으로 끝내 가장했던 그 잔혹스런 대화……. 지금껏, 나는 그를 피하는 것에 만족하고 있었다. 그런데 오늘 아침, 주님이 나에게 이겨 낼 힘을 주신 것일까? 싸움에서 계속 몸을 피하는 것은 비열한 짓이라는 것을 느꼈다. 내가 이긴 것일까? 제롬은 나를 덜 사랑하게 되었을까?

슬프게도! 그걸 바라면서도 두려워하고 있다. 지금보다 그를 더 사랑한 적은 없다.

그러하오나, 그를 저에게서 구하기 위해 제가 없어져야 한다면, 주여, 그렇게 하시옵소서.

'제 마음과 영혼 속으로 들어오셔서, 그 속에서 제 고통을 짊어지시고, 당신이 받을 수난으로 인해 괴로워할 제 마음속 고통을 계속해서 너그러이 살펴 주소서.'

우리는 파스칼에 대한 이야기를 나누었다. 내가 그에게 무슨 말을 할 수 있겠는가? 얼마나 부끄럽고 터무니없는 말들이었던가! 그 이야기를 하면서 나는 충분히 고통스러웠지만, 오늘 밤은 내가 마치 신성 모독이라도 한 것처럼 죄스럽게 느껴진다. 《팡세》 중에서 묵직한 것으로 한 권 뽑아 들었다. 아무 데나 펼쳤더니 로아네 양에게 보내는 편지 구절이 눈에 띈다.

"이끄는 사람을 스스로 따를 때는 속박을 느끼지 않는다. 그러나 저항하면서 멀리 떨어져 걷기 시작하면 오래지 않아 고통을 느끼게 되는 법이다."

이 말이 너무나 사무치게 와 닿아서 계속해서 책을 읽어 나갈 기력이 없어졌다. 그래서 다른 곳을 펼치자, 이전에 읽은 적이 없는 훌륭한 구절이 눈에 띄어 옮겨 적는다.

여기까지가 일기의 첫 번째 권이다. 다음 권은 없애 버린 모양

이다. 알리사가 남긴 서류 속의 일기는 그로부터 삼 년이 지나서, 다시 말해 9월에 우리가 퐁그즈마르에서 마지막으로 만나기 직전부터 다시 시작되고 있었다.

마지막 일기는 다음과 같은 문장으로 시작되었다.

9월 17일

주여, 당신을 사랑하기 위해서는 제게 그가 필요하다는 사실을 당신은 잘 알고 계십니다.

9월 20일

주여, 당신께 제 마음을 바칠 수 있도록 제게 그를 주옵소서.

주여, 그를 다시 한 번만 만날 수 있게 해 주옵소서.

주여, 제 마음을 당신께 바치기로 맹세하옵나이다. 그러니 제 사랑이 당신께 청하는 일을 허락해 주옵소서. 제 남은 목숨을 오로지 당신께만 바치겠나이다.

주여, 비난받아 마땅한 이 기도를 용서해 주옵소서. 하지만 저는 제 입술에서 그의 이름을 떨칠 수도 없고, 제 마음속 고통을 잊을 수도 없나이다.

주여, 당신께 외치옵나이다. 저를 비탄에 빠지도록 버려두지 마옵소서.

9월 21일

'내 이름으로 아버지께 무엇을 구하든지…….'(《요한복음》14장 13절, 15장 16절, 16장 23절)

주여! 당신의 이름으로 제가 어찌 감히…….

비록 제가 기도를 드리지 않는다 해도 주님께서는 제 마음속에서 타오르는 소원을 이미 알고 계실 줄 아옵나이다.

9월 27일

오늘 아침부터 마음이 많이 안정되었다. 지난밤은 명상과 기도로 밤을 지새우다시피 했다. 갑자기 어렸을 적에 성령에 대해 품었던 상상과 비슷한 찬란한 빛이 나를 둘러싸며 평온함 비슷한 것이 내 안으로 들어오는 것을 느꼈다. 나는 이 기쁨이 단순히 흥분 때문이 아닐까 두려워 얼른 잠자리에 들었다. 그 행복한 기분이 사라지기 전에 잠이 들었다. 행복의 여운은 오늘 아침까지도 남아 있다. 나는 이제 그가 오리라 확신한다.

9월 30일

제롬, 나의 벗. 아직도 동생이라 부르긴 하지만, 그보다 훨씬 더 사랑하는 너……. 너도밤나무 숲에서 네 이름을 얼마나 부르짖었는지! 저녁마다 땅거미가 질 무렵이면, 채소밭의 작은 문을 빠져나와 이미 어둑해진 큰길을 내려가곤 해. 네가 갑자기 어디선가 대답을 한다 해도, 아니 내 눈길이 서둘러 돌담 뒤에서, 바로 거기서 네가 나타난다 해도, 아니면 벤치에 앉아 나를 기다리는 네 모습이 멀리서 눈에 들어온다 해도, 내가 소스라치게 놀라는 일은 없을 거야. 오히려 네 모습이 보이지 않아서 놀라곤 하지.

10월 1일

아직은 아무 일도 없다. 비할 데 없이 맑은 하늘 속으로 해가 기운다. 나는 기다린다. 머지않아 그와 함께 이 벤치에 앉게 되리라는 것을 안다. 벌써부터 그의 목소리가 들린다. 내 이름을 부르는 그의 목소리가 참 좋다. 그는 이리로 올 것이다! 그러면 그의 손에 내 손을 맡기리라. 내 머리도 그의 어깨에 기대리라. 나는 그의 옆에서 숨 쉴 것이다.

어제 나는 그에게서 받은 편지 몇 통을 이곳으로 가져왔다. 하지만 내 머릿속은 온통 그를 향한 생각으로 가득 차 있어 편지를 읽을 여유가 없다. 그가 좋아했던, 흘러간 시간 가운데 어느 여름날 그가 떠나지 않기를 바라면서 매일 저녁 목에 걸었던 자수정 십자가 목걸이도 함께 지니고 있다.

나는 이 십자가 목걸이를 그에게 주고 싶다. 오래전부터 나는 그런 생각을 하고 있었다. 그가 결혼을 하면 나는 그의 첫딸, 작은 알리사의 대모가 되어 그 애에게 이 자수정 십자가 목걸이를 줄 것이다. 왜 나는 그런 말을 그에게 하지 못했을까?

10월 2일

하늘에 둥지를 튼 새처럼 오늘따라 마음이 몹시 가볍고 즐겁다. 바로 오늘 그가 올 것이다! 나는 그 사실을 느낄 수 있다. 알고 있다. 모든 사람들에게 외치고 싶다. 그렇기에 반드시 여기다 그걸 적어 두어야겠다. 나는 더 이상 내 기쁨을 숨기고 싶지 않다. 평소에 주의가 산만하고 내게 무관심하기 짝이 없는 로베르까지도 내 기쁨을 알아챌 정도다. 로베르가 그 이유를 물어보았을 때, 나는 당황한 나머지 무어라 대답해야 할지 몰랐다. 오늘 저녁까지 어떻게 기다리지?

투명한 눈가리개 같은 것이 어느 곳을 보아도 자꾸만 그의 모습을 확대해 보여 주고 있다. 나는 사랑의 빛이란 빛은 모조리 모아서 내 마음속의 단 하나의 초점에 집중시키고 있다.

오, 기다림은 얼마나 나를 지치게 하는지!

주여, 행복의 넓은 문을 잠시만이라도 제 앞에 열어 주시옵소서.

10월 3일

모든 것이 다 끝났다. 아아! 그가 내 품에서 그림자처럼 빠져나갔다. 그는 여기 있었다! 여기 있었다! 아직도 그를 느낀다. 그를 부른다. 내 손이, 내 입술이 어둠 속에서 헛되이 그를 찾아 헤매고 있다.

나는 기도를 할 수도, 잠을 잘 수도 없다. 나는 어두운 정원으로 다시 나가 보았다. 내 방에서도, 집 안 어디에서도 나는 두렵기만 하다. 비탄에 잠긴 나머지 그를 남겨둔 채 닫아 걸었던 문까지 가 보았다. 터무니없는 희망을 품은 채 그 문을 다시 열어 보았다. 만일 그가 돌아와 있다면! 불러 보았다. 어둠 속을 더듬어 보았다. 그에게 편지를 쓰려고 집으로 돌아왔다. 이 깊은 슬픔을 나는 받아들일 수가 없다.

대체 무슨 일이 벌어진 건지! 나는 그에게 무슨 말을 했던가? 무슨 짓을 했던가? 어떤 이유로 나는 그 앞에서 언제나 나의 덕행을 과장하는 것일까? 내 온 마음이 인정하지 않는 덕행이 과연 가치가 있을까? 하느님이 내 입술에 준비해 주셨던 말씀을 나는 모르는 척해 버렸다. 내 가슴을 부풀게 하던 것들 가운데 그 어느 것도 입 밖에 꺼내 보지 못했다.

제롬! 곁에 있으면 마음이 저려 오고, 멀리 떨어져 있으면 죽을 것만 같은 애달픈 나의 벗, 제롬, 내가 조금 전에 했던 말들 중에서 내 사랑이 한 말 외에는 아무것도 귀담아듣지 마.

편지를 찢고 또다시 쓴다. 새벽이다. 잿빛의, 눈물에 젖은, 내 생각만큼이나 슬픈 새벽……. 농장이 깨어나는 소리가 들린다. 잠들었던 모든 것들이 활기를 띤다.

"이제 일어나라. 때가 가까이 왔으니……."(〈마가복음〉 14장 41∼

42절, 〈마태복음〉 26장 45~46절)

나는 이 편지를 부치지 않을 것이다.

10월 5일

저를 빼앗아 가신 질투 많으신 하느님, 이제 제 마음도 거두어 가 시옵소서. 이제 모든 열정이 사라져 버렸기에 더 이상 아무것도 제 마음을 끌지 못할 것이옵나이다. 제게 남은 이 슬픔을 이겨 낼 수 있 도록 도와주소서. 이 집, 이 정원은 제가 견디기 힘들 만큼 사랑하는 마음을 부추깁니다. 오로지 당신만을 뵈올 수 있는 곳으로 달아나고 싶습니다.

제가 가진 재산을 가난한 사람들을 위해 쓸 수 있도록 도와주시 옵소서. 제가 쉽사리 팔 수 없는 퐁그즈마르의 이 집만은 로베르에 게 주도록 허락해 주시옵소서.

이미 유언장을 써 놓긴 했지만, 필요한 절차에 대해서는 아는 게 없다. 나의 결심을 눈치 챈 공증인이 혹시라도 쥘리에트나 로베르에 게 알릴까 봐 어제는 그와 충분한 이야기를 나누지 못했다. 이 일을 파리에 가서 마저 끝내야겠다.

10월 10일

지칠 대로 지친 탓에 이곳에 도착하고 나서 이틀 동안은 꼼짝 없 이 누워서 지내야만 했다. 사람들이 불러온 의사는 내가 극구 싫다고 하는데도 수술이 필요하다고 했다. 아무리 반대해 본들 무슨 소용이 있으랴? 일단 나는 수술하는 것이 몹시 두려운 데다, 기운을 좀 회복할 때까지 기다리고 싶다고 말해서 간신히 그를 설득시켰다.

이름이나 주소는 간단히 숨길 수 있었다. 하느님께서 아직 필요하다고 여기실 동안 나를 군말 없이 받아들여 보살펴 주도록 요양원의 사무실에 돈을 넉넉하게 맡겨 놓았다.

이 방은 썩 마음에 든다. 청결만큼 훌륭한 장식은 없다. 유쾌한 기분마저 들어서 속으로 깜짝 놀랐다. 이는 내가 더 이상 삶에 기대하는 것이 없기 때문이다. 이제는 하느님만으로 만족해야 한다. 하느님이 우리의 마음을 송두리째 차지하실 때에야 비로소 당신의 그윽한 사랑을 보여 주시기 때문이다.

나는 성경 외에 다른 책은 가져오지 않았다. 하지만 오늘은 성경에서 읽는 말씀보다 파스칼의 격렬한 흐느낌이 내 마음을 더 크게 울린다.

"하느님이 아닌 것은 그 어떤 것도 내 기대를 채울 수 없다."

오, 경솔한 마음이 바랐던 너무나도 인간적인 기쁨이여. 주여! 당신이 저를 절망에 빠뜨린 것은 이 외침을 얻게 하기 위함이옵나이까?

10월 12일

주님의 나라가 임하시기를! 제 안에 오로지 주님만이 군림하소서. 완전히 군림하소서. 나는 아낌없이 당신께 제 마음을 바치겠나이다.

지금 나는 아주 늙은 사람처럼 지쳐 있지만, 신기하게도 내 영혼은 동심을 간직하고 있다. 나는 아직도 방 안에 있는 모든 것이 정돈되어 있지 않으면, 벗어 놓은 옷을 머리맡에 잘 개어 놓지 않으면 잠들지 못하는 예전의 소녀에서 달라진 게 없다.

이렇게 나는 죽을 준비를 하고 싶다.

10월 13일

없애 버리기 전에 일기를 다시 읽었다. "자신의 마음에 이는 동요를 그대로 드러내는 것은 의연한 기개라 할 수 없다." 이 아름다운 말은 클로틸드 드 보(프랑스의 철학자 오귀스트 콩트의 연인-옮긴이)가 한 것이다.

일기장을 불 속에 던지려는 순간, 어떤 경고 같은 것이 나를 붙들었다. 이 일기는 이미 내 것이 아니라고, 이것을 제롬에게서 빼앗을 권리가 내가 없으며, 그를 위해서가 아니었다면 애초에 이 일기를 쓰지도 않았으리라고……. 일기 속에 보이는 나의 불안이나 의구심도 이제 와서 생각해 보니 너무도 어처구니없게만 느껴져서 그것에 아무런 중요한 의미도 부여할 수 없으며, 제롬이 그로 인해 혼란스러워할 것 같지도 않다.

주여, 제가 도달하기를 단념했던 덕행의 정상에까지 그를 밀어 올리고자 염원하는 마음으로 쓴 서투른 표현을 그가 가끔씩이라도 이 속에서 발견할 수 있도록 해 주시옵소서.

"주여, 제가 도달할 수 없는 그 반석 위로 저를 이끌어 주소서."

10월 15일

"기쁨, 기쁨, 기쁨, 기쁨의 눈물……."(파스칼의 《기록》의 일부. 1654년 11월 23일 밤의 성령 체험을 양피지에 기록한 것이다. 파스칼이 이것을 웃옷의 안감에 꿰매어 간직하였기 때문에 그가 죽은 후에야 발견되었다.-옮긴이)

인간적인 기쁨 그 이상으로, 모든 고통의 그 너머에서, 그렇다, 나는 그 찬란한 기쁨을 예감한다. 내가 도달할 수 없는 그 반석, 나는 그 반석의 이름이 무엇인지 잘 안다. 그것은 바로 행복이다. 행복에 도달하기 위해서가 아니라면 내 삶은 완전히 무의미함을 깨달은 것이다.

오, 주여! 제 온 힘을 다하여 당신께 부르짖고 있나이다. 저는 어둠 속에 있나이다. 새벽을 기다리고 있나이다. 목숨이 다할 때까지 당신께 부르짖고 있나이다. 부디 제게 임하시어 제 마음의 갈증을 가시게 해 주옵소서. 지금 당장 그 행복을 갈망하오니……. 아니면, 그 행복을 가졌다고 믿어야 하옵나이까? 날이 밝아 오는 것을 알리기보다는 애타는 마음으로 태양을 부르면서 먼동이 터 오기도 전에 울부짖는 조급한 새처럼, 어둠이 가시기를 기다리지 말고 노래를 불러야 하옵나이까?

10월 16일

제롬, 나는 너에게 완전한 기쁨을 가르쳐 주고 싶어.

오늘 아침 갑자기 구토가 일었다. 몸이 산산이 부서지는 듯 아팠다. 그러고 나서 온몸에 기운이 쭉 빠져 차라리 죽기를 바라기까지 했다. 아니다, 그게 아니다. 처음에는 내 온 마음이 의연하리만치 편안했다. 그러고는 육신과 영혼이 전율을 일으키는 극심한 고통에 사로잡혔다. 그것은 마치 내 삶을 일깨우는 돌연한 계시와도 같았다.

끔찍할 정도로 벌거벗은 내 방의 벽들이 난생처음 보는 것처럼 낯설었다. 섬뜩했다. 지금도 두려움에서 벗어나고 평정을 되찾기 위해 이 글을 쓰고 있다. 오, 주여! 당신을 모독하는 일 없이 제가 마지막에 이를 수 있기를!

나는 다시 몸을 일으켰다. 어린아이처럼 무릎을 꿇었다.

지금, 빨리, 내가 혼자라는 사실을 또 한 번 깨닫기 전에 죽고 싶다.

제 10 장
시간이 흐르고

　나는 지난해에 쥘리에트를 만났다. 알리사의 부음이 담긴 마지막 편지를 받은 뒤로 십 년이 넘는 세월이 흘렀다. 프로방스 지방에 여행을 갔다가 마침 님에 들를 기회가 생겼다. 테시에르 가족은 님의 번화가에 있는 페셰르 로(路)의 꽤 번듯한 집에서 살고 있었다. 나의 방문을 미리 편지로 알렸는데도, 막상 그 집 문턱을 넘으려고 하니 이만저만 가슴이 설레지 않았다.

　나는 하녀의 안내를 받아 거실로 올라갔다. 잠시 후 쥘리에트가 나를 맞으러 나왔는데, 그 모습이 마치 플랑티에 이모를 보는 듯했다. 거동이며 몸집이며 수선스런 접대까지도 똑같았다.

　그녀는 곧 내게 어떤 일을 하고 있는지, 파리 어디쯤에 살고 있는지, 주로 어떤 사람들과 어울리는지 등등 여러 가지 질문을 한꺼번에 퍼부어 대며 나를 숨 가쁘게 몰아세웠다. 또 남쪽 지방에는 무얼 하러 가는지, 남편이 나를 보면 매우 기뻐할 텐데 왜 애그비브에 들르지 않았는지를 캐물었다. 그러고 나서 내게 다른 사람들의 소식을 전했다. 남편과 아이들, 동생의 안부를 전했으며, 지난번 추수와 불경기에 대해서도 말했다.

나는 로베르가 애그비브에 살기 위해 퐁그즈마르의 집을 팔았다는 소식을 들었다. 그는 지금 테시에르 씨와 동업을 하고 있는 듯했다. 덕분에 테시에르 씨는 출장을 다니면서 사업상의 거래에 전념할 수 있고, 로베르는 과수원에 남아서 묘목을 개량하고 관리하고 있다는 것이다.

거실에 머무르는 동안, 나는 불안한 눈길로 과거를 생각나게 해 줄 만한 물건들이 없는지 살폈다. 거실에 놓여 있는 가구들 중에 퐁그즈마르에 있던 몇몇 가구는 한눈에 알아볼 수 있었다. 하지만 내 마음속에서 떠오르는 그 과거를 쥘리에트는 모르고 있거나, 아니면 일부러 관심을 두지 않으려 애쓰는 것 같았다.

열두 살과 열세 살짜리 두 사내아이가 층계참에서 놀고 있었다. 쥘리에트는 내게 소개해 주려고 그 아이들을 불렀다. 맏딸 리즈는 아버지와 함께 애그비브에 갔고, 열 살 난 다른 사내아이는 산책을 나갔는데 곧 돌아올 것이라고 했다. 쥘리에트가 알리사의 죽음을 내게 알리면서 출산이 가까웠다고 했던 아이가 바로 그 녀석이었다. 그 아이를 낳을 때 워낙 고생을 해서 다시는 아이를 갖지 않기로 결심했다고 했다. 그러다가 지난해 다시 마음을 바꿔 딸을 낳았는데, 하는 말을 들어 보면 다른 아이들보다 그 딸을 유난히 더 예뻐하는 듯했다.

"바로 요 옆방에서 그 아이가 자고 있어요. 보러 갈래요?"

내가 자리에서 일어서려는데 그녀가 갑자기 질문을 하였다.

"오빠, 편지로 물어보기는 좀 그래서 못했는데, 혹시 내 딸의 대부가 되어 줄 수 있어요?"

"네가 좋다면 기꺼이 승낙하지……."

나는 방으로 들어가, 아이가 누워 있는 요람을 들여다보면서 물었다.

"이름이 뭐야?"

"알리사."

쥘리에트가 낮은 목소리로 대답했다.

"좀 닮았어요, 그렇죠?"

나는 아무런 대답도 하지 못하고 쥘리에트의 손을 꼭 잡았다. 엄마가 들어 올리자 꼬마 알리사가 눈을 떴다. 쥘리에트가 나에게 아이를 건네주었다. 나는 아이를 품에 안았다.

"오빠는 정말로 좋은 아빠가 될 거예요."

쥘리에트가 애써 웃어 보이며 말했다.

"오빠는 언제 결혼할 거예요?"

"이런 저런 일들을 잊게 되면……."

순간, 그녀의 얼굴이 새빨개졌다.

"뭘 잊고 싶은 건데요?"

"사실은 절대로 잊고 싶지 않은 것."

"이리 와 봐요."

그녀는 이렇게 말하더니, 어둡고 작은 방으로 나를 데려갔다. 그 방에는 두 개의 문이 있었는데, 하나는 쥘리에트의 방으로 통해 있었고 다른 하나는 거실로 나 있었다.

"여기가 바로 제가 틈날 때마다 숨는 곳이에요. 이 집에서 제일 조용한 방이죠. 여기 있으면 삶으로부터의 피난처에 와 있는 것처럼 느껴지거든요."

이 작은 방의 창문은 다른 방들처럼 시끄러운 거리 쪽으로 나있지 않고, 나무 몇 그루가 서 있는 안뜰을 향해 있었다.

"여기 앉아요."

그녀가 안락의자에 앉으며 말했다.

"내가 잘못 알고 있는 게 아니라면, 오빠는 알리사 언니와의 추억에 충실하려는 거지요?"

나는 한동안 아무런 대답 없이 가만히 앉아 있었다. 그리고 조용히 말했다.

"그보다는 알리사가 내게 품고 있었던 생각에 충실하려는 거겠지. 아니, 나는 굉장한 일을 하려는 게 아니야. 그저 그럴 수밖에 없다고 생각할 뿐이야. 만약 다른 여자와 결혼을 한다면, 나는 그 여자를 사랑하는 척할 수밖에 없을 테니까."

"그렇군요!"

그녀는 별 관심 없다는 듯 심드렁하게 말했다. 그러고는 내게서 얼굴을 돌려 알 수 없는 무언가를 찾으려는 듯이 바닥을 내려다보았다.

"그럼 오빠는 아무런 희망도 없는 사랑을 마음속에 그렇게 오랫동안 간직할 수 있다고 생각하는 거예요?"

"그래, 쥘리에트."

"그걸 마음속에 간직하고도 하루하루 숨 쉬고 살아갈 수 있다는 거로군요?"

잿빛 물결처럼 땅거미가 밀려와, 어둠 속에서 제 과거를 되살려 내어 나지막이 저마다의 사연을 들려주는 것만 같은 방 안의 물건들을 하나하나 덮어 나갔다. 나는 알리사의 방을 다시 보는 듯했다. 쥘리에트가 알리사가 쓰던 가구들을 하나도 빠짐없이 모아 둔 것이었다. 그녀는 다시금 얼굴을 내 쪽으로 돌렸는데, 어둠 탓에 윤곽을 제대로 구분할 수 없어서 눈을 감고 있는지 뜨고 있는지조차 알 수가 없었다. 그렇지만 무척 아름다워 보였다. 우리 두 사람은 한동안 아무 말도 하지 않은 채 가만히 있었다.

마침내 그녀가 입을 열었다.

"자! 이제 그만 깨어나야 해요."

줄리에트는 몸을 일으켜 한 걸음 내딛는가 싶더니 갑자기 옆에 있는 의자에 힘없이 쓰러졌다. 그녀는 두 손으로 얼굴을 가렸다. 울고 있는 것 같았다.

때마침 하녀가 등불을 가지고 들어왔다.

제 11 장

에필로그

이제 내 이야기는 끝났다. 더 이상 무슨 할 말이 남아 있으랴. 나는 왜 이곳에서, 새로운 하늘 아래에서 행복을 찾기 위해 갖은 노력을 기울였던 그 시절의 이야기를 하려 한 것일까.

나는 내가 무엇을 해야 하는지 잊어버린 채 오로지 알리사에게만 집중했다. 하지만 나와 알리사를 갈라놓았던 덕행의 의미에 대해서는 잘못 생각하고 있었다. 아아! 나는 그녀를 통해서 내 덕행의 형식을 멋대로 꾸며 내었다. 그녀와 거리를 두기 위해 내가 거역해야 했던 것은 바로 덕행이었다.

나는 그때 내 모든 의지를 떨쳐 버리기 위해 터무니없이 방탕한 생활에 빠져들었다. 그러다 정신을 차리고 나면 언제나 기억의 어떤 지점에 이르러 있곤 했다. 그때 나는 그것이 무엇을 의미하는지 이해할 수가 없어서, 멍한 얼굴로 몇 시간이고 며칠이고 우두커니 앉아 시간을 흘려보냈다. 결국 무서운 깨달음이 나를 무기력에서 벗어나게 했다.

덕분에 나는 다시 열정을 회복했다. 스스로 행복의 탑을 무너뜨리고 사랑과 신앙심을 황폐하게 만드는 데 집중하는 삶은 말할 수 없이 고통스러울 뿐이었다.

이 혼란 속에서 내 삶은 어떤 가치를 가질 수 있었을까? 예전의 내 사랑처럼, 이제 절망은 내 사고가 머무는 유일한 장소가 되었다. 나는 내가 겪은 모든 일을 증오한다. 나의 가치는 전부 사라져 버렸다. 내가 그녀를 너무 깊이 사랑한 까닭일까? 아니다! 내가 사랑을 의심했기 때문이다.

신앙과 사랑 사이에서
고뇌하다가
자기희생의 길을 걷다

전종옥 _ 서울 마곡중학교 국어 교사

서양 문화의 원천, 성경

"혹시 성경을 전부 읽은 친구들이 있나요?"

이런 질문을 받았을 때 선뜻 손을 들 수 있는 사람은 과연 얼마나 될까? 아무리 독실한 기독교 신자라 할지라도 성경을 처음부터 끝까지, 이른바 독파를 한 사람은 그리 많지 않을 것이다. 그렇지만 질문을 조금 달리해서, 성경에 나오는 이야기나 인물, 성경과 관련된 그림 혹은 영화를 아느냐고 물으면 열 명이면 열 명 모두 손을 번쩍 들지 않을까?

이렇듯 성경은 특정 종교의 경전을 넘어 일종의 문화적 코드로서 우리 가까이에 머물러 있다. 따라서 오래전부터 수많은 예술 작품에 가장 많이 인용되었고 또 모티브를 제공해 왔다. 특히 시, 소설, 희곡 등 모든 장르의 문학에 영감을 주었다. 그렇기 때문에 서양 문학, 나아가 서양 문화의 근원을 이해하고 연구하는 데 성경은 아주 중요한 열쇠라 할 수 있다.

18세기 독일 작가이자 철학자인 요한 볼프강 폰 괴테의 대표작 《파우스트》는 구약 성서의 한 편인 〈욥기〉의 첫 장면에서 힌트를 얻었다고 한다. 19세기 프랑스 작가 빅토르 위고의 《파리의 노트르담》, 《레 미제라블》 등의 작품 역시 성경의 내용을 기반으로 하고 있다.

단테의 《신곡》, 헤르만 헤세의 《데미안》, 허먼 멜빌의 《모비 딕》 등 내로라 할 만한 고전 문학들 역시 성경을 따로 떼어 놓고는 깊이 이해하기가 힘들다. 톨스토이와 함께 러시아 문학을 대표하

두루마리 형태로 전해 내려오는 구약 성서와 10세기경의 신약 성서. 성서는 구약 39권, 신약 27권 총 66권으로 구성되어 있다.

는 도스토옙스키는 시베리아로 유형을 가
있는 사 년 동안 신약 성서를 무려 스물여
덟 번이나 읽고 난 뒤 《악령》과 《카라마조
프가 형제들》을 구상하게 되었다고 한다.

라파엘로의 〈마돈나〉(1513). '마돈나'는 성모
마리아를 가리키는 이탈리아 어이다. 성모 마
리아의 성화나 성상도 '마돈나'라고 부른다.

　비단 문학뿐이랴. 서양의 고대와 중세
시대의 조각품이나 그림, 음악 등도 성경
을 빼놓고는 생각할 수 없는 작품들이 많
다. 레오나르도 다빈치의 〈최후의 만찬〉이
나 미켈란젤로의 〈최후의 심판〉, 라파엘로
의 〈마돈나〉 등은 성경을 어느 정도 알아야
제대로 감상할 수 있다.

　우리에게 널리 알려진 수많은 예술 작품들이 성경이라는 그릇
안에 함께 담길 수 있는 것은 그 그릇이 품고 있는 이야기가 그만
큼 넓고도 깊다는 뜻이리라.

　앙드레 지드가 1909년에 발표한 소설 《좁은 문》에는 성경을
인용한 구절이 유난히 많이 등장한다. 작품의 도입부터 신약 성
서 중 〈마태복음〉의 한 구절인 '좁은 문으로 들어가기를 힘쓰라.'
라는 문장이 나올 뿐만 아니라, 바로 여기에서 작품의 제목이 등
장하게 된다. 단지 제목만 빌려 온 것이 아니라, 등장인물의 생각
과 행동, 작품의 주제 등도 성경이나 기독교 신앙과 긴밀하게 엮
여 있다. 물론 이러한 종교적 측면에서의 갈등뿐만 아니라 신앙
을 품은 인간으로서의 고뇌 역시 섬세하게 담아내고 있다.

　어떤 이유로 지드는 상상만 해도 어렵게 느껴지는, '좁은 문으
로 들어가기를 힘쓰라'는 구절을 소설의 모티브로 삼은 것일까?
지드가 전하려고 한 것은 무엇인지 '좁은 문'을 열고 다 함께 들
어가 보도록 하자.

좁은 문으로 들어가기를 힘쓰다

르아브르에 살던 열두 살 소년 나, 제롬은 의사였던 아버지가 세상을 떠나자 어머니와 함께 파리로 이사를 한다. 제롬은 파리에서 공부를 하면서 해마다 여름이면 퐁그즈마르에 있는 뷔콜랭 외삼촌 집으로 놀러 가곤 한다. 그 집에는 외삼촌 내외와 두 살 위인 외사촌 누이 알리사, 한 살 아래인 쥘리에트, 가장 어린 외사촌 동생 로베르가 살고 있다.

외숙모 뤼실 뷔콜랭은 제롬이 알고 있는 평범한 여자들과는 사뭇 다르다. 식민지 태생 백인 여성으로 묘한 분위기를 풍기는 사람이다. 상복을 제대로 갖춰 입지 않는 등 예의를 차리지 않아 어머니와도 별로 사이가 좋지 않을뿐더러 때때로 발작을 일으켜 집 안을 발칵 뒤집기도 한다.

어느 여름날, 뷔콜랭 외숙모는 제롬에게 성적인 장난을 친다. 이 사건은 제롬에게 정신적 상처를 입히고 육체적 욕망은 죄악이라는 제롬의 강박 관념을 더욱 확고하게 만든다.

그 뒤 제롬은 뷔콜랭 외숙모가 자신의 애인인 젊은 장교를 집 안에 불러들여 희롱하는 장면을 목격한다. 그 사실로 괴로워하는 알리사를 보고 제롬은 그녀를 끝까지 사랑하고 지켜 주기로 결심한다. 얼마 후 외숙모가 가출하고, 제롬은 '좁은 문'을 주제로 한 보티에 목사의 설교를 듣고 크게 감동을 받는다.

제롬은 공부와 노력, 덕행 등 자신의 모든 것을 알리사에게 바치려고 한다. 그러나 알리사는 별 반응을 보이지 않는다. 절대로 알리사 곁을 떠나지 않을 거라고 다짐하는 제롬에게, 알리사는 하느님이 아닌 다른 인도자를 찾아서는 안 된다고 딱 잘라 말한다.

그러던 중, 심장병을 앓아 온 제롬의 어머니가 두 사람의 행복

우리 문학에도 기독교 사상이?

기독교는 19세기 말부터 20세기 초 사이에 우리나라에 들어왔다. 기독교 사상이 문학에 영향을 끼치게 된 시기는 한글로 된 성경이 보급된 이후이다. 기독교 사상을 담은 당시의 문학 작품에는 어떤 것이 있을까?

《금수회의록》의 표지

안국선이 1908년에 발표한 《금수회의록》은 전지전능한 신과 치욕스러운 죄를 범한 인간을 대비시켜 하느님의 사랑으로 회개하면 구원을 받을 수 있다는 기독교적 주제를 담고 있다.

이 작품은 '나'라는 1인칭 관찰자가 꿈속에서 우연히 짐승들이 모여 회의하는 모습을 목격하는 것으로 시작한다. 회의장에 모인 짐승들은 하나같이 인간의 모순과 비리, 타락한 모습을 낱낱이 폭로하고 비판한다. 부패하고 타락한 인간은 양심과 도의를 잃었을 뿐 아니라 윤리는 추락하고, 사회는 문란해졌으며, 정신적 질서 역시 파괴되었다고 하면서……. 그럼에도 불구하고 누구라도 자신의 어리석음을 깨닫고 회개하면 구원을 얻을 수 있다는 결론은 이 작품이 기독교적 이상주의를 내세우고 있다는 사실을 여실히 보여 준다.

이상춘의 《박연 폭포》(1913) 역시 기독교 윤리의 실천을 통한 구원 의식을 주제로, 〈누가복음〉의 '착한 사마리아 인'을 모티브로 삼아 소설의 틀을 구성했다. 이 작품은 주인공 최성일이 일본 도쿄에서 기독교 신앙을 연구한 뒤 자신의 목숨을 노리는 원수에게 복수를 하는 대신 성경을 건네주는 행동을 보여 줌으로써 원수까지 사랑하라는 기독교 사상을 전달한다. 기독교의 박애 정신을 이상적인 삶의 원리로 제시했다는 점에서 문학사적으로 가치가 높다.

최초의 근대 소설로 꼽히는 《무정》(1917)에는 작가 이광수의 기독교 사상이 잘 드러나 있다. 이 소설에는 봉건적인 유교 사상을 대표하는 박 진사의 딸 영채와 개화와 신문명과 기독교 사상을 대표하는 김 장로의 딸 선형이 대립 구도를 이루어 등장한다. '진사'와 '장로'라는 인물의 타이틀은 유교의 신분과 기독교의 직분을 나타내는 명칭으로 옛 것과 새 것의 공존을 상징한다.

춘원 이광수. 그는 말년에 한국 기독교의 모순과 불합리성을 개탄하며 불교로 개종했다.

을 기원해 주고 세상을 떠난다. 뷔콜랭 외삼촌 역시 두 사람의 사랑을 인정하고 제롬을 친자식처럼 대한다. 그러나 사랑을 약속하는 것이 굳이 필요하지 않다고 생각하는 제롬은 알리사에게 청혼을 하지는 않는다. 종종 쥘리에트에게 알리사에 대한 마음을 털어놓을 뿐이다.

쥘리에트는 포도를 재배하는 남자에게 청혼을 받는다. 그런데 목사의 아들이자 제롬의 가장 친한 친구인 아벨 보티에가 제롬에게 쥘리에트를 사랑하게 되었다고 고백한다. 그러고는 합동 결혼식을 하자느니, 신혼여행을 함께 가자느니 하며 달콤한 미래를 상상한다. 그렇지만 끊임없이 알리사의 사랑을 의심하면서 불안해하는 제롬.

다가온 크리스마스에 알리사는 플랑티에 이모에게 동생보다 먼저 결혼하지 않겠다는 의사를 내비친다. 그리고 쥘리에트는 알리사 언니가 자신과 제롬이 결혼하기를 바란다는 말을 전한다. 또한 아벨은 쥘리에트가 제롬을 사랑하기 때문에 알리사가 동생에게 결혼을 양보하는 것이라며 좌절한다.

이 모든 진실을 알게 된 제롬은 경악을 금치 못한다. 제롬을 좋아했던 쥘리에트는 뜻을 이룰 수 없다는 사실을 알고는 그 자리에서 기절해 버린다. 그리고 결국 자신에게 청혼했던 테시에르 씨와 결혼한다. 동생이 떠난 뒤 더욱 외로워진 알리사는 편지로나마 제롬을 만나지 못하는 괴로움을 달랜다.

세월이 흘러 쥘리에트는 아이를 낳고, 알리사는 종교에 더욱더 의지하며 제롬과의 재회만을 손꼽아 기다린다. 제롬이 군대에서 제대한 후 두 사람은 다시 만나지만 어색한 분위기에서 서로의 입장을 이해하지 못한 채 헤어지고 만다. 알리사는 안타까워하면서도 어찌할 수 없이 작별을 고하는 편지를 제롬에게 보낸다.

퐁그즈마르의 실제 배경은 어디?

《좁은 문》에서 중요한 장소로 나오는 르아브르
의 작은 마을 퐁그즈마르. 뷔콜랭 가족이 살고
있는 이 지역은 작품 속에만 등장하는 가상의 공
간인데도 무척이나 생생하게 묘사되어 있다. 아
마도 퀴베르빌이라는 실제 마을을 무대로 삼고
있기 때문이리라.

노르망디 코 지방의 전경

노르망디의 코 지방에 있는 퀴베르빌은 르아브
르에서 북쪽으로 이십 킬로미터가량 떨어져 있
으며, 거대한 코끼리 모양의 절벽으로 유명한 에
트르타라는 지역에서 칠 킬로미터가량 떨어진 한적한 시골 마을이다.

작품 속에서 뷔콜랭 외삼촌 집으로 나오는 저택 역시 실제 모델이 있다. 바로 퀴베르빌에 있는 지드의
외삼촌 롱도 씨가 소유한 저택이 그것이다. 집 뒤쪽의 숲에 있는 폐허가 된 옛 벽돌집의 녹색 문을 마을

퀴베르빌에 있는 앙드레 지드의 생가

사람들은 '좁은 문'이라고 불렀다고 한다. 어린 시절 지드는 해마다
외삼촌 집에서 여름을 보내면서 외사촌이었던 마들렌에게 사랑의
감정을 품었다. 그런 마음을 바탕에 깔고 마들렌을 모델로 삼아 쓴
뒤 그녀에게 바친 소설이 바로 《좁은 문》이다.

작품 속 제롬과는 달리 지드는 마들렌과 결혼을 했다. 결혼 후 두 사
람은 파리와 퀴베르빌을 오가며 행복하게 살았다. 결혼한 지 19년이
지난 1914년, 마들렌 혼자 퀴베르빌로 내려와 머물다가 1938년에 세
상을 떠나 교회 뒤편의 묘지에 묻혔다. 지드는 1951년 파리에서 삶
을 마감했는데, 이내 이곳으로 유해가 옮겨져 평생 동안 정신적 지
주이자 연인이었던 마들렌과 함께 영원한 안식을 누리게 되었다.

이듬해 부활절 무렵, 제롬은 뷔콜랭 외삼촌 집에서 알리사를
다시 만난다. 제롬이 이제 알리사와 행복하게 살고 싶다고 하자,
그녀는 행복보다는 성스러운 신앙심이 더 중요하다며 거절한다.

오스카 와일드의 모습(왼쪽)과 앙드레 지드의 우정을 그린 소설(오른쪽). 오스카 와일드와 앙드레 지드는 동시대 작가로서 매우 절친한 사이였다.

두 사람은 다시 헤어지고, 또 몇 차례 편지를 주고받는다. 제롬이 알리사를 사랑하는 마음을 절실하게 전하면서 그것이 자신을 얼마나 기쁘게 하는지를 얘기하면, 알리사는 하느님에 대한 의무를 저버려서는 안 된다는 내용의 답장을 보낸다.

이후 다시 만난 알리사는 많이 달라진 모습이다. 제롬을 보고도 무표정할뿐더러, 쓸모 없는 바느질에만 마음을 쏟는다. 거실의 피아노는 물론 제롬과 함께 읽었던 책들도 모조리 치워져 보이지 않는다.

제롬은 알리사를 향한 변함없는 사랑을 고백하지만, 그녀는 제롬이 사랑하는 알리사는 추억 속에 존재할 뿐이라며 나이 차이 때문에 맺어질 수 없다는 말로 억지를 부린다. 제롬은 도피하듯 아테네 프랑스 학교에 입학한다.

삼 년 뒤, 제롬은 여행 중에 외삼촌의 부음을 듣고는 퐁그즈마르에 도착해 알리사를 만난다. 알리사는 목에 걸고 다니던 자수정 목걸이를 내밀며 훗날 제롬의 딸에게 물려주라고 한다. 제롬은 소스라치게 놀라며 자신은 절대 다른 사람과는 결혼할 수 없다고 호소하지만, 알리사는 하느님이 두 사람을 위해 더 훌륭한 것을 준비해 놓았다는 사실을 믿어야 한다며 끝내 그를 거부한다.

그리고 한 달 뒤, 제롬은 알리사가 파리의 어느 요양원에서 숨을 거두었다는 쥘리에트의 편지를 받는다. 유언장과 제롬에게 보내는 일기만을 남기고……

자신의 경험이 녹아든 자전적 소설

《좁은 문》은 19세기 말과 20세기 초 프랑스 파리와 노르망디의 작은 마을을 배경으로 제롬과 그의 외사촌 누이 알리사와의 금욕적이고 비극적인 사랑을 그린 작품이다.

이야기는 주인공인 제롬이 자신이 왜 이 글을 쓰려고 하는지 그 동기를 밝히는 내용으로 시작한다. 나, 즉 제롬은 서술자로서 알리사와의 사랑이 어떻게 시작되고, 어떤 갈등이 생겨났으며, 어떠한 이유로 끝내 사랑을 이루지 못하게 되는지 그 모든 과정을 절절하게 보여 준다.

반면 알리사의 내면은 제법 많은 분량의 편지와 알리사가 죽고 나서 전해지는 일기를 통해 드러난다. 더불어 자주 등장하는 성경 구절과 당시 널리 읽히던 유명한 시구들은 두 인물의 복잡한 심리와 상황을 적절하게 드러내 주는 역할을 한다.

작가는 제롬의 입장에서 지난날을 회상하면서 시간의 흐름에 따라 변해 가는 사랑의 빛깔과 결을 하나씩 하나씩 되살려 낸다. 이러한 상황들이 마치 직접 겪은 일처럼 생생하고 자세하게 펼쳐지는 이유는 아마도 이 작품에 작가의 자전적인 요소가 크게 작용하였기 때문일 것이다.

앙드레 지드는 자신의 아내인 마들렌의 영상을 알리사라는 인물에 투영하였다. 마들렌은 작품 속의 알리사처럼 실제로 지드의 외사촌 누이였다. 그는 아내 마들렌이 자신에게 보낸 편지를 찾아내 그것을 거의 그대로 작품에 옮겨 놓아, 그 속에 담긴 젊은 시절의 신비스럽고 애절한 분위기를 되살리고자 했다. 뿐만 아니라 제롬처럼 몸이 약했던 점이나 제롬과 비슷한 나이에 아버지를 여읜 점 등도 작품 속 설정과 일치한다.

알리사의 실제 모델인 앙드레 지드의
아내 마들렌 지드

인물이나 장소, 사건, 편지 등 여러 면에서 실제의 경우가 녹아 있어서인지 작품은 심리 묘사를 다룬 소설치고는 강한 흡인력으로 독자들을 사로잡는다. 더불어 하느님에게 자신의 사랑을 온전히 바치기 위해 현실의 사랑을 포기하는 자기희생의 이야기는 우리에게 고뇌와 동시에 씁쓸한 감동을 안겨 준다. 작품 전반에 흐르는 서정적이고 아름다운 분위기 또한 알리사의 안타까운 마음과 슬픈 운명을 더욱 애처롭게 만든다.

그러나《좁은 문》을 단지 애절한 사랑 이야기라고 정의하기에는 쉽게 이해할 수 없는 구석이 많다. 어째서 알리사는 제롬을 사랑하면서도 거부하는 걸까? 제롬은 성경에 나오는 '좁은 문'에 어떤 영향을 받았기에 알리사 곁을 떠나는 걸까? 알리사는 왜 갑자기 죽게 된 걸까? 그들은 왜 서로를 그토록 사랑하면서 제대로 표현하지 못한 채 어긋나기만 한 걸까?

정신과 육체,
신앙과 사랑 사이에서 고뇌하다

좁은 문을 열고 들어서면 가장 먼저 만나게 되는 두 사람, 바로 제롬과 알리사이다. 어린 시절부터 함께 자라면서 서로를 사랑하게 된 두 주인공은 비슷하면서도 다른 성향을 보인다.

제롬은 사랑의 불변을 믿는 인물이다. 물론 그 믿음은 알리사를 향한 것이다. 그는 공부와 노력, 덕행 등 인생의 모든 것을 맹목적으로 알리사에게 바친다. 알리사가 어떤 반응을 보이든, 혹은 반응을 전혀 보이지 않든 간에 변함없이 알리사만을 사랑한다. 알리사와의 약혼을 망설이는 것도 약속 따위로 사랑을 옭아매는 것은 사랑을 모독하는 것이라 생각하기 때문이다. 제롬은 자신의 사랑도, 알리사의 사랑도 영원히 변치 않을 것이라고 확신한다.

제롬은 왜 이런 태도를 지니게 되었을까? 엄격한 종교적 분위기의 집안에서 출생한 제롬은 자신의 어머니와 어머니의 친구인 에쉬브르통 양의 도덕적이고 절제된 모습을 보고 자란다. 그들과 정반대의 인물인 뷔콜랭 외숙모에게 혼란스러운 감정을 느끼지만 곧 그녀에게서 씻을 수 없는 상처를 입는다. 게다가 낯선 남자와 함께 있는 충격적인 장면까지 목격한다.

이러한 때에 듣게 된 보티에 목사의 '좁은 문'에 관한 설교는 제롬에게 육체적인 사랑은 죄악이라고 각인시키기에 충분했던 것이다. 표면적으로 보기에는 알리사가 제롬을 거부하는 듯하지만, 제롬에게도 알리사를 아내로 받아들일 만한 열의와 용기가 턱없이 부족했다고 할 수 있다.

한편, 알리사 또한 청교도적인 교육과 어머니의 간통, 아버지의 번민 등의 이유로 사랑에 대해서 제롬과 같은 입장을 갖게 된다. 그녀는 제롬을 향해 더욱 깊어지는 자신의 마음을 외면한 채 끊임없이 하느님을 따르는 삶, 즉 '좁은 문'을 추구하며 살아간다. 그리고 제롬도 그 '좁은 문'에 들어오기를 바란다.

그런데 언제부턴가 자신의 존재가 '좁은 문'으로 들어가려는 제롬에게 방해가 된다고 여긴다. 특히 여동생인 쥘리에트의 결혼은 그녀 자신이 진정한 행복이라고 믿었던 것과 자기희생을 부정하는 결과를 가져온다. 이는 다시 그녀를 혼란에 빠뜨리고 제롬을 향한 억눌린 마음과 맞물리면서 죽음으로 몰아넣는 힘으로 작용한다.

쥘리에트와 아벨 등 주변 인물들은 주인공들이 금욕적이고 종교적인 신념을 고수하는 데 일조하는 역할을 한다. 언니와는 전혀 다른 분위기의 쥘리에트는 자신이 좋아하는 제롬과의 사랑이 불가능하다는 사실을 깨닫고 자신에게 청혼한 테시에르 씨와 결혼한다.

쥘리에트의 이런 선택은 알리사에게 큰 영향을 미친다. 알리사는 쥘리에트를 위해 자신이 희생했다고 생각하지만 어떤 이득도 없는 희생은 결국 알리사에게

'좁은 문'을 형상화한 그림. '좁은 문'을 통과하려면 많은 것을 희생해야 한다.

절망과 허무만을 남긴다. 제롬의 친구이자 보티에 목사의 아들인 아벨 역시 이상적인 사랑과 성공을 꿈꾸지만 뜻을 이루지 못한다.

한편 등장하는 장면이 많지는 않지만 작품에서 누구보다 강렬한 인물은 제롬의 외숙모이자 알리사의 어머니인 뤼실 뷔콜랭이다. 그녀는 태생부터 다른 인물들과 사뭇 다를뿐더러 빼어난 외모와 자유로운 가치관이 그녀를 더욱 돋보이는 존재로 만든다.

제롬은 그녀에게서 설명하기 힘든 묘한 감정을 느낀다.

나는 외숙모에게서 묘한 어색함을 느꼈다. 그것은 일종의 경외심이 만들어 내는 혼란스러운 감정이었다. 이유를 알 수 없는 막연한 본능 같은 것이 나도 모르게 외숙모를 경계하게 만들었다. 왠지 외숙모는 에쉬브르통 양과 어머니를 경멸하고, 에쉬브르통 양은 외숙모를 두려워하며, 어머니는 외숙모를 좋아하지 않는 것처럼 느껴졌다.

금지된 사랑? 근친혼

《좁은 문》에서 알리사와 제롬은 사촌지간이다. 오늘날에는 정상적
이지 않은 그들의 사랑을 작품 속에 등장하는 주변 인물들은 모두
인정할 뿐만 아니라 부추기기까지 한다. 선뜻 이해가 되지 않을
수도 있지만 옛날에는 당연하게 이루어지는 결혼 풍속이었다. 가
까운 친척 간의 사랑과 결혼은 왕실의 특권을 왕족 내에 한정하려
는 왕실 족내혼의 유풍에서 시작되었다고 볼 수 있다.

왕실 이외에도 귀족들 역시 신분과 혈통이 비슷한 근친 간에 혼인
이 빈번했다. 이집트의 마지막 여왕 클레오파트라는 자신의 두 남
동생과 차례로 결혼했으며, 파라오 람세스 2세는 자신의 친딸을
부인으로 맞이하기도 했다.

조선 후기 안정복이 쓴 역사책《동서강
목》. 고려 왕실의 근친혼에 대한 폐단을
지적하고 있다.

서양뿐 아니라 우리나라에서도 근친혼이 이루어졌는데, 서양과 마찬가지로 대부분 가문의 혈통을 고유
하게 보존하려는 목적이었다. 삼국 시대, 통일 신라, 고려 시대로 이어지는 근친혼 풍습은, 조선 시대에
유교가 사회 지배 이념으로 널리 퍼지면서 동성동본 간의 혼인을 야
만적인 일로 보는 인식 때문에 철저한 이성혼으로 바뀌었다. 그러나
근친혼은 사라졌다 하더라도, 같은 신분끼리만 혼인하는 풍습은 변함
없이 이어졌다.

아이러니한 것은 특수한 계급의 권위와 혈통의 순결을 유지하기 위해
시행되었던 근친혼이 오히려 그 가문을 몰락시키고 유전적으로 문제
를 일으키기도 했다는 사실이다.

반복된 근친혼으로 인한 희귀한 유전 질환 때문에 17세기 유럽 제일
의 명문가였던 에스파냐 합스부르크 왕가가 몰락했다는 연구 결과가
발표되기도 했다. 1516년에서 1700년 사이 합스부르크 왕가에서는
강력한 권력을 유지하고자 근친혼을 선호했다. 약 200년간 11차례의
결혼 가운데 9쌍이 사촌간 혹은 삼촌과 조카 사이에 이뤄졌다.

합스부르크 왕가 카를 5세의 모습.
왕가의 안정과 권력의 유지를 위해
집안 사람들끼리 혼인을 한 결과,
왕가의 거의 모든 사람들이 주걱턱
얼굴을 갖게 되었다. 그래서 합스부
르크 왕가를 '주걱턱 왕가'로도 부
른다.

연구에 따르면 합스부르크의 마지막 왕인 카를로스 2세는 뇌하수체
호르몬 결핍과 원위세뇨관 산증이라는 유전 질환이 혼합된 희귀한 질
병을 앓았는데, 그가 앓았던 대부분의 질병은 근친혼이 그 원인으로
밝혀졌다.

뤼실 뷔콜랭 외숙모, 나는 이제 당신을 원망하지 않겠습니다. 당신이 나에게 잘못한 일도 잠시나마 잊고 싶어요. 나는 최대한 노여움을 거두고 당신에 대해 이야기하려고 합니다.

이러한 제롬의 감정은 다른 남자와 어울리는 자신의 어머니를 부정하는 알리사의 심정과 절묘하게 맞아떨어지면서 둘의 사랑은 더욱 깊어지고 그 사랑 안에 육체적인 접촉은 전혀 이루어지지 않는 결과를 만든다.

그렇지만 제롬이 훗날까지 뷔콜랭 외숙모의 작은 초상화를 지니고 있었다는 점으로 짐작해 볼 때, 제롬이 갖고 있는 뷔콜랭 외숙모에 대한 감정은 단순한 증오가 아니라 훨씬 복잡하고 미묘했던 게 분명하다.

좁은 문을 열면 과연 낙원이 있을까

제목은 그 작품을 대표하고 내용 전체를 압축하는 중요한 역할을 한다. 지드는 어린 시절 자신을 억압한 기독교라는 종교의 폐단을 고발하는 소설을 쓰기로 마음먹고 무려 십팔 년 동안이나 구상한 끝에 작품을 완성했다. 그는 이 작품에 처음에는 '좁은 길'이라는 제목을 붙였다가 훗날 '좁은 문'으로 바꾸었다. 그렇다면 '좁은 문'이라는 제목에는 어떤 의미가 담겨 있을까?

작품 초반에 알리사와 제롬의 삶에 큰 영향을 끼친 사건이 발생하는데, 뤼실 뷔콜랭이 젊은 장교를 따라 집을 나간 일이다. 이 불행한 사건 직후에 알리사와 제롬은 함께 교회 예배에 참석하여 '좁은 문'에 관한 설교를 듣게 된다. 마치 짜 맞추기라도 한 듯

적절한 시기에 들은 이 설교의 내용은 이후 제롬과 알리사의 신념과 행동에 결정적 영향을 미친다.

설교를 들으며 제롬의 상상 속에서 '넓은 문'은 젊은 장교를 집 안에 끌어들인 뒤 침대에 누워 장난을 치고 있던 외숙모의 방문, '좁은 문'은 고독 속에서 무릎을 꿇은 채 눈물을 흘리는 알리사의 방문으로 각각 떠오른다.

제롬은 알리사의 방에 들어가기 위해 어떤 고통도 달게 감수하는 것을 '들어가기를 힘쓰는' 것으로 해석하는 등 '좁은 문'의 의

총신대학교 정문에 세워져 있는 '좁은 문' 조각상. 하도흥 조각가의 작품으로 '좁은 문으로 들어가라'는 《마태복음》 7장 13절과 14절을 참고해 만들었다고 한다.

미를 자신의 상황에 비추어 변형시켜 받아들인다.

이때부터 제롬은 하느님에 대한 신앙과 알리사에 대한 사랑을 동일시하거나 혼동하게 된다. 8장에서 정원의 작은 문으로도 상징되는 제롬의 '좁은 문'은 바로 알리사의 마음의 문을 의미하며 자신의 우상인 집주인, 즉 알리사가 그 문을 닫음으로써 더 이상 구원받지 못하고 캄캄한 절망의 나락으로 추락하는 것이라 짐작할 수 있다.

그런데 알리사는 제롬을 사랑하고 있으면서도 왜 그토록 그를 완강히 거부한 것일까? 그녀에게 있어서 '좁은 문'은 무엇을 의미하는 것일까? 자신의 이름처럼 (알리사는 히브리 어로 '하느님에게 바쳐진'이라는 뜻이다.) 오직 하느님에 대한 절대적인 사랑 때문에 제롬과의 사랑을 포기한 것일까? 어떤 이유로 그녀는 자학에 가까운 자기희생의 길과 죽음을 선택한 것일까? 이에 대한 모든 해답은 작품 후반에 알리사가 남긴 자신의 일기를 통해 비로소 드러난다.

참고 또 참으면 깨달음을 얻으리라

금욕주의란 정신과 관련된 것은 선하다고 여기고 육체에 속하는 본능이나 욕구는 악이라고 규정하면서 악을 최대한 억제하는 삶이 올바르다고 주장하는 것을 뜻한다. 고대에 금욕설을 주장한 스토아 학파에서 처음 유래하여 스토이시즘이라고도 하며, 이후 다양한 종교, 여러 분파에서 금욕주의를 받아들였다.

기독교의 한 종파인 카타리파는 하느님이라는 존재 이외에 물질을 창조하는 악의 원리가 존재한다고 여겼다. 따라서 결혼, 육식, 사유 재산 등 물질과 관련된 모든 것들을 거부했다. 중세 프랑스 남부 지방에서 발생해 각 지역으로 널리 퍼진 이 종파는 하느님과 악의 신이 같은 지위를 가졌다는 이원론 때문에 교황청으로부터 이단으로 지목당했고, 1217년에는 십자군의 공격을 받았다. 그리고 결국 종교 재판을 통해 사라지고 말았다.

카타리파 분쟁에서 십자군이 카타리파 관련 서적을 불태우는 모습

중세에 가장 번성했던 수도사의 수도원 생활도 일종의 금욕주의로 볼 수 있다. 독일의 철학자 임마누엘 칸트는 수도사의 금욕은 덕이 목적이라기보다는 속죄를 하는 것이라 하며, 고대의 스토아 학파에 연결시키기도 하였다.

동양에서 금욕주의를 실천하는 대표적인 종교는 마니 교와 자이나 교이다. 마니 교는 주로 페르시아(오늘날의 이란)에서 발달했다. 그들은 의로운 사람의 영혼은 죽어서 천국으로 돌아가지만 간음·출산·소유·경작·추수·육식·음주 등의 육체적인 욕망을 고집하는 사람은 계속해서 육체를 얻어 태어나는 환생의 저주를 받는다고 믿는다. 마니 교 공동체는 교리에서 주장하는 엄격한 금욕 생활을 따를 수 있는 '선별된 자'와 노동과 기부를 통해 그들을 돕는 '듣는 자'로 나뉜다.

1950년 무렵, 이란 팔레비 왕조 당시 쓰이던 마니 교의 경전

자이나 교는 인도를 중심으로 퍼져 있는 종교로, 산 것을 절대로 죽이지 않는 불살생을 엄격하게 지킨다. 그들은 모든 수단을 사용하여 삶 속으로 물질이 들어오는 것을 막으려 애쓰는 한편, 생명에 해로운 것을 없애 버리는 해탈을 추구한다.

한편, 금욕주의와 정반대의 입장을 취하는 쾌락주의는 순간적인 쾌락을 선으로 보고 가능한 한 많은 쾌락을 취하는 데 행복이 있다고 주장한다.

그녀가 제롬과의 결합을 거부했던 표면적인 이유는 두 살 위라는 나이 문제, 동생 쥘리에트보다 먼저 결혼하지 않겠다는 것, 혼자 남은 아버지를 돌보아야 한다는 것 등이었지만 이것은 모두 자기 방어적인 핑계일 뿐이다. 이러한 사실은 모든 문제가 해결되었을 때에도 알리사가 제롬을 여전히, 아니 오히려 더욱 완강하게 거부하고 있다는 점에서 잘 알 수 있다.

　　그녀가 진정으로 제롬을 받아들이지 못한 이유는 성스럽고 절대적인 덕을 향한 욕망과 제롬과의 사랑에 관한 욕망이 빚어낸 내면의 갈등 때문이다. 게다가 이 두 욕망이 조화롭게 섞이지 못하고 대립하게 된 것은 그녀가 현실에서의 사랑의 한 속성인 육체적인 욕망을 '악하고 부정한 것'으로 간주한 까닭이다.

　　작품의 후반에서 뤼실 뷔콜랭이 늘 취했던 길게 누운 자세를 알리사 자신도 거의 무의식적으로 취하는 상황은 알리사가 화려하고 육감적이며 불륜으로 가정까지 버린 어머니의 존재를 의식적으로는 거부하고 있지만 어쩔 수 없이 어머니와 자신을 동일시하고 있다는 사실을 보여 준다.

　　또한 제롬 곁에서 느낀 육체적인 욕망은 자신도 어머니의 혐오스러운 속성을 본능적으로 이어받았기 때문에 어머니와 같은 여자가 될 수도 있다는 가능성을 깨닫게 하고 이를 몹시 두려워하며 완강하게 거부하게 만드는 원인으로 작용한다.

　　알리사의 절대적인 신앙심은 현실을 도피하고 어린 시절 겪은 상처를 마주하는 것이 두려운 나머지 그것을 감추기 위한 하나의 방편일지도 모른다. 알리사에게 있어서 '좁은 문'은 성스러움으로 위장한 자기완성이다. 알리사는 '좁은 문'에 도달하기 위해 자신이 사랑하는 모든 것을 포기하고 본성을 억제하며 자신을 희생해야 한다고 믿었던 것이다.

종교의 진정한 의미를 묻다

지하철이나 거리에서 종종 자신이 믿는 종교를 큰 소리로 떠들면서 다니는 사람들을 만날 때가 있다. 그들에게 종교는 인생의 전부이다. 종교를 믿어야만 구원을 얻을 수 있고 그렇지 않으면 지옥에 떨어진다는 것이 그들이 그토록 목청을 높여 자신의 종교를 외치는 이유이다. 그러나 종교를 가지지 않은 사람이나 그 종교와 다른 종교를 갖고 있는 사람에게 그 외침은 그저 듣기 거북한 소음일 뿐이다.

인간에 관한 여러 가지 정의 가운데에는 '인간은 종교적 동물이다'라는 말도 있다. 동서고금을 넘어 종교는 인간의 일반적인 활동이었던 것이 분명하다. 이렇듯 종교는 어떤 시각으로 보느냐에 따라 인간을 살리기도 하고, 억압하기도 하며, 하나의 사안을 두고 전혀 다른 평가를 내리기도 한다. 《좁은 문》에 대한 평가 역시 그러하다.

이 작품이 출간되었을 당시 신문과 잡지에 발표된 평론은 두 가지로 나뉘었다. 하나는 《좁은 문》을 교화적인 작품으로 바라보는 쪽이고, 다른 하나는 병적인 작품으로 규정하는 쪽이었다.

이 작품을 교화적이라고 생각하는 사람들은 작가의 의도가 알리사의 숭고한 자기희생과 비장하기까지 한 절대적인 경지 추구를 찬양하기 위한 것이라고 평가한다. 알리사는 성녀와도 같은 존재로 기독교적인 고귀한 가치를 추구하며, 내세가 아닌 현세에서 하느님과 하나가 되려는 신비주의자라는 것이다.

반면 이 작품을 부정적으로 보는 사람들은 알리사를 비판 정신이 부족하고 기독교를 잘못 이해함으로써 자신의 삶을 파멸로 몰고 간 시대착오적인 인물이라 평한다. 덕행에 대한 그릇된 생각과 지나친 신비주의 추구로 고독과 절망 속에서 죽음을 맞은 그녀는 신기루 같은 천상의 행복을 위해 지상의 행복을 저버린 광신자일 뿐이라는 것이다.

어느 비평가는 프랑스의 유명한 일간지 〈피가로〉에서 20세기 인간으로서 단지 '좁은 문으로 들어가기를 힘쓰라'라는 복음 말씀 때문에, 가장 순수하고 성스럽기까지 한 인간적 사랑을 희생하는 일은 있을 수 없다고 쓰고 있다. 또 다른 비평가 역시 알리사는 정상적인 인물이 아니며, 대부분의 독자들은 그녀와 같은 고뇌를 느끼지 않으므로 그녀를 가여워할 수는 있어도 공감할 수는 없다고 말했다.

이러한 양극단의 평에 대해 앙드레 지드 자신도 명확한 태도를 보이진 않았다. 다만 이 작품은 극단적인 자기희생을 통해 종교적인 행복을 추구하게끔 만드는 개신교 신비주의의 오만을 고발하는 작품이라고 밝혔을 뿐이다. 그러면서도 자신은 지극히 사랑하는 마음으로 알리사를 그리고자 했으며, 자신이 이 작품을 쓴 목적 또한 알리사의 도덕적 위대함을 찬양하기 위해서라고 하였다.

우리나라 명동과 미국 뉴욕 보스턴에서 일명 '예수 천국 불신 지옥'을 외치는 모습. 수단과 방법을 가리지 않고 자신이 믿는 종교를 전파하려는 모습은 국적과 관계가 없는 모양이다.

정신 세계의 탐구자, 모럴리스트

모럴리스트는 인간의 내면에서 일어나는 일에 관심을 갖는 사람을 일 컫는다. 구체적으로는 16세기부터 18세기의 프랑스에서 인간의 정신 과 감성, 인간이 살아가는 방법 등을 탐구하여 이것을 수필이나 단편 적인 글, 잠언 등으로 표현한 작가들을 지칭하는 말이다.

16세기에 《수상록》을 쓴 몽테뉴를 필두로 해서 모럴리스트 문학이 절정을 이룬 것은 17세기의 고전주의 시대로, 《잠언집》의 라 로슈 푸코, 《팡세》의 파스칼, 《사람은 가지가지》의 라브뤼예르 등이 이때 등장했다.

모럴리스트들은 있는 그대로의 인간을 허심탄회하게 규명하고, 살아 있는 현실과의 접촉을 한시라도 잃지 않으려고 무척 애썼다. 또한 인 간성의 현실을 구체적으로 묘사함으로써 보편적인 인간상을 그리고 자 하였다.

프랑스의 수학자이자 물리학자, 철 학자인 파스칼. 《좁은 문》에서 제롬 과 알리사의 정신적 지주와도 같은 역할을 한다.

모럴리스트들이 인간을 반성함에 있어서 개념적 사유에 따르지 않고, 있는 그대로 있을 수 있는 존재로서 인간을 그리려고 한 것은 그들이 개념에 대한 인간의 우위성에 확고부동한 확신을 가지고 있었기 때문 이다.

이러한 확신으로 그들은 현실적으로 존재할 수 있는 인간상을 즐겨 그렸는데, 그 대표적인 것이 모럴리스트 전성기에서의 인간상의 전형 이라 할 수 있는 '오네트 옴'이다. 오네트 옴은 세련된 취미와 교양을 갖춘 예의 바르고 사교적이며 신사를 가리킨다.

모럴리스트라는 칭호는 작가뿐만 아니라 사상가나 종교가에게까지 확대해 사용하기도 한다. 종교가 상 프랑수아 드 살, 철학자 데카르 트, 우화 시인 라퐁텐, 극작가 몰리에르 등도 모럴리스트라고 할 수 있다.

프랑스의 고전주의 시인이자 우화 작가, 라퐁텐

그 어느 나라의 문학보다 프랑스 문학을 구성하는 요소 중 가장 중요한 것이 모럴리스트적 요소이다. 앙드레 지드 역시 인간의 발견, 즉 인간의 본성과 능력과 그 운명의 탐구에 평생의 정열을 쏟아 다양한 작품을 통해 인간의 복합성을 역설했기 때문에 이 무리에 속한다고 볼 수 있다.

이처럼 알리사와《좁은 문》을 둘러싼 평가는 극단적으로 엇갈리고, 작가의 태도 또한 모호하다. 그 이유는 이 작품이 인간적인 사랑과 절대자를 향한 복종이라는 인간의 가장 근본적인 영역에서 벌어지는 갈등을 다루고 있기 때문일 것이다.

어쩌면 지드는 이 작품을 통해 언뜻 보면 단순하지만, 그 밑바닥까지 파고들면 도무지 이해할 수 없는 것이 인간의 사랑이라는 교훈을 전하려 한 것일지도 모른다.

현실의 사랑으로 발현되는 성스러움

혼자 가는 길보다는
둘이서 함께 가리
앞서지도 뒤서지도 말고 이렇게
나란히 떠나가리
서로 그리워하는 만큼
닿을 수 없는
거리가 있는 우리
늘 이름을 부르며 살아가리
사람이 사는 마을에 도착하는 날까지
혼자 가는 길보다는
둘이서 함께 가리

—안도현, 〈철길〉

이 시의 두 사람은 가까이 머무르면서도 도저히 '닿을 수 없는 거리'에 있다. 하지만 언제나 '둘이서 함께' 하기에 외롭지도 슬프지도 않다. 나란히 '사람이 사는 마을'에 닿을 것이다. 그러나 알리사와 제롬은 같은 곳에서 출발했지만, 서로 목적지가 달랐다. 알리사는 신의 품, 즉 천국을 향해서였고, 제롬은 인간 세상에서의 사랑과 행복을 추구했다. 그래서 나란히 가긴 하지만 철길처럼 영원히 만날 수 없는 곳으로 가고 있는 것이다.

한 사람의 사랑을 간절히 원했던 제롬과 이성에 대한 사랑과 신을 향한 복종 사이에서 방황하는 알리사, 어긋날 수밖에 없었던 그들의 슬픈 운명. 알리사는 이렇게 호소한다.

하느님, 무기력한 제 마음은 제 사랑을 억누를 길이 없사오니, 더 이상 저를 사랑하지 않는 법을 그에게 가르쳐 줄 수 있는 힘을 제게 허락하시옵소서. 그리하여 저의 공덕보다 훨씬 더 훌륭한 그의 공덕을 주님께 바칠 수 있도록, 오늘 그를 잃고서 제 영혼이 흐느껴 울더라도 장차 주님 안에서 그를 찾기 위함이 아니겠사옵니까?

작품 후반에 알리사는 자신이 제롬과는 같은 방향으로 가서는 안 된다고 생각하기에, 자신의 모든 것을 바치는 신에게 제롬을 사랑하지 않을 수 있게 해 달라고 간청한다.

알리사에게 있어서 삶은 신이라는 존재 안에서만 머무는 것이었고, 인간적인 사랑이라고 하는 것은 불완전한 감정 혹은 불완전한 의미를 가지고 있는 것이었다. 그녀에게 사랑이라는 감정은 진심으로 기뻐하고 즐길 수 있는 것이 아니라, 멀리하고 절제해야 하는 것이었다.

그녀는 자신 안에서 벅차오르는 사랑을 절실히 느끼면서도 가혹하리만큼 냉정하려고 애썼다. 하지만 지극히 인간적일 수밖에 없는 사랑이라는 감정은 신을 향해서 나아가고자 하는 마음과

《좁은 문》과 《코리동》 영어 판본과 《지상의 양식》과 《배덕자》 프랑스 어 판본

서로 대치되는 가치가 아니다. 신을 향한 마음과 인간으로서 다른 인간을 사랑하는 마음은 다른 형태의 것이기 때문이다.

예를 들어서 우리는 진심으로 부모님을 사랑하지만, 그렇다고 해서 연인에게 미안하다거나 연인을 향한 마음에 죄책감을 느끼지는 않는다. 왜냐하면 우리가 느끼는 부모님에 대한 사랑과 연인에 대한 사랑은 다른 종류의 것이기 때문이다. 우리는 부모님을 사랑하면서 동시에 연인도 사랑할 수 있다. 마찬가지로 우리가 신을 향해 나아가고픈 마음과 연인을 사랑하는 마음은 서로 다른 종류의 것이다.

결국 다른 사람을 진심으로 사랑하는 것은 신앙심이라는 감정을 방해하는 것이 아니다. 신을 향해 나아가면서도 우리는 얼마든지 서로에 대한 사랑을 지켜 나갈 수가 있다.

앙드레 지드의 《좁은 문》에서 진심으로 서로 사랑하면서도 한 사람은 혼자서 쓸쓸히 죽음을 맞고, 다른 한 사람은 끝내 떠나 버린 사람을 잊지 못하고 그를 추억하며 남은 삶을 살아가는 모습은 우리에게 많은 것을 생각하게 만든다. 신에게 가는 길은 나란히 걸을 수 없을 만큼 좁은 길일지 모르지만, 우리 인간이 가진 사랑이라는 감정은 그보다 훨씬 더 넓고 깊이 있는 것이다.

모순과 극단의 삶을 예술로 풀다

특별한 사람만이 작가가 되는 것은 아니지만 가끔 태생이나 환경에 이끌려 숙명처럼 작가의 길을 걷게 되는 사람들이 있다. 바로 앙드레 지드가 그러하다. 지드는 모순과 극단이 공존하는 삶을 살았다. 그는 자서전인 《한 알의 밀이 죽지 않는다면》에 자신의 이러한 경향을 설명하였다.

"나는 예술 작품을 만들지 않을 수 없었다. 왜냐하면 오로지 예술 작품만이 내 속에 있는 너무나 동떨어져 있는 이 두 요소의 조화를 실현할 수 있기 때문이다."

지드는 1869년 프랑스 파리에서 남프랑스 출신의 독실한 프로테스탄트(개신교) 신자인 아버지와 북프랑스 노르망디의 엄격한 가톨릭 신자였던 어머니 사이에서 태어났다. 열한 살 때 아버지가 세상을 떠나고 어머니와 가정교사의 정성 어린 보살핌을 받으며 자랐다. 어린 시절 그는 고대 그리스의 시에 감동하고 헬레니즘 사상에 도취해 있으면서도 복음서를 깊이 있게 공부하였다.

앙드레 지드의 자서전 《한 알의 밀이 죽지 않는다면》 초판본. 이 책은 고백 문학의 결정판이라 평가받는다.

그의 인생이 결정적으로 전환점을 맞이한 것은 1893년의 북아프리카 여행이었다. 아프리카의 작렬하는 태양과 야성 넘치는 풍토는 지금까지 그를 억압했던 빅토리아 시대의 답답한 사회적 분위기와 관습에서 벗어나게 해 주었다.

모든 구속에서 벗어나 강렬한 생명력을 향유하는 것이 삶을 진정으로 누리는 것임을 깨달은 지드는 이러한 깨달음을 자기 문학의 출발점으로 삼았다.

나라와 가문의 영광, 노벨 문학상

그 유명한 셰익스피어나 세르반테스, 찰스 디킨스 등은 왜 노벨 문학상을 받지 못했을까? 작품성을 인정받지 못해서? 아니면 상복이 없어서? 이 엉뚱한 질문의 답은 의외로 간단하다. 그들이 활동했던 시기에는 '노벨 문학상'이 없었기 때문. 노벨 문학상은 알프레드 노벨의 유언에 따라 1901년, 20세기에 들어와서 수여되기 시작했다. 수상자는 스웨덴 아카데미에 의해 매년 10월 초에 결정된다.

노벨 문학상 메달

1901년 프랑스의 시인 프뤼돔을 첫 수상자로 하여 《정글북》의 키플링(영국), 인도의 시인 타고르, 《마의 산》의 토마스 만(독일), 《대지》의 펄 벅(미국) 등이 있다.

제2차 세계 대전 이후에는 《데미안》과 《유리알 유희》의 헤르만 헤세(독일), 《노인과 바다》의 헤밍웨이(미국), 《이방인》의 알베르 카뮈(프랑스), 《구토》의 사르트르(프랑스), 《설국》의 가와바타 야스나리(일본), 《눈먼 자들의 도시》의 주제 사라마구(포르투갈) 등이 있다.

처음 노벨 문학상은 주로 서양, 그중에서도 특히 영어권, 프랑스 어권, 독어권 지역의 작가들을 위주로 수여되었다. 차츰 다른 언어권에도 수상자가 나왔는데, 아시아에서는 인도와 일본에서만 수상자가 배출되었다.

노벨 문학상 첫 수상자인 쉴리 프리돔

노벨 문학상은 세계에서 가장 뛰어난 업적을 이룬 작가에게 주어지는 만큼 작가라면 누구나 욕심을 낼 법한 상이다. 그러나 특이하게도 1958년 당시 소련의 작가였던 보리스 파스테르나크는 러시아 내에서 반대 운동이 크게 일어나 수상을 물리기도 했고, 장 폴 사르트르는 스스로 수상을 거부하기도 했다.

《좁은 문》의 작가 앙드레 지드는 1947년 여든이 넘은 나이에 자신의 전 작품을 대상으로 노벨 문학상을 받았다. '인류가 당면한 갖가지 조건들을 폭넓고 예술적으로 드러낸 주목할 만한 작가 정신을 기린다는 것'이 수상 이유였다.

1895년 어머니가 세상을 떠나자, 지드는 오랫동안 사랑하면서 자신의 작품에도 자주 등장시키곤 했던 외사촌 누이 마들렌 롱도와 결혼했다. 그러나 아프리카 여행에서 자신의 동성애 성향을 자각했던 그는 평생토록 마들렌과는 육체적 관계 없이 정신적인 사랑만을 나눴다.

그는 아프리카에서의 경험을 바탕으로 《지상의 양식》(1897)을 완성했다. 이 작품은 출간 당시에는 크게 주목받지 못했으나, 본능에 충실한 자유로운 삶과 종교적인 윤리와의 대립이라는 주제는 이후의 창작으로 꾸준히 이어졌다.

1902년에 《배덕자》를 발표하고, 1908년에는 문학 평론지 《누벨 르뷔 프랑세즈》를 창간하고 주간으로 활동하면서 20세기 프랑스 문단에 새로운 바람을 불어넣었다. 이어 《좁은 문》, 《전원 교향곡》과 《한 알의 밀이 죽지 않는다면》을 잇따라 출간하고, 1926년에는 지드 자신이 유일하게 '소설'이라고 부른 《사전꾼들》을 발표했다.

《사전꾼들》은 모험과 도박밖에 모르는 사생아 베르나르가 여러 경험을 거쳐 마음의 질서를 찾는 과정을 다룬 작품으로, 가짜 돈(사전, 私錢)을 쓰는 불량 소년단의 이야기에서 제목을 가져왔다. 소설에 대한 기존의 생각을 타파하고 새로운 형식과 구성을 시도한 이 작품은 지드의 도덕과 예술을 집대성한 장편 소설이다.

지드의 젊은 시절(왼쪽)과 자신의 서재에서 책을 읽는 말년의 모습(오른쪽)

또, 프랑스 식민주의에 시달리는 원주민의 참상을 가차 없이 파헤친 《콩고 여행》(1927)과 문화적 폐쇄성과 획일성을 맹렬히 비난한 《소련 기행》(1936)으로 사회 참여적 활동을 하기도 했으며, 《도스토옙스키론》을 비롯한 여러 논문을 통해 외국 문학과 프랑스 문학에 대한 비평 활동을 하기도 했다. 1938년 아내가 죽자, 사실상 모든 창작을 끝맺고 평생 옹호했던 개인의 자유와 전통적 가치, 도덕과의 공존을 모색하려 노력했다.

앙드레 지드와 마들렌 지드의 무덤

지드는 거의 칠십 년에 걸쳐 문학의 모든 장르를 포괄할 만큼 다양하고 방대한 작품을 남겼다. 그는 시와 소설, 희곡, 평론 등을 쓰는 것은 물론 외국 작품을 번역하는 데 몰두했고, 일기와 자서전, 편지뿐만 아니라 오페라 대본과 음악 논문까지 썼다.

이와 같은 다양하고 자유로운 집필 활동 안에는 인간의 진정성을 가로막는 모든 것들과 투쟁하려 했던 그의 결연한 의지가 깃들어 있었다. 그는 인간 각자의 내면에 존재하는 자기기만을 폭로하고, 개인을 순응주의 속에 질식시키는 사회와 맞서 싸웠다.

지드는 종교와 도덕의 구속과 타율성을 거부하고 진정한 도덕성 탐구를 통해 새로운 인간 정신의 풍토를 만드는 데 기여한 공로를 인정받아 1947년 노벨 문학상을 받았다.

1950년에는 1939년부터 여든 살 생일에 이르기까지의 삶의 기록을 담은 《일기》의 마지막 권을 출간하고, 이듬해에 여든셋의 나이로 파리의 자택에서 폐렴으로 세상을 떠났다. 그의 유해는 퀴베르빌의 작은 교회로 옮겨져 아내의 무덤 옆에 나란히 묻혔다.

푸 른 숲
징 검 다 리
클 래 식
0 2 6

좁은 문

첫판 1쇄 펴낸날 2009년 7월 29일
17쇄 펴낸날 2024년 11월 22일

지은이 앙드레 지드 **옮긴이** 이충훈
발행인 조한나
주니어 본부장 박창희
편집 박진홍 정예림 강민영
디자인 전윤정 김혜은 **마케팅** 김인진
회계 양여진 김주연

펴낸곳 (주)도서출판 푸른숲
출판등록 2003년 12월 17일 제2003-000032호
주소 경기도 파주시 심학산로 10, 우편번호 10881
전화 031) 955-9010 **팩스** 031) 955-9009
이메일 psoopjr@prunsoop.co.kr **인스타그램** @psoopjr
홈페이지 www.prunsoop.co.kr

ⓒ 푸른숲주니어, 2009
ISBN 978-89-7184-815-9 44860
        978-89-7184-464-9 (세트)